Chères lectrices,

« Home Sweet Home », la traduction de ces trois mots d'anglais n'a plus aucun secret pour beaucoup d'entre vous, mais la « chère maison » qu'ils évoquent, qu'est-elle réellement ? Certaines répondront : c'est ma demeure, l'endroit où je vis, que j'ai construit, aménagé, décoré… D'autres parleront d'un pays, d'une région ou d'une ville à laquelle elles sont liées par un attachement sentimental. Mais ce fameux abri, ce havre de paix ne peuvent-ils pas être autre chose qu'un lieu, une simple bâtisse ? Bien sûr que si, et vos romans de décembre en sont la meilleure illustration. Ainsi, dans *La brûlure du souvenir* (N° 801), c'est la famille enfin réunie qui apportera le réconfort à Emily… Héroïne d'*Un enfant à protéger* (N° 802), Sarah, abandonnée par son fiancé, va trouver le bonheur à Firefly Glen, le village de montagne où elle a choisi d'avoir son bébé. Max Gardner, quant à lui, séduit par la petite ville de Serenity, la bien nommée, et par une de ses jolies habitantes, va y trouver l'amour et la stabilité (N° 803). Tandis qu'à Denver, Althea Grayson, après bien des réticences et des hésitations, finira par oublier ses tourments et trouver la paix dans les bras de Colt, son partenaire le temps d'une mission (N° 804).

Plus sûrement qu'un toit et une demeure confortable, c'est donc la présence de nos proches qui nous rassure. Et l'amour de ceux qui nous entourent, vrai rempart contre la solitude, vaut mille fois plus qu'une belle maison vide.

Bonne lecture et joyeux Noël à toutes !

La responsable de collection

Un enfant à protéger

KATHLEEN O'BRIEN

Un enfant à protéger

AMOURS D'AUJOURD'HUI

Cet ouvrage a été publié en langue anglaise
sous le titre :
WINTER BABY

Traduction française de
JULIETTE MOREAUX

HARLEQUIN®

est une marque déposée du Groupe Harlequin
et Amours d'Aujourd'hui®
est une marque déposée d'Harlequin S.A.

Illustration de couverture
Femme et bébé : © DAVID SACKS / GETTY IMAGES

Toute représentation ou reproduction, par quelque procédé que ce soit, constituerait
une contrefaçon sanctionnée par les articles 425 et suivants du Code pénal.
© 2001, Kathleen O'Brien. © 2002, Traduction française: Harlequin S.A.
83-85, boulevard Vincent-Auriol, 75013 PARIS — Tél. : 01 42 16 63 63
Service Lectrices — Tél.: 01 45 82 47 47
ISBN 2-280-07805-8 — ISSN 1264-0409

1.

Lorsque le soufflé s'effondra, Sarah n'eut aucune réaction. Difficile de se sentir très impliquée dans la préparation d'un repas quand on vient de découvrir qu'on est enceinte...

Quelques minutes plus tard, le soufflé commençait à noircir. Tandis que l'odeur âcre des œufs brûlés emplissait l'air, elle resta assise sur le rebord de la baignoire, hypnotisée par la barre rose en travers de son test de grossesse.

Ce n'était pas possible... Il y avait obligatoirement une erreur. Elle n'allait pas avoir un bébé — pas maintenant ! Elle ne se mariait que dans cinquante-neuf jours, et les enfants ne devaient venir que deux ans plus tard. Tout était déjà organisé, prévu jusque dans les moindres détails : il suffisait de demander à ses amis, d'ouvrir n'importe lequel de ses journaux intimes depuis l'âge de douze ans. D'abord les études, ensuite la carrière, le mariage, deux ans d'attente pour être bien sûre, et seulement alors, les enfants.

Tout cela ne tenait pas debout !

Seulement, il y avait d'autres tests sur la tablette, et ils portaient tous une bande rose. Son plan de vie était à l'eau. C'était désastreux, terrifiant, mais elle était bel et bien enceinte.

A côté, dans le living, le C.D. de musique de Noël entonna une version attendrissante de *Quel est cet enfant ?*

Comique ! pensa-t-elle, dans une bouffée de ressentiment contre le monde entier. Hautement comique ! Elle eut une vague envie de casser quelque chose, sans trouver suffisamment d'énergie pour se lever. La nouvelle lui faisait l'effet de ces fléchettes sédatives qu'on utilise pour neutraliser les grands fauves ; elle se sentait incapable de remuer un muscle.

Quand on sonna à la porte, elle ne ressentit d'abord qu'une vague surprise. Qui pouvait venir la voir ? On sonna une deuxième fois, une troisième, à coups brefs et autoritaires. Du coup, la lumière se fit. C'était Ted, bien sûr ! Son fiancé dînait avec elle ce soir. Ils avaient rendez-vous à 8 heures, il était maintenant 8 h 01 et il n'appréciait pas les retards. Lui aussi avait son plan de vie, encore plus rigide et structuré que le sien. C'était une des choses qui lui plaisaient en lui, et l'une des raisons pour lesquelles elle restait avec lui, malgré des rapports devenus un peu... houleux les temps derniers.

Cela n'avait rien d'anormal : toutes les relations amoureuses traversaient des passes difficiles, et Ted ferait un bon mari. Quant à elle, elle n'était pas du genre à changer d'avis ou à rompre des fiançailles. Elle n'était pas comme sa mère ; quand elle donnait sa parole, elle la tenait.

D'ailleurs, maintenant, elle n'avait plus le choix... Car elle portait dans son ventre l'enfant de Ted. Enceinte ! Une petite exclamation étouffée lui échappa.

La sonnette se déchaînait. Engourdie, elle se leva, balaya instinctivement les tests et leurs boîtes roses dans la corbeille. Pendant un long instant, elle contempla les débris, symboles de ses projets détruits. Ils ne devaient pas être bien solides, pensa-t-elle machinalement, s'il en fallait si peu pour les emporter...

8

Renonçant à sonner, Ted tambourinait à la porte. Le bruit lui arracha un sourire. Pauvre Ted ! S'il se mettait dans un état pareil simplement parce qu'elle tardait à lui ouvrir, il allait vraiment passer une mauvaise soirée...

— Seigneur, quelle odeur !

Dès que le battant s'écarta, il esquissa un mouvement agacé, un regard appuyé vers sa montre, puis l'odeur qui avait envahi l'appartement tout entier le prit à la gorge. Horrifié, il plissa le nez.

— Sarah, pour l'amour du ciel ! Tu as fait brûler le dîner ?

— Je crois, oui...

Il la dévisageait, incrédule ; elle comprit qu'il fallait dire quelque chose, mais quoi ? Elle avait un peu l'impression de chercher ses mots dans une langue étrangère.

— Je suis désolée...

— Moi aussi, lâcha-t-il d'une voix brève. Je n'ai rien mangé de la journée.

Il renifla encore une fois et demanda :

— Tu as éteint le four ?

— Je ne crois pas, répondit-elle en faisant un effort pour se souvenir. Non, je ne crois pas...

Il la toisa plus attentivement.

— Quelque chose ne va pas ?

Sans attendre de réponse, il entra et se dirigea vers la cuisine avec l'assurance d'un homme qui a la situation bien en main. Mais il n'était pas chez lui, pensa-t-elle tout à coup. Pourquoi estimait-il qu'il était de son devoir de prendre les choses en main ?

Sans doute parce que quelqu'un devait faire quelque chose... Engluée dans une étrange inertie, elle était capable de mettre le feu à l'immeuble sans lever le petit doigt. La cuisine se remplissait déjà de fumée.

Ted éteignit le thermostat, s'assura que le plat était totalement fichu et referma la porte du four d'un grand geste impatient. Réglant à fond l'aspiration de la hotte, il revint dans le living en fermant soigneusement la porte de la cuisine derrière lui. La musique de Noël jouait toujours, et le doux parfum de son sapin luttait vainement contre la désagréable odeur de brûlé.

— Je suis désolée, répéta Sarah.

En fait, elle se sentait de moins en moins désolée. Ce n'était qu'un soufflé, après tout. Pourquoi Ted faisait-il tant d'histoires ? Son beau visage régulier n'aurait pas été plus sévère si elle venait de carboniser un tableau de maître.

— Nous n'avons qu'à commander une pizza, conclut-elle, pressée d'en finir avec la question.

Il la regarda en silence, comme s'il préférait ne rien dire, et elle sentit son impatience se muer en rébellion. C'était donc un tel péché, à ses yeux, que de rater un dîner ? Les premiers temps, elle trouvait admirables son perfectionnisme, sa façon d'attendre beaucoup des autres comme de lui-même. Elle se sentait heureuse de pouvoir compter sur un homme comme lui, fidèle et honnête. Elle ne répéterait pas les erreurs de sa mère !

L'année de ses huit ans, son père ayant été surpris avec une autre femme, sa mère avait demandé le divorce. Depuis, elle cherchait son remplaçant et accumulait les désastres amoureux… car elle se révélait incapable de juger les hommes. Toute petite, Sarah avait décidé de ne pas tomber dans le même piège. Son mari serait un homme de principes ; il aurait un plan de vie et saurait s'y tenir.

Depuis quelques semaines, pourtant, des idées étranges commençaient à faire surface. Certains jours, elle trouvait Ted un peu pompeux. Mesquin. Autoritaire. Une pensée subite la saisit : un jour, il braquerait ce regard froid et sévère sur leur enfant. Pour un jouet cassé, une couche sale, une mauvaise note en mathématiques… Elle ressentit le besoin irrépressible de s'enfuir très loin, dans un refuge où il ne pourrait plus les retrouver, ni elle ni le bébé.

Non, c'était absurde ! Les femmes enceintes avaient parfois ces sautes d'humeur, et devenaient absurdement émotives... C'était une question d'hormones, rien de plus. Cela se manifestait-il si tôt dans la grossesse ? En tout cas, elle ferait bien de se reprendre, sans quoi elle ne trouverait jamais le courage de lui annoncer la nouvelle.

— Un repas chinois, si tu veux ? suggéra-t-elle.

Ted serait sans doute moins tendu quand il aurait mangé quelque chose.

— C'est moi qui invite, ajouta-t-elle en lui souriant le plus tendrement qu'elle put.

— Non…

Il poussa un gros soupir, de l'air d'un homme qui assume courageusement un lourd fardeau.

— C'est peut-être aussi bien, répondit-il. De toute façon, je ne pouvais pas rester très longtemps. J'ai énormément à faire.

Il fit un geste vers le canapé décoré de petits coussins brodés de motifs de Noël.

— Assieds-toi, Sarah, dit-il, la mine sombre. J'ai une nouvelle à t'annoncer.

Surprise, elle s'installa et attendit la suite. Pendant de longues secondes, il réfléchit, les sourcils froncés. Les yeux levés vers lui, elle cherchait à retrouver l'homme dont elle était tombée amoureuse, l'ancien prof de maths si beau garçon dont l'exceptionnelle maturité avait fait, à vingt-huit ans, le plus jeune proviseur de toute la Floride. Cet homme n'avait pas pu disparaître du jour au lendemain !

— Moi aussi, j'ai une nouvelle, murmura-t-elle.

— Moi d'abord, dit-il en prenant une chaise en face d'elle. La mienne est très importante.

Puis, avec une grimace rapide :

— Je ne voulais pas dire ça comme ça...

Elle réussit à conserver son sourire. Il saurait bien assez tôt laquelle des deux nouvelles était la plus importante, laquelle changerait leurs existences. Pourquoi ne parlait-il pas ? Elle en avait assez d'attendre son tour, et ne parvenait à se concentrer sur rien d'autre que ce bourgeon de vie qui allait éclore en elle. Que dirait-il ? Que ressentirait-il ? Et d'ailleurs, que ressentait-elle, elle-même ?

Au bout de quelques instants, elle s'aperçut qu'il parlait. Surprise, elle l'entendit hésiter, puis se reprendre. Ted cherchait rarement ses mots. Au lycée de Groveland, où il était proviseur et où elle enseignait les arts ménagers, Ted était très admiré pour sa façon d'accueillir les parents mécontents et de régler les tensions internes de l'établissement. Il avait l'art et la manière de noyer tous les problèmes sous un flot de paroles...

Avec un regard traqué à la ronde, il sauta brusquement sur ses pieds.

— Je ne peux pas respirer, ici, avec toute cette fumée. Viens dehors.

Cette fois, elle eut un mauvais pressentiment. Cette nouvelle qu'il peinait tant à lui annoncer devenait inquiétante. Elle le suivit pourtant sur le petit balcon donnant sur la piscine de l'immeuble. L'air était doux, un temps typique de décembre sous ces latitudes. Les guirlandes électriques accrochées aux balcons clignotaient fiévreusement, faisant des tentatives désespérées pour créer une ambiance de Noël malgré la tiédeur tropicale.

Ted s'accouda à la balustrade et se mit à contempler l'eau turquoise de la piscine. En bas, des voisins donnaient une fête et leurs invités en maillot de bain riaient très fort, affublés de chapeaux de Père Noël. Tout à coup, Sarah eut très envie de repousser le moment d'entendre ce qu'il voulait lui dire — et le moment d'annoncer sa propre nouvelle !

— L'oncle Ward aimerait nous avoir avec lui pour Noël, à Firefly Glen, dit-elle. Ce serait fantastique, non ? Les montagnes toutes blanches, les sorties en traîneau, le chocolat chaud au coin du feu...

— Pour se retrouver bloqués par un blizzard, ou enfermés pendant quatre jours avec un vieillard sénile ? Non, merci.

Sarah toisa soudain avec perplexité cet homme qu'elle ne reconnaissait plus.

— Je n'ai jamais dit qu'il était sénile.

— Il a près de quatre-vingts ans, non ? De toute façon, je n'ai pas le temps, tu sais bien.

Il se retourna en redressant les épaules, comme s'il venait de prendre une décision.

— Sarah... Ecoute-moi...

Malgré les voix hilares, en contrebas, qui braillaient le refrain de *Mémé s'est fait renverser par un renne*, elle entendait les doigts de Ted tambouriner avec nervosité sur la balustrade.

— Ils m'ont proposé le poste, Sarah. La place d'inspecteur. Je pars en Californie.

Elle le fixa sans réagir... Mais elle avait bien entendu le pronom qu'il venait d'employer. Non pas « *nous* partons » mais « *je* pars »...

— Félicitations.

Elle savait, bien sûr, qu'il postulait pour cette place, sans imaginer un seul instant qu'il la décrocherait. Il était bien trop jeune, et n'avait que deux petites années d'expé-

13

rience à son poste de proviseur. Et pourtant, il grimpait un échelon de plus, continuant à séduire tout le monde avec ses manières franches et directes, son intelligence, son aisance à s'exprimer.

— Sarah, tu m'entends ? Je pars en Californie. Le mois prochain. Peut-être même avant.

— Je t'entends, oui. Je comprends.

Ce n'était pas tout à fait exact, et elle se décida à lui faire préciser sa pensée.

— Tu essaies de me dire que tu veux repousser le mariage ?

Son beau visage bronzé se durcit. « Il devrait faire du cinéma », pensa-t-elle sans chaleur aucune.

— Non. J'essaie de te dire que je veux renoncer au mariage.

Un instant, elle fut sûre d'avoir mal entendu. La voyant aussi abasourdie, il secoua la tête.

— Ça ne marche pas entre nous, Sarah. Tu as dû t'en rendre compte comme moi. Ce n'est plus comme avant. Nous avons fait comme si tout allait bien, mais il serait stupide de ne pas regarder les choses en face. Maintenant que je m'en vais...

Elle attendit la suite, avec l'impression curieuse d'être suspendue dans le vide, ou dans l'espace, sans oxygène à respirer. Il la regardait avec une impatience grandissante, comme si c'était à elle qu'il appartenait de terminer sa phrase. Enfin, d'un ton excédé, il jeta :

— Eh bien, maintenant que je m'en vais, c'est le moment d'admettre que ça ne marche pas entre nous, tu ne trouves pas ?

— Qu'est-ce qui ne marche pas ?

Il laissa échapper une exclamation agacée.

14

— *Nous*, voilà ce qui ne marche pas ! Tu as changé, depuis quelque temps, tu dois bien t'en rendre compte. Tu as... Bon, pour dire les choses crûment, ça fait des mois que tu me harcèles. Pour l'amour du ciel, tu n'es jamais d'accord avec rien, tu critiques tout ce que je fais, au lycée comme à la maison. Tu n'as pas eu envie de faire l'amour depuis des semaines... Je sais bien que c'est aussi un peu ma faute... J'ai été préoccupé, sans doute pas aussi prévenant que j'aurais dû l'être. Je sais bien que j'ai oublié ton anniversaire...

Elle ferma les yeux, éprouvant une espèce de nausée. Il n'avait pas oublié son anniversaire — pour la bonne raison qu'il n'en connaissait pas la date. Il s'était contenté de lui demander de la donner à son fleuriste, qui avait ordre de lui envoyer des roses blanches pour chaque fête importante de l'année. Elle n'aimait pas les roses blanches, ces fleurs de serre sans parfum qui ne s'ouvraient jamais. Ce procédé n'aurait-il pas dû lui montrer, d'emblée, à qui elle avait affaire ?

— Nous ne serions pas heureux ensemble, c'est évident, poursuivit-il. Je regrette, Sarah, mais le moment semble idéal pour une rupture franche et sans rancune. Tu ne trouves pas ? Maintenant que je m'en vais...

Elle s'aperçut qu'elle tremblait. Le choc, sans doute. Et sous le choc, quelque chose montait... qui ressemblait à de la colère.

— Eh bien, non, je ne trouve pas, justement. Je t'avais dit que j'avais une nouvelle pour toi, moi aussi. Eh bien, la voilà : je suis enceinte, Ted. Je vais avoir un bébé. En juillet, ajouta-t-elle avec un sourire dur, et peut-être même avant.

Il la regarda comme si elle venait de lui braquer une arme à feu en plein visage. Ses yeux cillaient, sa bouche s'ouvrait et se refermait, ses mains cherchaient à tâtons la balustrade derrière lui. Il se reprit pourtant très vite. Se redressant de toute sa haute taille, il la toisa comme pour l'intimider, la forcer à retirer ce qu'elle venait de dire. Les yeux plissés, la mâchoire crispée, il serrait la balustrade à s'en faire blanchir les jointures.

— C'est ridicule..., articula-t-il. Je n'ai jamais couché avec qui que ce soit sans protection. Jamais.

Elle le regarda d'un air de défi.

— Et moi, je n'ai jamais couché avec personne d'autre que toi. De toute évidence, nous faisons partie de ce petit pourcentage de malchanceux pour qui la protection n'est pas infaillible.

— Impossible, dit-il fermement. Tout à fait impossible !

Puis son visage changea et il s'approcha d'elle, les yeux remplis d'une fausse pitié.

— Sarah… Si c'est une tentative pour t'accrocher à moi, pour m'empêcher de partir en Californie…

Quand il fut suffisamment près, elle le gifla. Le claquement résonna dans une accalmie momentanée de la fête près de la piscine, et plusieurs Pères Noël levèrent la tête vers le balcon. Ted frotta sa joue qui, comme Sarah put le constater avec satisfaction, avait viré au rouge pivoine.

— Seigneur..., dit-il, assommé. C'est... vrai ?

— Oui, pauvre type ! siffla-t-elle. Bien sûr que c'est vrai !

Il se mit à mâchonner sa lèvre inférieure en regardant fiévreusement dans le vide, comme s'il faisait mentalement défiler les options possibles. Quand il parla, ce fut si bas qu'elle comprit qu'il ne s'adressait pas à elle mais à lui-même.

16

— Bon, ce n'est pas la peine de paniquer... Tout peut s'arranger. Ça ne coûte même plus très cher, de nos jours.

Un instant, elle crut qu'elle allait vomir. Les nausées, déjà ? Le soir ? Puis elle comprit que c'était le dégoût, un dégoût énorme qui lui tordait l'estomac. *Arranger ça ?* Comme on conduit sa voiture au garage ? Tournant les talons, elle fit coulisser la porte vitrée d'un grand geste furieux.

— Dehors ! lança-t-elle. Sors de chez moi et ne reviens jamais.

— Sarah, calme-toi !

Elle eut un recul pour éviter la main qu'il tendait vers elle.

— Ce n'est pas la fin du monde, Sarah... Laisse-moi t'aider. Laisse-moi au moins te faire un chèque...

— Dehors.

Il traversa le petit salon, s'immobilisa devant la porte et se retourna vers elle. Derrière son trouble, elle distinguait maintenant une autre expression. Il était soulagé qu'elle le mette à la porte ! Soulagé de pouvoir se défiler car, de cette façon, il esquivait toute responsabilité et pouvait encore l'accuser de ne pas se montrer raisonnable.

— Je veux t'aider à assumer tout ça, dit-il. Je paierai ce que ça coûtera. Seulement, n'oublie pas que je ne serai plus là très longtemps. Je pars en Californie le mois prochain, peut-être...

— Je sais, coupa-t-elle. Pour moi, ce n'est pas encore assez tôt, ni assez loin. Maintenant, dehors !

Une semaine plus tard, la gynécologue confirma le résultat des tests de grossesse. Sarah aurait son bébé dans le courant de l'été, fin juin ou début juillet.

Malgré tout, cela ne semblait pas encore réel : c'était plutôt comme un très mauvais rêve. En rentrant chez elle, elle laissa tomber son sac, son courrier et sa nouvelle brochure (*Vous attendez un bébé ? Voici les démarches à accomplir*) sur la table basse. Puis elle s'abattit sur le canapé comme une marionnette dont on a coupé les ficelles.

Le voyant du répondeur clignotait. Sans doute Ted, qui laissait un message chaque jour depuis une semaine, toujours le même : « Je me suis renseigné et ton assurance médicale couvrira l'intervention. Je te ferai un chèque pour tous les autres frais. Il ne faut pas trop tarder, Sarah. Le plus tôt sera le mieux, tu le sais certainement. »

Elle replia ses jambes sous elle, posa la tête sur l'accoudoir moelleux et serra sur son cœur l'un de ses petits coussins. Peut-être aurait-elle dû le rappeler. Deux personnes qui se sont senties assez proches pour faire un bébé devraient pouvoir discuter des suites à donner à la situation.

Ted ne voulait peut-être pas vraiment dire ce qu'il semblait suggérer. Il était sous le choc, comme elle ; sans doute même assez effrayé, sans vouloir l'admettre. Au fond, ils ne se montraient ni l'un ni l'autre tout à fait rationnels.

Oui, elle devrait l'appeler. Comme il n'était que 6 heures, il serait sans doute chez lui — elle connaissait ses horaires sur le bout des doigts. Ce n'était pas grand-chose à faire, juste décrocher le téléphone.

Cependant, elle ne bougea pas. Une fatigue immense l'envahissait, comme si elle n'avait pas dormi depuis des semaines. Elle ne voulait parler à personne, et surtout pas à Ted. Ted qui avait déjà décidé de la quitter, déjà décidé qu'il ne voulait pas d'elle, avant même que… Cela faisait trop à la fois. Ses émotions se rétractaient, et elle ne parvenait plus à ressentir quoi que ce fût.

Son regard tomba sur le courrier épars sur la petite table : une semaine de courrier non ouvert, abandonné là chaque soir en rentrant. Elle se mit à feuilleter les enveloppes et trouva quelques factures, une douzaine de cartes de Noël. L'une de ces dernières provenait de son oncle Ward, dont elle reconnut tout de suite la grande écriture désordonnée. Au dos de l'enveloppe s'étalait son adresse : Ward Winters, Winter House, Firefly Glen, Etat de New York. Ces quelques mots la réconfortèrent curieusement. Elle palpa l'enveloppe en se demandant si son oncle avait joint à ses vœux une de ses longues lettres si amusantes, chroniques satiriques de son petit bourg montagnard. Que ce serait agréable de s'échapper, ne serait-ce que quelques minutes, dans l'univers de l'oncle Ward !

L'enveloppe semblait épaisse, il y avait bien une lettre ! Elle se redressa à demi en souriant pour la première fois de la semaine. Bientôt, elle était plongée dans les anecdotes savoureuses qu'il lui racontait, et ses descriptions tentantes du merveilleux hiver enneigé que l'on était en train de vivre là-haut. Ce fut avec tristesse qu'elle arriva à la fin :

« Je n'arrive pas à les raisonner au sujet de ce satané Festival des Glaces. On dirait que mes voisins se sont tous transformés en politicards avides et arrogants. Je suppose qu'il faudra prendre les choses en main moi-même. Mais toi, Sarah ? Tu n'as pas envie d'un vrai hiver, pour une fois ? La Floride, bah ! Rien que des palmiers, qui n'ont rien à voir avec Noël. Si ton fiancé est trop bête pour profiter de mon hospitalité, viens sans lui. D'ailleurs, ça me plairait encore plus : à mon avis, le fameux Ted a une vision de la vie qui conviendrait davantage à un vieillard comme moi. »

Sarah se surprit à rire tout haut. Ward était effectivement âgé — c'était son grand-oncle plutôt que son oncle.
Et si Ted avait eu tort de le prendre pour un vieillard
sénile, il ne se trompait guère sur son caractère. Bougon,
sarcastique, exigeant, il avait pourtant un cœur en or et
beaucoup de sagesse. Comme il venait de le démontrer
dans sa description de Ted, d'ailleurs...

Elle se redressa en se demandant combien coûterait une
place d'avion pour le nord de l'Etat de New York. Une
« dose » d'oncle Ward, voilà exactement le remontant dont
elle avait besoin... Et Firefly Glen, le Vallon des Lucioles,
quel endroit merveilleux ! Elle y avait passé un été, à l'âge
de douze ou treize ans. Sa mère et son mari du moment se
débattaient dans une interminable procédure de divorce,
et on l'avait envoyée chez l'oncle pendant que les adultes
réglaient les questions « importantes », comme de savoir
qui garderait la Cadillac. .

Ses souvenirs de ce séjour étaient confus, colorés par
trop d'émotions, mais étrangement joyeux. Il y avait eu de
longs après-midi de balades avec l'oncle Ward, à écouter
des anecdotes vaguement scandaleuses sur l'histoire de
Firefly Glen — cela n'allait pas très loin, mais elle avait
la sensation délicieuse de découvrir les côtés les plus hauts
en couleur de la nature humaine. Des discussions tard le
soir, dans la bibliothèque de son invraisemblable manoir
gothique, quand il lui apprenait à jouer aux échecs tout en
la gavant de limonade et de pop-corn. Pour la première
fois de sa vie, il lui semblait qu'on la comprenait.

Il était à la fois acerbe et affectueux, soupe au lait et plein
de franchise, et elle l'avait adoré. Au mois d'août, sa mère
était venue la chercher — au volant de la Cadillac. Par la
suite, il n'y avait plus jamais eu de longue visite à Firefly
Glen, mais aujourd'hui encore, quand elle avait envie de

dire la vérité, ou de se l'entendre dire, elle téléphonait à son oncle Ward.

Une fois déjà, Firefly Glen avait été son sanctuaire. Elle décrocha le téléphone et appela la compagnie aérienne. Bien à l'abri dans ce charmant village blotti au creux de la vallée, dans le grand silence de la neige, elle déciderait ce qu'elle voulait faire de sa vie.

2.

A 8 h 30 du soir, la veille de Noël, les deux rues qui constituaient le centre-ville de Firefly Glen, mouillées d'une bruine givrante, luisaient comme deux rubans de verre noir.

Le cadran au fronton de la banque affichait un modeste -1°, mais les guirlandes des rues se balançaient violemment dans un tourbillon d'étincelles colorées. Ce soir, les vents de la montagne s'engouffraient par le col de Vanity Gap, la Brèche des Vanités, pour fondre sur le Glen.

Avec cette bourrasque, pensa le shérif Parker Tremaine en faisant le dos rond dans son blouson doublé de peau de mouton, la température réelle devait plutôt avoisiner les -15°.

Malgré le froid, il marchait lentement, se dirigeant vers l'hôtel de ville de brique rouge situé au bout de Main Street. Les rares voitures ralentissaient toutes à sa hauteur, et chaque chauffeur agitait la main, klaxonnait pour le saluer, ou s'arrêtait pour lui proposer de le déposer quelque part. Parker refusait amicalement. Aussi bizarre que cela pût paraître par un temps pareil, il avait envie de marcher.

Il aimait ce froid, ces nuages lourds qui lâcheraient sans doute une nouvelle couche de neige dans le courant de la nuit. Il appréciait la piqûre de la pluie fine et glacée sur ses joues, et la sensation de son col de mouton relevé jusqu'à ses oreilles. La rue était profondément paisible malgré le vent, et il y avait quelque chose de magique dans la douce lueur rouge et bleue des vitraux de l'église. Comme il était réconfortant de savoir la plupart de ses 2 937 concitoyens bien en sécurité chez eux ! Bien sûr, restaient les exceptions, la partie la plus active de la population, ceux qui lui posaient généralement le plus de problèmes. Ce soir, les râleurs au grand complet étaient rassemblés à l'hôtel de ville pour la réunion d'organisation du Festival des Glaces.

Un appel signalant un rôdeur dans le parc — une fausse alerte, comme on pouvait s'y attendre par ce froid — l'avait mis un peu en retard pour cette réunion qui devait commencer à 20 heures. La séance devait déjà dégénérer, Bourke Waitely commençait sans doute à faire des moulinets avec sa canne. Parker ne pressa pas l'allure pour autant. D'après ses calculs, du moment qu'il arrivait avant 21 heures, il serait à même d'empêcher les vrais débordements. Et quand tout serait terminé, il aurait achevé son service, et Théodosia Burke, propriétaire du Candlelight Café, lui servirait la grosse part de tarte au potiron qu'elle lui gardait au chaud les soirs où il finissait tard.

— Tu es un sacré veinard, Tremaine.

S'apercevant qu'il venait de parler tout haut, il se mit à rire, et le vent emporta la bouffée blanche qui se formait devant son visage. Un veinard, lui ? Le shérif d'un petit bourg perdu des Adirondacks, trente-quatre ans, divorcé, qui s'apprêtait à passer un vague semblant de réveillon en tête à tête avec une vieille fille de soixante-quinze ans et une part de tarte ? Pour couronner le tout, voilà qu'il se mettait à parler tout seul dans la rue... A Washington, les autres piétons auraient changé de trottoir. Il fallait être fou pour se prendre pour un veinard !

Il vit son reflet sombre dans la vitrine du Bazar Griswold : le seul homme à se trouver dehors par ce sale temps... Pas de femme pour l'attendre à la maison, pas de gosses en train de rêver à leurs cadeaux, pas même de petite amie pour espérer qu'il la demande en mariage. Un raté. Alors, pourquoi se sentait-il si content ? Aucune raison, pensa-t-il en souriant à son reflet. Après douze ans d'exil, il était heureux d'être de retour au Glen, voilà tout. Heureux d'avoir laissé tomber une carrière qu'il détestait... et heureux que sa femme se fût enfin décidée à le quitter. Il se sentait fort bien tout seul, et sa place de shérif de Firefly Glen lui allait comme un gant. D'emblée, il décida qu'exceptionnellement, puisque c'était Noël, il embrasserait Théo Burke sur les deux joues.

— Shérif ? Shérif, vite !

Théo en personne descendait avec précaution les marches de l'hôtel de ville, serrant étroitement autour d'elle un chandail trop léger, et penchée en avant pour résister au vent. Il se hâta de la rejoindre, trottant avec précaution sur le pavé glissant. Avait-il mal évalué le déroulement de la soirée ? A force de faire des moulinets de canne, Bourke Waitely avait-il fini par frapper quelqu'un ? Pourvu que ce ne fût pas Miller, le maire, qui serait bien capable de faire flanquer Waitely en cellule, pour le plaisir !

— Qu'est-ce qui se passe ? demanda-t-il en prenant le bras de la grande et solide vieille dame pour l'aider à remonter les marches.

— C'est Granville Frome, dit-elle en le précédant à l'intérieur. Il nous ennuyait à mourir avec ses statistiques sur le tourisme... Tu sais comment ça se passe, quand il est lancé ! Ward Winters a fini par lui dire qu'il n'était qu'un petit profiteur mesquin avec un cerveau comme un pois chiche, et Frome s'est jeté sur lui. Ils se battaient comme deux garnements quand je suis sortie te chercher...

Parker secoua la tête, résigné. En temps normal, Ward Winters montrait plus de finesse. C'était une erreur de sous-estimer Granville Frome, propriétaire de la moitié du bourg et, contrairement à son diagnostic, *très gros* profiteur, doté à la fois d'un cerveau plus important qu'un pois chiche et d'un ego démesuré. Personne n'y gagnerait si Ward s'en faisait un ennemi.

A l'intérieur, la mêlée faisait rage. Toute l'assemblée étant debout et occupée à crier en agitant les bras, Parker eut quelque difficulté à repérer les combattants. Il finit par se frayer un chemin jusqu'au centre de la pièce, ou des poings noueux, un crâne rose vif et une toison argentée échevelée signalaient la présence des vieux gladiateurs.

Mike Frome, petit-fils de Granville, affolé et mort de honte, suppliait son grand-père d'arrêter en s'accrochant aux bras ou pans de chemise passant à sa portée. Voyant le shérif, le pauvre garçon recula avec soulagement, et Parker vit qu'à s'aventurer trop près, il avait récolté un cocard impressionnant.

— Shérif ! Je n'arrive pas à… Oh, je t'en prie, pépé, arrête ! Shérif, il ne m'écoute pas.

— Je ne pense pas qu'il t'entende. Sam, Griffin, donnez-moi un coup de main.

Il fallut les efforts de quatre hommes pour séparer les vieux enfants terribles. Ils se foudroyaient du regard en haletant comme des soufflets de forge, tendus l'un vers l'autre dans l'espoir de placer un dernier coup. Peu à peu, leur respiration se calma. Parker, agrippé au bras droit de Ward Winters, sentit son épaule se relâcher, son poing s'ouvrir.

— Oh, très bien, grogna le vieux monsieur. Tu peux me lâcher. Je ne ferai rien à ce pauvre vieux crétin…

— J'étais en train de t'écraser, espèce de…

Les quatre gardiens assurèrent leur prise. Ward ne bougea pas, mais Granville Frome se remit à se débattre comme un beau diable. Parker jeta un coup d'œil à Michael, accroché de toutes ses forces au bras gauche de son grand-père.

— Mike, tu peux le ramener chez lui ?

Le garçon hocha la tête et se pencha vers l'oreille de Granville.

— Mamie sera furieuse, souffla-t-il. Tu lui avais promis de te tenir bien, si elle te laissait venir ce soir.

— J'en étais sûr ! s'exclama Ward Winters, enchanté. J'étais sûr que tu étais le genre de petit bonhomme qui attend la permission de sa femme pour sortir !

Parker lui serra vigoureusement le coude.

— Ça suffit ! dit-il très fermement.

Le vieux monsieur marmotta encore quelque chose, puis consentit à se taire. Quand il fut sûr de le sentir calmé, Parker se tourna vers la foule.

— La réunion est terminée, annonça-t-il en élevant la voix pour se faire entendre. La météo annonce quinze centimètres de neige avant l'aube. Le mieux serait de rentrer au plus vite si vous avez un peu de route à faire.

Personne n'eut d'objection, mais la salle mit tout de même longtemps à se vider. Chacun devait retrouver son manteau, son écharpe, ses gants et son bonnet. Les amis s'attardaient à bavarder ensemble, à demander des nouvelles des absents ou à échanger des vœux chaleureux de Noël. Les ennemis avaient encore plus de difficulté à se séparer, puisque chacun cherchait à avoir le dernier mot. Parker, qui montait toujours la garde auprès de Ward Winters, vit au moins dix femmes entre soixante et quatre-vingts ans venir s'assurer que leur vieil ami n'avait pas de mal. Il ne put s'empêcher de sourire en écoutant ces dames roucouler à l'oreille du beau vieillard, lissant son épaisse tignasse blanche, époussetant tendrement la manche de son chandail et proposant de lui apporter de petits plats le lendemain…

Ward leur répondait assez brusquement, mais Parker remarqua que, sous couvert de repousser leurs avances, il avait une manière bien à lui de les flatter. Cet air bourru mais subtilement charmeur, son manoir et sa fortune… Pas étonnant que ces dames eussent rêvé de le conquérir ! Roberta, la femme de Ward, était morte l'année précédente, et ses vieilles admiratrices espéraient toutes être la prochaine Mme Winters.

« Bonne chance ! » pensa Parker. A son avis, Ward ne se remarierait jamais. Aucune de ces femmes ne pouvait se mesurer au souvenir de Roberta Winters.

— Expliquez-moi une chose, demanda-t-il tandis qu'ils sortaient ensemble de la salle presque vide. Pourquoi tenez-vous tant à empêcher le festival d'avoir lieu ?

Ward, qui fourrait sa main dans son gant, sursauta en faisant la grimace.

— Ce vieux débris m'a cassé le poignet, marmonna-t-il.

Parker ne répondit pas, déterminé à patienter jusqu'à ce que Ward se décidât à lui répondre. Enfin, celui-ci se tourna vers lui, les sourcils froncés.

— Pourquoi je veux empêcher le festival ? grogna-t-il. Parce que je n'ai pas envie de voir une foule d'imbéciles envahir mon village, boucher mes rues avec leurs voitures et polluer mon air ! Je ne veux pas que le café de Théo soit bondé de familles avec des enfants qui bavent, je ne veux pas être obligé de fendre une horde bruyante pour acheter un timbre chez Griswold ! Je ne veux pas qu'on vienne piétiner ma pelouse pour prendre des photos de ma maison !

Il lança le bout de son écharpe par-dessus son épaule, avec la grâce un peu canaille qui le caractérisait, et leva le doigt d'un air sévère.

— Et surtout, surtout... Je ne veux pas qu'ils décident de s'installer ici ! Qu'ils décident qu'un joli petit coin boisé près du lac Llewellyn serait le site parfait pour bâtir leurs maisons de nouveaux riches !

Parker se mit à rire.

— Vous savez, Ward, il y a deux siècles, le site de la maison Winter était probablement un coin de forêt.

— Je m'en fiche !

Ward agita la main d'un geste désinvolte. Le geste lui arracha une nouvelle grimace et Parker, un peu inquiet, comprit que son poignet devait vraiment le faire souffrir.

— Je ne veux pas qu'on vienne gâcher mon environnement !

Ils passaient devant l'unique bar approuvé par le très prudent conseil municipal, et Ward braqua sur l'enseigne un index outré.

— Regarde-moi ça ! La Taverne des Grillons ! C'est un nom, ça ? Depuis que le Conseil municipal cherche à attirer les touristes, nous devenons si bucoliques que c'en est à vomir !

A grands gestes vengeurs, il désignait d'autres enseignes :

— Les Grenouilles, toute la mode pour les enfants ! Candlelight Café ! Librairie L'Ours Noir ! Snack La Mare aux Canards !

Avec une expression profondément peinée, il répéta :

— La Mare aux Canards !

— Oui, moi aussi, j'ai trouvé ça un peu gros.

28

— Si nous sommes déjà tombés aussi bas, nous ne sommes pas loin de « Chez Sally la Truie, pornographie sur mesure » !

Parker se contenta de sourire. Ward n'attendait pas vraiment de réponse, et d'ailleurs son attitude, malgré son côté délibérément provocateur, était légitime. La municipalité devait-elle miser sur le développement ou préserver l'atmosphère tranquille et sans violence de ce petit bourg éloigné de tout ? La dispute faisait rage depuis près de deux siècles, et elle ne serait pas résolue ce soir.

Dans tous les cas, il faisait froid, il était tard, et les deux hommes se trouvaient du même côté. Les Tremaine vivaient à Firefly Glen depuis aussi longtemps que les Winters, et l'amour de Parker pour ce village était tout aussi possessif que celui de son vieil ami. Plus encore, peut-être, car Parker avait tenté de vivre ailleurs, sans réussir à trouver le bonheur.

Quand ils atteignirent la voiture de Ward, le clocher égrenait ses dix coups. Les deux hommes écoutèrent en silence le tintement très pur dans l'air glacé de cette nuit de Noël. Les premiers flocons de neige se matérialisèrent autour d'eux.

— Tu es quelqu'un de bien, Parker, dit tout à coup Ward. Je suis content que tu aies décidé de revenir ici. Et tu es un bon shérif, même si tu as été nommé par les politiciens au lieu d'être élu par la commune. En général, ceux qu'on nous impose ne valent pas un clou.

— Merci, répondit Parker avec un sourire surpris.

Un compliment, même un compliment détourné, de la part de ce vieux bougon ? La beauté des cloches avait dû le radoucir, ou alors il avait pris un sérieux coup sur la tête pendant la bagarre. Il était curieux que Ward lui dise une pareille chose cette nuit où la vie lui semblait si douce.

— Moi aussi, je suis content, avoua-t-il. Je n'étais pas sûr, les premiers temps. Après Washington, je me demandais si ça me plairait encore de vivre ici... Et je savais à quoi m'attendre, en étant parachuté à mon poste. Mais j'aime bien être le shérif.

— Il me semblait bien, soupira Ward. C'est pour ça que je trouve lamentable que ton propre beau-frère soit assez ignoble pour faire campagne contre toi.

Parker le regarda sans comprendre. Son propre beau-frère faisait campagne ? Il secoua la tête, interdit.

— Je ne comprends pas ce que vous dites.

— Je te parle de cette vipère de Harry Dunbar, dit Ward en montrant la vitrine de la papeterie gérée par Emma, la jeune sœur de Parker. Je suis désolé, fils.

Dans la vitrine, à côté d'une pyramide de cartes de vœux, entre deux Pères Noël souriants, Parker découvrit une affiche. Une affiche électorale qui proclamait en bleu-blanc-rouge : « Dunbar, votre prochain shérif. Parce qu'il est temps de changer ! »

Dans sa voiture louée, Sarah négociait avec une prudence extrême les virages en épingle à cheveux du col de Vanity Gap. Cela n'avait rien à voir avec la conduite en Floride ! La route étroite était bordée de murets de granit couronnés de glace, qui semblaient ne lui laisser qu'une marge de manœuvre infime. A tout instant, elle redoutait de déraper et de les emboutir. En revanche, quand ils s'interrompaient, elle bénéficiait d'une vue plongeante à flanc de montagne qui déclenchait généralement une nausée furieuse. La route gardait la trace du passage récent d'un chasse-neige, mais la neige tombait toujours, si drue que le macadam était déjà recouvert. Crispée sur son volant, épuisée, elle luttait d'instant en instant pour ne pas perdre à la fois son petit déjeuner et son courage. Pourquoi diable s'était-elle lancée dans cette épreuve ?

Au lieu d'arriver à temps pour passer Noël avec son oncle comme elle l'espérait, elle s'était laissé déborder par les détails. Un professeur ne peut prendre un congé de six semaines sans de grosses difficultés, et il avait fallu une éternité pour régler les détails pratiques : faire suivre son courrier, confier ses plantes vertes, dire au revoir à ses amis... Elle était tout de même parvenue à se libérer pour le jour de l'an, ce qui semblait un bon présage. Quel meilleur moment pour tout reprendre à zéro ?

En atterrissant à l'aéroport d'Albany, ce matin même, elle se sentait pleine d'énergie et d'espoir, mais au bout de deux heures de conduite sur ces routes de montagne, elle regrettait de n'être pas restée en Floride. Que comptait-elle régler avec cette escapade ? Pourquoi venir ici, si loin de chez elle et de tout ce qui lui était familier ? Après quinze ans d'absence, ses souvenirs de Firefly Glen étaient probablement très approximatifs, d'autant qu'elle n'était qu'une enfant à l'époque. Elle allait sans doute découvrir un effroyable trou perdu dans les montagnes. Enfin, au moins, il ne neigeait plus, le ciel se dégageait comme un lever de rideau au théâtre...

Dans un éblouissement subit de soleil sur la neige, sa voiture passa le col et elle découvrit la vallée en contrebas.

Sans décision consciente, elle se rangea sur la petite aire de stationnement aménagée au point culminant et resta immobile, enchantée, à contempler le paysage. Firefly Glen se déployait sous ses yeux comme un village miniature, presque trop joli pour être vrai. Par cette matinée claire et froide, dans l'intense lumière blanche de l'hiver, la neige étincelait sur les branches des arbres, les toits des maisons, le clocher de l'église. Elle se souvenait de cette église, qui datait de la fondation du village, deux siècles auparavant... Et elle retrouvait dans son souvenir le son de ses cloches carillonnant les heures.

Le village était rempli d'arbres, comme s'il avait poussé dans les bois sans déranger une seule feuille. D'un côté, la rivière Tallulah lançait des reflets mats entre les ormes et les pins. Il y avait tant de beauté, tant de permanence et de sérénité dans ce paysage... Sarah appuya sa tête contre la vitre, envahie par une intense nostalgie. Qu'il serait bon d'avoir sa place dans un lieu pareil !

Hélas, elle n'avait pas cette chance. Ce trésor si simple n'était pas pour elle. Y avait-il un lieu sur cette terre où elle fût chez elle ? Seule dans sa voiture louée, perchée dans l'échancrure de ce col de montagne, elle se sentit brutalement coupée du monde. Son passé ne lui appartenait plus, elle ne savait plus où elle allait... Quant à ces maisons charmantes et trapues aux cheminées de brique rouge, elle avait le sentiment absurde qu'elles lui étaient interdites à tout jamais.

Seule, seule... Une grosse boule de larmes se logea dans sa gorge. Dans un sursaut de détermination, elle lutta pour la repousser, ainsi qu'une nouvelle attaque de nausée. « Ce sont des réactions hormonales, rien de plus », se dit-elle. Les femmes enceintes sont souvent émotives et irrationnelles ; il serait ridicule de se laisser emporter. Ce n'était pas son genre de s'apitoyer sur son propre sort. Si elle se trouvait seule sur cette montagne, c'était uniquement parce qu'elle s'était arrêtée pour admirer le paysage.

La nausée, pourtant, était bien réelle. Bondissant de la voiture, Sarah se dirigea en trébuchant vers le bouquet d'arbres le plus proche. La neige craquait sous ses pas ; malgré l'air glacé, la sueur perlait sur son front et sa lèvre supérieure. Appuyée au tronc lisse d'un bouleau, elle ferma les yeux et s'obligea à respirer profondément.

Une autre voiture escaladait le col ; elle entendait le grondement régulier de son moteur. Pourvu qu'elle passât son chemin ! pensa-t-elle en retenant son souffle. Elle ne se sentait pas prête à affronter ses semblables, si tôt après cette crise de larmes évitée de justesse. Mais rien à faire : le véhicule ralentit, et elle entendit ses pneus écraser la neige de la petite aire de stationnement. Se retournant, elle découvrit un 4x4 noir avec un écusson doré sur la portière, et comprit qu'il s'agissait d'une voiture de police de Firefly Glen. A bord, elle voyait deux personnes, un homme au volant et une femme auprès de lui.

Le chauffeur baissa sa vitre et sortit la tête.

— Tout va bien ? lança-t-il.

— Oui, pas de problème ! répondit Sarah, heureuse de découvrir que c'était presque exact.

La vague de nausée se dissipait. Quel soulagement ! Elle sourit à l'inconnu en remarquant l'étoile dorée qui brillait sur la poitrine de son blouson de cuir. Le shérif en personne ! Son oncle lui avait-il parlé de cet homme dans ses lettres ? Elle ne s'en souvenait pas. Voulant lui montrer qu'elle ne représentait aucun risque pour la commune dont il avait la charge, elle fit quelques pas vers la jeep.

— Tout va bien, je vous assure. J'admirais le paysage.

Il lui rendit son sourire. Même à cette distance, elle eut un léger éblouissement, car c'était un sourire fantastique, franc et chaleureux, un peu plus retroussé d'un côté que de l'autre. Pendant une fraction de seconde, elle oublia qu'elle n'était qu'une petite enseignante enceinte, plaquée par son fiancé, avec un futur en miettes. Pendant ce bref éclair de temps, un frémissement la saisit aux entrailles, le genre d'émerveillement terrifié qu'on ne ressent plus guère après l'adolescence.

— C'est joli, hein ? dit-il en jetant un coup d'œil vers le Glen en contrebas. Vous venez chez nous ? Nous valons le détour ! ajouta-t-il en toute innocence.

Elle hocha la tête de la façon la plus neutre qu'elle put, et il fit un geste vers la route en lacet qui plongeait vers le village.

— Si vous voulez, nous pouvons vous suivre. Une simple mesure de précaution.

Surtout pas ! Son estomac s'était calmé pour l'instant, mais... s'il recommençait ses caprices dès qu'elle se remettrait à rouler ? Elle se voyait déjà s'arrêter dans un grand crissement de freins, jaillir de son siège et vomir sur le talus enneigé, sous le regard horrifié de ce charmant garçon. Bien sûr, son charme n'entrait pas en ligne de compte, se reprit-elle en toute hâte. Vu sa situation, elle se fichait du regard que les hommes pouvaient porter sur elle. Seulement... Ce n'était pas la première impression qu'elle souhaitait donner au bourg, voilà tout.

— Je réussirai à descendre, protesta-t-elle. Vraiment, je ne veux pas vous retenir.

— Ce serait trop bête de vous perdre..., commença-t-il.

La femme à côté de lui intervint tout à coup :

— Pour l'amour du ciel, Parker, elle n'a peut-être pas envie d'une escorte policière ! Le bourg est à deux kilomètres, il n'y a qu'une seule route, pas un seul carrefour. Je t'assure, même une femme peut s'y retrouver.

Un peu interloquée, Sarah chercha à distinguer le visage de celle qui venait de parler, mais un reflet du soleil sur le pare-brise le lui cachait. Une adjointe du shérif ? Si c'était le cas, elle avait une drôle de façon de s'adresser à son chef.

Assez gêné, le shérif secoua la tête, se tirailla l'oreille, sans cesser pour autant de sourire.

— Emma, protesta-t-il, ça n'a rien à voir avec le fait qu'elle soit une femme.

— Tu crois ça ? répondit son interlocutrice invisible, très amusée.

Le shérif poussa un soupir et se retourna vers Sarah.

— Je vous fais mes excuses. Je ne cherchais pas du tout à suggérer…

Il renonça à poursuivre et se mit à rire.

— En tout cas, bienvenue à Firefly Glen.

Il passa la marche arrière et manœuvra pour reprendre la route. La voiture s'immobilisa un instant et, sous ce nouvel angle, un rayon de soleil plongea à l'intérieur comme un projecteur et révéla à Sarah l'homme le plus fabuleusement séduisant qu'elle eût jamais vu. Des cheveux noirs, des yeux très bleus… et ce sourire capable de métamorphoser une femme au bout du rouleau en adolescente évaporée. En même temps, il semblait parfaitement inconscient de son propre pouvoir de séduction, et il y avait assez de chaleur dans son regard pour qu'une inconnue comme elle eût l'impression d'avoir trouvé un ami.

— Je suis Parker Tremaine, le shérif, dit-il. Si vous avez besoin de quoi que ce soit pendant votre séjour…

Sa voisine, une très jolie brune de vingt et quelques années, s'effondra contre le dossier de son siège en poussant une plainte théâtrale :

— Oh, là là ! Le parfait petit scout !

Une fois de plus, le shérif secoua la tête.

— Je vous présente ma sœur. Je suis désolé, elle est un peu folle… Elle vient de s'évader d'une institution spécialisée, mais je vais l'emmener en lieu sûr.

Il leva le coude pour parer la fausse gifle que sa voisine lui lançait en riant et précisa :

— Ne vous laissez pas impressionner par son côté bizarre, surtout. A quelques exceptions près, nous sommes tout à fait sains d'esprit, au Glen.

Emma avait rameuté tout un auditoire avec son histoire. Parker décida que si elle ne se taisait pas bientôt, il allait vraiment l'enfermer. Où ? Difficile à dire, puisque Suzie, qui s'occupait à mi-temps du classement du poste de police, avait converti son unique cellule en crèche de la Nativité. Le bœuf était en papier mâché, et il suffisait d'effleurer la poupée déguisée en enfant Jésus pour qu'elle s'exclamât d'une voix électronique assez inquiétante : « Betsy veut une couche ! » S'il espérait que l'artiste allait démanteler son œuvre à l'approche du nouvel an, il en était pour ses frais : elle s'était hérissée à sa première suggestion. En effet, Suzie avait dix-sept ans et briguait une bourse d'arts décoratifs à l'Université de New York. Elle comptait sur sa Nativité pour remporter le gros lot, et personne ne la démolirait tant qu'elle n'aurait pas toutes les photos nécessaires.

Parker n'avait donc pas d'autre choix que de laisser Emma régaler les clients ravis du Candlelight Café en leur rejouant son soi-disant sauvetage au col.

— Je vais tout de même vous escorter pendant la descente, mademoiselle, roucoulait-elle en jouant des sourcils d'un air équivoque. Ce serait plus sûr. Je suis le vaillant shérif de Firefly Glen, je vous protégerai...

Parker poussa un grondement sourd. Emma avait vingt-six ans, et elle fêterait bientôt son premier anniversaire de mariage, mais pour lui, elle serait toujours son insupportable petite sœur. Trois ans plus tôt, leurs parents étaient morts

36

dans un accident de la route, et cette tragédie avait contribué à le ramener ici. Comment laisser Emma toute seule, maintenant qu'ils n'avaient plus d'autre famille ? Bien sûr, une fois ici, il s'était retrouvé à la merci de ses éternelles taquineries… et de ses efforts inlassables pour lui trouver une femme.

— Emma, tu veux bien laisser tomber ? Je lui ai juste demandé si elle avait besoin d'un coup de main. C'est mon travail !

Enchantée de sa réaction, elle s'attaqua avec appétit à la tarte au potiron que la digne Théo venait de placer devant elle.

— Oui… S'il s'était agi d'un bûcheron de cent cinquante kilos avec une tête comme une gargouille, tu ne te serais même pas arrêté.

Impitoyable, elle se retourna vers son public.

— Mais attention, cette fille était adorable ! Un de ces modèles réduits, blonds et frêles… L'ami des bêtes ici présent en salivait presque !

D'un geste las, Parker lui tendit une serviette.

— Emma, tais-toi. Tu parles la bouche pleine.

Elle céda, sans doute à court de plaisanteries, et il en profita pour détourner la conversation. Rien de plus facile : il suffisait de parler du Festival des Glaces. Le sujet passionnait tout le monde et bientôt, Théo ainsi que tous les consommateurs étaient replongés dans le débat sans fin qui agitait le bourg depuis des semaines. Lorsque la salle finit par se vider, il poussa un long soupir de soulagement.

Emma était insupportable, mais elle avait raison sur un point : la femme qu'ils avaient rencontrée était superbe. Il continuait malgré lui à repasser ce bref épisode dans son esprit. L'inconnue n'était pas assez chaudement vêtue, avec seulement ce pull vert à col roulé, ce jean et ces bottillons, mais cette tenue soulignait un corps absolument parfait. Son visage était plus que joli, la courbe enfantine de sa joue formant un contraste fascinant avec le regard très direct de ses yeux noisette et la détermination de son menton.

Fascinant, c'était le mot. Elle était *fascinante*. A qui pouvait-elle bien rendre visite ? C'était l'avantage d'un si petit bourg : il pouvait être sûr que tôt ou tard, il la croiserait de nouveau.

— Qu'est-ce qui te prend, Emma ?

Théo Burke posa une part de tarte devant Parker et toisa la jeune femme, sévère. Il réprima une grimace : sa vieille amie ne lui avait pas demandé son avis avant de lui servir ce dessert. Après une telle dose de sucre, il dormirait tout l'après-midi. En même temps, il ne pouvait pas vexer Théo, et sa pâtisserie était si bonne... La bouche toujours pleine, Emma ne pouvait que lever un regard interrogateur vers la propriétaire du café. Celle-ci consentit enfin à s'expliquer.

— On dirait que tu veux pousser Parker à s'intéresser à cette fille que vous avez vue au col, gronda-t-elle. Tu ne cherches tout de même pas à le caser une deuxième fois avec une femme qui ne serait pas d'ici ?

Emma haussa les épaules, secoua son carré court de cheveux sombres et soyeux, et recouvra l'usage de la parole.

— Il faut bien le caser avec quelqu'un, non ?

Ses yeux bleus, si semblables à ceux de Parker, se mirent à pétiller.

— Je prends de l'âge, Théo, dit-elle d'un ton plaintif. Je veux être tante avant de mourir.

Théo se radoucit un peu, et se mit à réfléchir. Célibataire et fière de l'être, elle s'était pourtant proclamée marieuse officielle du bourg et prenait ce rôle très à cœur.

— Il doit tout de même y avoir quelqu'un sur place...

A l'autre bout de la salle, une assiette chut sur le sol dans un fracas sonore. Théo se précipita sans terminer sa phrase pour réconforter son client. Malheur à la serveuse responsable ! La patronne avait le don de vous clouer sur place avec ses terrifiants regards glacés.

Parker et Emma échangèrent un regard amusé. Théo Burke traitait ses clients comme des rois. Le Candlelight Café portait bien son nom : il y avait une bougie ivoire dans un bougeoir d'argent sur chaque table, ainsi qu'une nappe de lin. La grande prêtresse des lieux prenait en main des adolescentes provinciales et leur enseignait le métier de serveuse tel qu'on le pratique dans les grands restaurants. Les clients avaient beau se moquer, ils revenaient toujours. Dans quel autre établissement pouvait-on avoir un service pareil avec ses frites ?

— Sérieusement, Parker, murmura Emma en jouant avec sa fourchette, tu ne comptes pas te marier un jour ?

— J'ai été marié, repartit-il avec calme. Ça ne m'a pas franchement enchanté.

— Mais c'était une garce !

Parker jeta à sa sœur un regard neutre et elle se hérissa, tout de suite sur la défensive.

— Excuse-moi de dire ça ainsi, mais c'est vrai. Son attitude quand tu as décidé de revenir au Glen ! Une vraie sorcière !

Parker termina son café et répondit sans émotion particulière :

— On ne peut pas lui en vouloir. Ce qui plaisait à Tina, c'était d'être mariée à un homme des Services secrets. Simple question de prestige. Et aussi d'avoir des liaisons avec les politiciens les plus craquants de Washington.

Il sourit à sa sœur et conclut :

— Tu comprends, c'était beaucoup moins enthousiasmant de tromper un type qui ne serait que le shérif de Firefly Glen.

Les yeux d'Emma brûlaient d'un sombre éclat.

— J'aimerais retrouver cette femme et...

— Laisse tomber, Emma, interrompit Parker sans rancœur. Une bonne partie des problèmes venait de moi. C'était très différent au début.

Il ne mentait pas : il se souvenait encore de sa réaction devant le corps fantastique de Tina, son visage exquis, sa façon ultra-sophistiquée de le flatter et de le séduire. Jamais il n'oublierait le désir fou qu'ils éprouvaient l'un pour l'autre... ni la rapidité avec laquelle ce feu de paille s'était éteint.

— C'est en partie pour ça que je ne suis pas pressé de recommencer.

Il ne plaisantait plus, et Emma le regardait avec gravité.

— On ne sait pas forcément tout de suite à qui on a affaire, murmura-t-il encore. Il faudrait que je sois sûr... Certain à cent pour cent d'avoir trouvé la femme parfaite.

Toute l'effervescence d'Emma s'envola, et son expression se fit triste tout à coup.

— Je ne crois pas que ce soit possible, Parker, dit-elle à mi-voix. Rien n'est jamais vraiment parfait.

Il se serait volontiers giflé. Emma refusait de l'admettre, mais quelque chose ne tournait pas rond dans son couple. Pendant plusieurs mois après son mariage avec Harry Dunbar, son premier adjoint, l'année précédente, tout semblait se passer à merveille. Pourquoi perdait-elle tout son entrain depuis quelque temps ? Pourquoi la lumière de ses yeux s'éteignait-elle dès qu'il était question d'amour ?

Harry était absent depuis plus d'une semaine, parti rendre visite à sa famille. Emma ne l'avait pas accompagné, et cela, Parker ne le comprenait pas. C'était leur premier Noël de jeunes mariés, et ils décidaient de ne pas le passer ensemble ?

Il y avait aussi le problème de l'élection prochaine. La candidature de Harry créait de sacrées tensions dans la famille... Quand, à la mort du vieux shérif, l'année précédente, le gouverneur avait nommé Parker à sa place, Harry s'était senti lésé. Depuis le temps qu'il assumait les fonctions de premier adjoint, il s'attendait à prendre la succession ! Sa candidature n'était donc pas une grande surprise, et il pouvait fort bien l'emporter, car il vivait à Firefly Glen depuis toujours, ce qui représentait un atout sérieux auprès des électeurs.

Ici, beaucoup de gens considéraient Parker comme un renégat, car si l'on pouvait partir faire des études, il fallait revenir dès le diplôme décroché. Après l'université, Parker avait prolongé son absence de huit années supplémentaires, pour décrocher un diplôme de droit puis jouer les gros bras à Washington. Agent des Services secrets, ce n'était pas un métier normal ! Au Glen, on n'aimait pas les crâneurs.

Parker savait que Harry s'était présenté à l'élection sans consulter Emma. La rumeur publique affirmait même qu'elle avait arraché l'affiche posée dans sa vitrine sans son accord. Quand elle était venue faire des excuses à son frère, sa colère rentrée était évidente... Du coup, il se demandait ce qu'elle avait pu dire à Harry.

Comme elle refusait de parler de ses problèmes, continuant d'affirmer que tout allait bien, il ne savait rien de plus. Harry absent, elle était redevenue comme avant, taquine, pleine d'humour et d'énergie, si pareille à elle-même que Parker en oubliait presque l'ombre qui planait sur elle.

— Je sais que rien n'est parfait…, dit-il en posant sa main sur la sienne.

Horrifié, il sentit qu'elle tremblait, et le choc lui donna le courage de murmurer :

— Mais ça ne nous oblige pas à nous contenter d'une vie qui ne nous satisfait pas, Emmy…

Elle croisa son regard, et essaya de sourire. Le résultat fut si lamentable qu'il eut envie de partir à la recherche de Harry et de l'assommer à mains nues.

— Je parle sérieusement, précisa-t-il d'une voix tendue. On a le droit d'être heureux.

— Alors, marie-toi, et fabrique-moi une petite nièce ou un petit neveu, dit-elle en repoussant sa tristesse avec un effort visible. Voilà qui me rendrait heureuse !

3.

Après sa rencontre avec le shérif, l'humeur de Sarah changea du tout au tout. Quand elle entra dans le village de Firefly Glen, ce fut le cœur léger, avec un sentiment de joie et d'optimisme qui convenait bien à ce jour de l'an.

Elle reconnut à peine le bourg sous son manteau d'hiver. Des bonshommes de neige, une carotte à la place du nez, montaient la garde aux quatre coins de la place où l'oncle Ward et elle avaient naguère joué au frisbee et mangé des glaces. Les érables feuillus dans lesquels le frisbee avait fini par se loger n'étaient plus que de délicats squelettes dressés dans un ciel gris tourterelle.

Pour elle qui avait toujours vécu dans le climat tropical du grand Sud, la scène était absolument magique. Emerveillée, elle fit lentement le tour de la place. Les commerçants n'avaient pas éprouvé le besoin de démonter leurs décorations de Noël, et les vitrines, fenêtres, portes et réverbères étaient drapés de guirlandes de pin tressées de rubans rouges. L'immense sapin au centre de la place portait d'énormes boules rouges et de minuscules lumières blanches.

Un autre aspect de la scène la surprit : ce n'était pas du tout le petit village endormi et paisible qu'elle imaginait en le contemplant du haut du col ! Malgré le froid glacial, malgré la neige qui tombait de nouveau à flocons légers, les quelques rues du centre débordaient d'activité.

D'après le panneau situé à l'entrée du bourg, Firefly Glen comptait 2 937 habitants… et la population au grand complet devait être de sortie aujourd'hui, emmitouflée dans un véritable arc-en-ciel d'anoraks, de bonnets, de moufles et d'écharpes. En regardant un tout petit enfant s'efforcer de marcher, engoncé comme un bonhomme Michelin dans sa combinaison de ski, elle jeta un regard désabusé vers sa propre veste de laine grise. Elle n'avait rien trouvé de mieux en Floride, et elle commençait à comprendre que cela ne suffirait pas à affronter un véritable temps d'hiver.

Quand elle pensait à la longue allée sinueuse menant à la porte du manoir pseudo-gothique de son oncle ! Elle serait pétrifiée de froid avant de pouvoir actionner le heurtoir de bronze… et on la retrouverait au printemps, à la fonte des glaces. Penchée en avant par-dessus son volant, elle se mit à examiner les enseignes à la recherche de son salut. Là ! Une vitrine remplie de combinaisons de ski et de pulls aux couleurs vives… Il y avait même une place pour se garer, juste devant. Serrant les dents, elle émergea dans le froid polaire et se hâta d'entrer, espérant que son compte en banque pourrait faire face à cette dépense inattendue.

Une clochette mélodieuse annonça son entrée, mais personne ne s'avança pour l'accueillir. Le magasin semblait désert ; elle ne voyait que des anoraks accrochés à des présentoirs circulaires, des moufles multicolores dans de jolis petits paniers. Des voix lui parvenaient pourtant du fond, près de la caisse. Elle s'aventura un peu plus loin et découvrit un groupe rassemblé autour du comptoir. Ceux qui n'avaient pas de manteau devaient être les employés du magasin, se dit-elle. Une réunion de vente ? Le ton n'y était pas. D'ailleurs, pendant qu'elle hésitait, un brouhaha subit s'éleva et elle comprit qu'elle faisait irruption au milieu d'une crise. Une personne agitait un journal, quatre autres parlaient en même temps.

Un instant, elle envisagea de ressortir comme elle était venue, mais son besoin urgent d'un vêtement chaud la retint... et sa curiosité aussi. Que pouvait-il se passer dans cet idyllique petit coin de montagne, pour émouvoir à ce point les habitants ? Tripotant des blousons fourrés, elle se rapprocha insensiblement du groupe en tendant l'oreille. Ce n'était peut-être pas très discret de sa part, mais depuis le temps qu'elle lisait les lettres de son oncle, elle avait l'impression de connaître ces gens.

— C'est de la diffamation ! Il y a de quoi le traîner en justice ! Je peux prouver qu'il y a préjudice...

— Il ne peut pas faire ça ! Je ne bouclerai jamais mon année sans les profits du festival !

— Tremaine, si vous n'êtes pas capable de faire quelque chose pour contrôler ce vieux...

Tremaine ? Comme le shérif de tout à l'heure ? Du coup, Sarah leva la tête et au même moment, un remous se produisit dans le groupe. C'était bien lui, au centre de la discussion, celui qu'ils essayaient tous de convaincre — avec son étoile dorée luisant sur le cuir souple de son blouson, ses cheveux noirs, ses beaux yeux clairs, le sourire asymétrique de ses lèvres bien dessinées. La fièvre ambiante ne semblait guère l'impressionner.

Sarah retint son souffle. Elle l'avait déjà trouvé spectaculaire tout à l'heure, mais on ne pouvait se faire aucune idée de son magnétisme en voyant seulement sa tête encadrée dans une vitre de voiture. En découvrant son long corps mince et musclé accoudé au comptoir, tandis qu'il écoutait des protestations de plus en plus virulentes, elle mesura pleinement son pouvoir de séduction.

Encore plus beau que Ted, il semblait avoir toute la chaleur, toute la gentillesse qui manquaient à celui-ci. Mieux encore, il semblait parfaitement à l'aise, indifférent même à sa propre beauté physique. Là où Ted ne cessait de calculer ses effets, choisissant ses vêtements et arrangeant ses cheveux avec un soin maniaque, l'attitude de Tremaine était rafraîchissante de désinvolture.

Elle s'aperçut que ses mains lissaient machinalement l'étoffe soyeuse d'un anorak et se hâta de les contrôler. Oui, Parker Tremaine portait son charme comme son étoile de shérif : avec légèreté, sans les prendre trop au sérieux ni l'un ni l'autre.

Son regard bleu croisa le sien et elle rougit malgré elle. D'après son expression, il la reconnaissait, et semblait même content de la revoir. Peut-être pourrait-elle lui venir en aide ? Simple échange de bons procédés, puisqu'il venait sans le savoir de la débarrasser de la chape de tristesse qui l'écrasait. Son sourire, ses simples paroles de bienvenue lui avaient rendu son assurance, son optimisme, et lui avaient donné le courage de parcourir la dernière étape.

Elle se décida à parler :

— S'il vous plaît ? Je suis désolée de vous interrompre, mais y a-t-il quelqu'un qui pourrait me renseigner ?

Le groupe entier se tourna vers elle, choqué de découvrir qu'un témoin assistait à la scène. Un peu mal à l'aise sous tant de regards, elle vit pourtant que le shérif lui souriait et rougit de plus belle.

— Nous sommes désolés. Vous vouliez un renseignement ?

Deux employés du magasin s'avançaient vers elle, très ennuyés. Le reste du groupe se dispersa, l'air tendu, échangeant des commentaires à voix basse, comme s'ils se demandaient quels propos imprudents cette inconnue avait pu surprendre.

Sarah fit semblant d'écouter la jeune vendeuse lui expliquer les propriétés miraculeuses de la laine polaire et du Goretex, et les stupéfiantes qualités d'un anorak au prix non moins stupéfiant. En fait, elle regardait le jeune shérif échapper aux griffes de la petite foule qu'elle venait de mettre en déroute. Passant devant elle, il lui lança un clin d'œil de connivence et murmura :

— Merci…

Elle se surprit à lui rendre son sourire, comme si elle venait vraiment de réussir un sauvetage héroïque.

— Attendez une seconde, Tremaine. Je ne vous laisserai pas partir tant que vous ne vous serez pas engagé à faire quelque chose.

L'un des hommes du petit groupe, assez âgé, l'air arrogant, avec un visage rouge et un petit nez épaté, trottait à la suite du shérif. Tremaine soupira, enfila ses gants et poussa la porte de l'épaule. Un souffle glacé s'engouffra à l'intérieur, et l'individu agressif recula… ce qui était sans doute l'effet recherché.

— Je m'en occupe, dit fermement le jeune homme, tout en remontant la fermeture de son blouson. Ce festival aura lieu même si je dois enfermer Ward Winters dans la prison du comté jusqu'à Pâques.

Ward Winters ? Sarah voulut poser une question, demander une explication, mais la sonnette annonçait déjà la fermeture de la porte. Elle resta plantée là, un anorak coûteux entre les bras, tandis que son sourire s'effaçait lentement de ses lèvres.

Pour la troisième fois, Emma Tremaine Dunbar retourna dans le petit bureau au fond de sa papeterie, La Maison de Papier. Ses clients lui laisseraient-ils enfin le temps de vérifier le texte du faire-part de naissance des Kemble ? Pourvu qu'on ne vienne plus l'interrompre ! Elle avait en effet promis à Harry de fermer tôt. Aujourd'hui, il voulait qu'ils déjeunent ensemble à la maison, pour pouvoir « parler sérieusement ».

Comme il était difficile d'être présente sur tous les fronts à la fois ! Ce faire-part devait partir chez l'imprimeur dès aujourd'hui mais cela, Harry ne le comprenait pas. Il appréciait l'argent que rapportait son petit commerce, sans du tout mesurer la somme de travail que cela exigeait. Emma devait toujours être disponible quand il avait besoin d'elle.

Zut, trois coquilles... Elle fit pivoter son siège vers l'ordinateur et se mit à fouiller avec nervosité dans ses dossiers à la recherche du fichier Kemble. Déjà 13 heures. Rien à faire, elle serait en retard...

La sonnette de l'entrée retentit et Emma ravala une plainte, suppliant mentalement le fichier de s'ouvrir plus vite, et sauta sur ses pieds pour passer dans le magasin. Ce n'était pas un client, mais Harry.

Harry sans uniforme, car il ne travaillait pas le lundi. Il était de repos les lundi et mardi et s'en plaignait amèrement, reprochant à Parker d'avoir organisé un planning déséquilibré. Emma s'était hasardée à lui faire remarquer que Parker ne cherchait pas à s'avantager, puisqu'il ne s'accordait même pas deux jours de congé de suite, mais Harry s'en moquait bien. Depuis quelque temps, tout ce qui l'ennuyait était automatiquement la faute de Parker.

Ou celle d'Emma... Elle contempla son visage tendu en se demandant ce qui le poussait à s'enfermer dans son malaise. Tout était si différent, l'année dernière. Avant que

Parker ne fût nommé au poste que convoitait Harry, avant...
l'autre mauvaise nouvelle. Enfin, *avant*. Ils étaient heureux,
ils riaient tout le temps. Quand Harry avait-il consenti à
sourire pour la dernière fois ? Et pourtant, malgré son
visage fermé, elle le trouvait si craquant dans ce blouson
de daim qu'elle lui avait offert pour son anniversaire ! Son
cœur se serra dans un élan d'émotion. Qu'elle aimait son
mari... et qu'il était désespérant de ne pas savoir comment
le réconforter !

— Je pensais bien que je te trouverais ici, dit-il. Tu as
oublié que je t'avais demandé de rentrer déjeuner.

— Je n'ai pas oublié, dit-elle en s'interdisant de réagir.
J'avais des clients.

Il parcourut le magasin d'un regard appuyé qui soulignait
l'absence totale de clients.

— Ensuite, j'avais une commande à vérifier.

Et comme sa patience commençait à s'user, elle
s'écria :

— Ecoute, Harry... Toi non plus, tu ne peux pas toujours
rentrer à l'heure. Je te fais des histoires ?

Il serra les lèvres.

— Je ne crois pas qu'on puisse comparer nos deux situations. Faire respecter la loi, ça compte tout de même
plus que d'expédier des invitations pour un anniversaire
de gamins.

Emma le regarda sans répondre. Si elle s'écoutait, elle
irait se planter devant ce type aigri, le saisirait par ses revers
de daim et le secouerait jusqu'à ce qu'il avoue ce qu'il avait
fait de son vrai mari. Ou alors elle l'embrasserait jusqu'à ce
qu'il s'abandonne enfin, qu'il se souvienne qu'elle l'aimait
et l'aimerait toujours... Seulement, elle avait déjà tenté les
deux approches, sans résultat. Chaque fois, il se repliait
un peu plus dans sa coquille. Il ne semblait pas avoir envie

d'aller mieux, et se comportait comme s'il lui en voulait de reprendre le fil de sa vie, de s'accorder du bonheur malgré les rudes déceptions endurées au cours de cette année.

La force qu'elle montrait ne le réconfortait pas, au contraire : il se sentait diminué face à elle. Elle n'allait tout de même pas craquer simplement pour le rassurer ! Malgré tout l'amour qu'elle lui portait, elle ne sombrerait pas avec lui.

— En tout cas, on s'est retrouvés, maintenant, trancha-t-elle Je n'ai qu'à pousser le verrou et on pourra discuter ici. De quoi voulais-tu parler ?

Il fourragea dans ses cheveux.

— Tu dois bien le savoir... Mon affiche. Je veux que tu m'expliques pourquoi tu l'as retirée. Je veux savoir pourquoi tu refuses de participer à la campagne de ton mari. Je veux savoir pourquoi, alors que mon salaire te fait vivre aussi, tu ne pouvais pas faire cette petite chose pour m'aider à gagner l'élection.

Le cœur d'Emma battait à tout rompre. Pour gagner du temps, elle se percha sur le rebord de la table la plus proche, en prenant soin de ne pas déranger les échantillons qu'elle portait. Puis elle respira à fond et regarda Harry bien en face.

— Ce n'est plus une discussion, c'est un interrogatoire.

— Appelle ça comme tu voudras. Je veux des réponses.

— Moi aussi, dit-elle en serrant ses mains l'une contre l'autre, de toutes ses forces. Je veux savoir pourquoi tu m'as mise dans la position de devoir choisir entre mon frère et mon mari.

Les yeux de Harry se plissèrent, sa voix se fit encore plus acide :

— Et moi, j'aimerais savoir pourquoi ce choix devrait te poser le moindre problème.

L'envie de le secouer se fit plus violente. Ne comprenait-il pas dans quelle position il la plaçait ? Etait-il absorbé par ses propres angoisses au point de ne pas comprendre ce qu'elle ressentait ?

— Parce que je vous aime tous les deux, figure-toi ! Parce que toi et Parker, vous êtes les deux êtres qui comptent le plus pour moi. Je peux admettre que vous soyez en ballottage pour le même poste, mais je refuse d'être obligée de choisir mon camp.

— Tu as déjà choisi ton camp. J'ai l'air de quoi, maintenant ? Si tu ne me soutiens pas publiquement, tout le monde comprendra ce que ça veut dire.

— Pas d'accord, répondit-elle, déterminée à se montrer raisonnable. Je crois plutôt que ça renforce ton image. On pensera que tu veux éviter que ta campagne pèse sur ta vie de famille. Que tu es sensible au dilemme de ta femme... Même si ce n'est pas le cas.

Aussitôt, elle regretta d'avoir laissé échapper la dernière phrase. Bien entendu, Harry prit la mouche.

— Ah... Parce que maintenant, je ne suis pas sensible ?

— Harry, pour l'amour du ciel...

La sonnette de l'entrée lui coupa la parole. Elle avait oublié de pousser le verrou ! Le stress de la vie quotidienne aux côtés de ce nouvel Harry lui faisait perdre les pédales.

Une cliente entra, une touriste au bronzage cuivré qui époussetait la neige de ses épaules sans s'apercevoir qu'elle la faisait tomber sur le montage de décorations de la Saint-Valentin qu'Emma venait de commencer. Cela allait tout gâcher en fondant. Emma se hâta d'avancer, si près que l'autre femme recula un peu.

Celle-ci tapota son casque bouffant de cheveux trop dorés, fit passer d'une main à l'autre son sac d'un grand couturier et parcourut le magasin d'un regard avide.

— Vous soldez vos cartes de Noël ?

— Oui, dit poliment Emma, je vais vous en sortir une sélection. Donnez-moi un instant...

Mais Harry avait déjà disparu.

L'anorak avait coûté trois fois plus qu'elle ne pouvait se le permettre, mais tandis qu'elle remontait l'allée sinueuse vers la maison Winter, perchée sur sa butte enneigée, Sarah décida qu'il valait son prix. Il n'était que 2 heures de l'après-midi, et la température chutait déjà, tandis que la lumière prenait un ton bleuté, comme si le crépuscule cherchait déjà à s'imposer. La neige tombait, plus épaisse, et Sarah s'enfonçait à chaque pas dans plusieurs centimètres de poudre blanche.

Le manoir aussi était métamorphosé par l'hiver. Massif, il se découpait sur le ciel bas couleur d'étain. L'été de sa visite, cette maison ressemblait au château du bonheur, avec ses murailles solides, ses boiseries couleur de miel et ses pièces emplies de soleil. L'herbe de la butte était d'un vert intense, et les grands chênes qui l'encadraient adoucissaient ce que sa silhouette avait d'insolite. Tout était différent, à présent. La bâtisse faisait plutôt penser à une abbaye, sombre et silencieuse, un peu inquiétante. Dressée sur sa butte nue et couverte de neige, elle se parait d'une beauté étrange et ressemblait au temple de l'hiver. Pour la première fois, Sarah sentait que ce lieu portait bien son nom. Même si les propriétaires s'étaient appelés Smith, il aurait fallu l'appeler Winter House, la maison de l'hiver.

C'était une demeure typique du XIX e siècle, époque où les gens riches affectionnaient ces fouillis architecturaux de tours, créneaux et ogives, croisées à petits carreaux, clochetons et chiens assis. Lorsque Sarah atteignit enfin les hautes portes de chêne, barrées d'énormes ferrures et ornées du traditionnel heurtoir à tête de lion, elle s'attendait presque à les voir s'ouvrir en grinçant, révélant un bossu difforme et ricanant. Ce fut une femme charmante qui lui ouvrit, une dame de soixante ans aux cheveux argentés impeccablement coiffés, aux lèvres roses et aux yeux bruns pétillants, sa fine silhouette mise en valeur par une robe couverte de tulipes roses, comme un défi à la saison. En voyant Sarah, elle lui sourit et ouvrit grand la porte.

— C'est merveilleux... Vous devez être Sarah ! Je suis si contente de vous rencontrer, Ward m'a tant parlé de vous... Entrez, entrez, vous devez être frigorifiée ! Donnez-moi votre manteau. Votre oncle va être si heureux. Je suis Madeline Alexander, une grande amie à lui.

Elle débarrassa Sarah de son anorak et l'accrocha sans interrompre un seul instant son flot doux et paisible de paroles.

— Oui, une grande amie... D'ailleurs, ma chère, je vais vous confier un petit secret.

Passant son bras sous le sien, elle entraîna Sarah vers le fond du hall d'entrée. Celle-ci eut à peine le temps de voir le plafond voûté, les boiseries et les tapisseries accrochées aux murs.

— Je vais probablement épouser votre oncle Ward, un jour ou l'autre.

Sous le coup de la surprise, Sarah s'arrêta net, obligeant son interlocutrice à s'arrêter aussi. Les lettres de son oncle n'avaient jamais mentionné cette Madeline ! Celle-ci lui sourit tranquillement.

— Oh, il ne le sait pas encore, bien sûr... Inutile de lui en parler, ça ne ferait que le contrarier.

Sa main parfaitement manucurée tapota l'épaule de Sarah.

— Ce sera notre petit secret !

Médusée, Sarah se remit en marche. Madeline semblait tout à fait chez elle en ces lieux.

— Votre oncle se trouve dans la bibliothèque. Il aime tant cette pièce, n'est-ce pas ? Moi, je la trouve plutôt lugubre. Ces vitraux ont sans doute beaucoup de prix, mais ils absorbent trop la lumière, à mon avis. Par ici, ma chère... Cela fait si longtemps que vous n'êtes pas venue, vous ne vous souvenez probablement pas de l'endroit où se trouve la bibliothèque.

Oh, si, Sarah s'en souvenait ! C'était sa pièce préférée, à elle aussi. Son oncle et elle y avaient passé de longues heures de bonheur, perdus dans les méandres de grandes discussions, face à face devant l'échiquier. L'adolescente solitaire qu'elle était avait beaucoup de choses à confier, et l'oncle Ward savait écouter comme personne.

Tout à coup, elle eut si hâte de voir son oncle qu'elle se serait volontiers mise à courir pour se jeter dans ses bras. Ses paupières se mirent à brûler. Ce cher homme, tout seul dans cette maison immense, maintenant que sa Roberta n'était plus là... Elle voulait lui demander pardon d'avoir laissé Ted l'empêcher de venir aux obsèques ; le remercier de l'avoir recueillie autrefois et de la recueillir une seconde fois aujourd'hui...

Elle se secoua, réussit à se reprendre. Les effusions n'étaient pas du tout dans le style de son oncle ! Si de tels sentiments devaient un jour être exprimés entre eux, ce serait d'une façon plus subtile, lors d'une discussion apparemment impersonnelle autour d'un livre ou d'une pièce de théâtre.

Sarah laissa donc Madeline, qui prenait visiblement beaucoup de plaisir à jouer la maîtresse de maison, ouvrir les portes sculptées et l'annoncer. Puis elle s'avança.

Tout d'abord, elle ne distingua pas grand-chose. La lumière provenait d'une baie immense faite de vitraux rouges et jaunes. Le soleil voilé de cette fin de journée d'hiver ne suffisait pas à éclairer la grande pièce ; livres et vitrines, tables d'acajou, tapis d'Orient baignaient dans une terne lumière teintée de couleurs maladives.

Puis ses yeux s'accoutumèrent à la pénombre, et elle découvrit plusieurs silhouettes dans la pièce. Elle qui s'attendait à trouver son oncle installé dans une grande solitude ! Deux femmes, qui semblaient avoir à peu près l'âge de Madeline, perchées sur la longue banquette courant devant les fenêtres, s'affairaient autour d'un service à thé qui était sans doute en argent mais luisait d'un reflet de bronze sourd dans cette lumière étrange. Son oncle se trouvait dans son fauteuil habituel — « son trône », disait toujours la tante Roberta —, un siège énorme, sculpté de motifs obscurs et monstrueux.

Près du trône, un autre homme était installé, à la place qui était celle de Sarah, cet été-là. Le siège d'honneur, celui de l'adversaire aux échecs ou du confident choisi entre tous. Elle le dévisagea, incapable d'en croire ses yeux… car l'homme installé à cette place aujourd'hui était le shérif de Firefly Glen. L'homme qui, une demi-heure plus tôt, menaçait de jeter son oncle dans une cellule.

4.

Sarah marcha droit vers son oncle, s'abandonnant malgré elle au besoin de le serrer dans ses bras. Un long instant, elle resta immobile, enfouie dans son étreinte réconfortante, savourant son odeur familière de savon, de cuir et de tabac de pipe. Qu'elle était heureuse d'être venue ! Cela faisait bien longtemps qu'elle ne s'était sentie à ce point en sécurité...

Il acceptait son étreinte avec une chaleur et une patience surprenantes pour lui. Se pouvait-il que lui aussi eût trouvé les années de séparation bien longues ? A l'instant où elle allait fondre en larmes — oh, cette émotivité qui ne cessait de la poursuivre ! — il lui tapota le dos et murmura à son oreille avec un petit rire :

— Ma chère Sarah, si tu ne me lâches pas bientôt, tu vas saborder ma réputation de vieux bougon irascible. Et moi, je serai obligé de me défendre des sœurs Alexander à coups de gourdin.

Sarah se mit à rire à son tour et s'écarta de lui. Se tournant vers les autres, elle dit avec un peu de timidité :

— Je vous demande pardon. Bonjour !

— Ma chère petite, ne vous excusez pas ! s'écria tout de suite Madeline, prête à reprendre les choses en main. Il est normal que vous étreigniez votre oncle, après tout ce temps. C'est émouvant ! Bien, laissez-moi vous présenter

56

mes sœurs, Flora et Arlene. Flora est l'aînée — je suis la plus jeune, bien sûr, précisa-t-elle en battant des cils. Elles seront enchantées de vous proposer une tasse de thé. Vous aimez le thé, n'est-ce pas ? C'est si réconfortant, par ces grands froids.

Les deux femmes devant les vitraux s'activèrent dans un tintement de porcelaine. Elles étaient tout aussi jolies que Madeline, sans pouvoir égaler son débit continu de bavardage. D'ailleurs, elles ne faisaient aucun effort dans ce sens, se contentant de sourire à Sarah, hochant la tête pour convenir que c'était effectivement merveilleux de la rencontrer enfin.

— Et le type à l'étoile, dit la voix de son oncle derrière elle, c'est Parker Tremaine, notre shérif. Tremaine, je te présente ma nièce Sarah. Garde tes distances, je te prie. Je n'ai pas eu de longue visite de sa part depuis quinze ans, et je n'ai pas l'intention de la partager avec qui que ce soit.

— Bonjour, Sarah.

Parker s'était levé poliment à son entrée. Il lui offrit ce sourire qu'elle commençait à bien connaître et ajouta :

— J'espérais avoir l'occasion de vous remercier en personne. J'ai déjà rencontré votre nièce, Ward. Elle vient de me sauver la vie.

— Elle a fait quoi ? Comment ? protesta Ward, irrité. Non, ne me le dites même pas ! Sarah, je te demande de ne pas tomber amoureuse de ce type. Ce serait d'un banal ! Toute la population féminine de Firefly Glen t'aurait déjà devancée. C'est le syndrome de l'étoile. Tu connais les femmes : tout ce qui brille...

Madeline eut une petite exclamation offusquée.

— Oh ! Toutes les femmes ne sont pas comme ça.

Elle lui décocha une œillade attendrie, comme pour s'excuser de le contredire. Sans se préoccuper d'elle, le vieil homme continua sur sa lancée avec une satisfaction visible :

— Et puis, c'est un shérif assez moyen. Ces derniers temps, il fait tout son possible pour m'agacer. Je l'aurais bien fichu dehors, mais c'est un joueur d'échecs passable, et je maintiens les relations diplomatiques. *Pour l'instant.*

Parker semblait s'amuser autant que son vieil ami.

— Au contraire, dit-il en lançant un clin d'œil à Sarah, je trouve que vous devriez entendre cette histoire. Vous allez adorer, Ward, puisque c'est de vous qu'il s'agit. Votre nièce m'a sauvé d'une foule en colère qui allait me lyncher. Et vous savez pourquoi ? Parce que je ne vous ai pas encore flanqué derrière les barreaux !

— Ah ! s'exclama Ward. Moi, derrière les barreaux ? Tu vois grand !

— J'ai derrière moi toute la chambre de commerce, Ward. Chaque commerçant, chaque loueur de skis, chaque marchand ambulant de chocolat chaud compte faire fortune grâce au Festival des Glaces. Ils estiment que vous cherchez à les ruiner, et ils n'ont pas l'intention de se laisser faire. Je crois même que les mots « préjudice » et « dommages et intérêts » ont été prononcés.

Voilà donc ce qu'exprimaient ces visages tendus et ces voix furieuses au magasin, tout à l'heure ! Perplexe, Sarah interrogea son oncle du regard. Qu'avait-il donc fait pour s'attirer tant d'hostilité ?

— Oh, ces minables..., grommela Ward en agitant la main comme pour écarter des mouches. J'ai écrit au courrier des lecteurs, voilà tout. J'ai donné mon opinion. Nous sommes en démocratie, il me semble, même dans ce coin du bout du monde ? Depuis quand est-ce porter préjudice à quelqu'un que de donner son opinion ?

— Je crois que ça l'est depuis toujours, Ward, du moment qu'on suggère que l'eau du robinet du Glen n'est pas potable.

A la stupéfaction de Sarah, son oncle eut l'air un peu penaud. Voilà une expression qu'elle ne se serait jamais attendue à voir sur son visage !

— En tout cas, la mienne a un drôle de goût. Tu n'as qu'à goûter, Tremaine, c'est imbuvable.

— Elle a toujours été imbuvable, ce sont les minéraux. Mais elle est potable et vous le savez très bien. Sincèrement, Ward, dix journaux ? Y compris le *New York Times ?*

— Je ne pensais pas qu'ils publieraient, grommela le vieil homme.

— Du thé, Ward ? gazouilla tout à coup Madeline.

Il la foudroya du regard mais elle semblait déterminée à changer de sujet. Elle vint prendre sa tasse et sa soucoupe, secoua et replia sa serviette. Sarah se demanda ce qui avait déclenché ce subit accès d'activité. Le sujet du festival la contrariait-il, ou en avait-elle assez de cette conversation où elle n'avait aucune part ?

— Flora, sers donc une nouvelle tasse à Ward. La sienne est froide. Dites, je trouve qu'on n'a pas très chaud ! s'écria-t-elle avec un petit frisson juvénile. Je crois que nous avons laissé le feu s'éteindre. Ne bougez pas, je m'en occupe. J'adore un bon feu, pas vous ?

Tisonnier en main, elle écarta le lourd écran métallique devant l'âtre et se mit à secouer les bûches avec plus d'énergie que de discernement. Une gerbe de flammes jaillit, l'une des bûches s'effondra dans une explosion de braises. A l'instant où Madeline se détournait, une grosse étincelle se posa sur les tulipes de sa jupe. Sarah eut un mouvement d'inquiétude, mais avant qu'elle pût lancer un avertissement, l'étoffe commençait déjà à noircir. Avec une vitesse terrifiante, une petite flamme se dressa et bondit à l'assaut de la jupe.

— Oooh !

Paniquée, Madeline tournait sur elle-même, tâtant derrière elle et cherchant à voir ce qui se passait. Avec un gémissement d'angoisse, l'une de ses sœurs jeta une tasse de thé sur la flamme ; cela ne servit qu'à éteindre quelques centimètres carrés. Sarah se précipita, Ward aussi, mais par miracle Parker était déjà sur place. Saisissant le tissu enflammé à pleines mains, il le froissa, l'écrasa et réussit à étouffer les flammes. En un instant, le drame était terminé, aussi abruptement qu'il avait commencé. Secouée de sanglots nerveux, Madeline s'effondra dans les bras que lui tendait Ward. Elle murmurait de faibles remerciements, adressés à Parker sans doute — mais comme son visage se pressait contre l'épaule de Ward, ses paroles n'étaient pas très audibles et Sarah crut y déceler une certaine rancune. Comme si elle en voulait un peu au jeune shérif d'avoir joué les héros, sans laisser à Ward le temps de prendre la situation en main.

Parker accepta les effusions des sœurs de la victime avec une gentillesse tranquille, comme s'il accomplissait de semblables choses tous les jours. Surprise par son détachement, Sarah le dévisagea. Un genou en terre, accoudé sur sa propre cuisse, il examinait le sol pour s'assurer qu'aucune autre étincelle ne se nichait dans le tapis. Une mèche de cheveux noirs lui tombait sur le front. Elle avala sa salive avec difficulté. Libre à Madeline de préférer les héros de plus de soixante-dix ans ! Si elle-même avait été à la recherche d'un prince charmant (ce qui n'était pas le cas !) Parker Tremaine aurait fait bonne figure dans son conte de fées.

Un instant plus tôt, il plaisantait sur la façon dont elle venait de lui sauver la vie… et il venait sans doute de sauver Madeline ! Il avait saisi le feu à mains nues, et des cloques commençaient à se former sur ses paumes. Tout le monde s'attroupait autour de Madeline, à s'exclamer sur le danger qu'elle venait de courir, mais personne ne s'inquiétait pour lui.

Elle posa une main légère sur son épaule.

— Shérif, murmura-t-elle en s'efforçant de chasser les contes de fées de ses pensées. Venez, je vais trouver quelque chose pour soigner vos mains.

Par chance, Parker savait où trouver la pharmacie de Winter House, car Madeline, toujours agrippée à l'épaule de Ward, faisait un bruit considérable, et la voix polie de Sarah Lennox demandant où trouver des pansements ne parvenait pas à se faire entendre.

Il n'avait pas vraiment besoin d'un pansement : les dégâts étaient minimes, et il se faisait davantage de mal chaque fois qu'il débitait du bois ; mais Sarah avait l'air si gentiment inquiète qu'il ne put résister. Et puis, cela lui permettrait de passer quelques minutes seul avec elle, chose dont il avait envie depuis qu'il l'avait entrevue au col, le matin même. Quelle chance qu'elle fût justement la nièce de son ami Ward !

— La pharmacie est là-haut, dit-il avec un signe du menton vers la porte. Je vais vous montrer.

Autrefois, cette salle de bains avait été une petite chambre avec une fenêtre en avancée, juste à côté de la grande chambre de Ward. Quelques décennies plus tôt, plusieurs pièces mineures avaient été transformées en salles de bains ou en grands placards. Avec un goût plutôt insolite ! Le plafond en dôme qui ressemblait à celui d'une chapelle orthodoxe, les murs bleus, la grande baignoire à griffes de lion et le vitrail bleu et or donnaient l'impression de pénétrer dans la salle de bains d'un monastère byzantin.

Lorsque Parker ouvrit la porte, Sarah eut un petit rire.

— J'avais oublié combien cette maison est étrange, dit-elle. La dernière fois que je suis venue, je n'étais qu'une gamine, et tout ça me faisait un peu peur. Je me perdais sans cesse...

— Je veux bien le croire. Je suis convaincu que l'architecte était fou à lier.

Du bout des doigts, Parker ouvrit l'armoire à pharmacie, révélant tout un stock de flacons, pommades et pansements. Souriant, il tendit les mains.

— Voilà. Allez-y doucement.

Quand elle se pencha pour examiner ses paumes, il sentit son parfum. Très agréable ! Doux et modeste, avec une énergie discrète, il correspondait tout à fait à l'impression qu'il se faisait d'elle.

Serait-elle plus impressionnée s'il souffrait avec stoïcisme, ou s'il faisait semblant de ne pas ressentir la moindre douleur ? Dans le doute, il opta pour la vérité.

— Ce n'est pas grand-chose, ça pique juste un peu. Je me suis surtout servi de sa jupe, le feu a à peine touché mes mains.

Elle positionna ses mains au-dessus du lavabo, tourna le robinet et laissa un filet frais couler sur ses paumes. La douleur s'apaisa instantanément, et il dut s'avouer que c'était un réel soulagement. Au lieu de s'écarter, elle retint ses mains sous l'eau au creux des siennes pendant qu'elle parcourait des yeux le contenu de la pharmacie.

— Elle a eu de la chance que vous soyez là, murmura-t-elle en fronçant les sourcils, concentrée sur les étiquettes.

Vous avez su quoi faire, et vous n'avez pas eu peur de le faire. Moi, j'étais paralysée, les autres aussi...

— Pas vraiment, dit-il. Ward est arrivé tout de suite après moi, et je crois bien que Madeline aurait préféré l'attendre.

Leurs regards se croisèrent dans le miroir. Elle avait des yeux magnifiques, noisette avec des paillettes vertes. Des yeux expressifs et changeants. Ce matin, il leur avait trouvé une expression un peu triste et vulnérable ; au magasin, il avait été frappé par leur sagacité. Maintenant, ils brillaient, dansaient d'une façon qu'il trouva absolument irrésistible.

— J'ai remarqué aussi ! renchérit-elle. C'est incroyable, sa robe est en train de brûler et elle pense encore à le séduire ?

— Elle est amoureuse, expliqua Parker tandis qu'elle maintenait ses mains sous le robinet. Je suis sûr que vous connaissez ça.

Ce fut seulement en voyant le visage de Sarah se fermer qu'il eut conscience de ce qu'il lui demandait. De son côté, elle avait tout de suite saisi la question implicite. *Êtes-vous déjà engagée ? Me permettez-vous d'approcher encore un peu ?*

Bien sûr qu'elle comprenait où il voulait en venir ! Belle comme elle l'était, intelligente, sexy, intéressante, elle devait lire cette question chaque jour dans les yeux des hommes. Et d'après la façon dont le rire s'était éteint dans ses yeux, cela ne lui plaisait guère. Pourtant, malgré lui, parce qu'il avait brusquement très envie de savoir, il insista :

— Allons, avouez : l'amour ne vous a jamais poussée à faire quelque chose de tout à fait stupide ?

— Bien sûr que si, répliqua-t-elle.

Elle ferma le robinet, décrocha une serviette et se remit enfin à sourire.

— Mais je crois pouvoir dire, shérif, que s'il y a quelque part un homme qui vaille que je m'immole par le feu, je ne l'ai pas encore rencontré.

— Parfait ! s'exclama-t-il en éclatant de rire.

Sa réponse lui procurait une satisfaction absurde. Puis il se secoua, incrédule. Etait-il en train de faire du charme à la nièce de Ward ? Ce ne serait pas très intelligent de sa part ! Pourtant, aucune femme ne l'avait fasciné à ce point depuis sa rencontre avec Tina. Résultat : six années d'enfer, plus une journée abominable et très coûteuse devant le juge... On pouvait croire qu'il avait appris la leçon ! Eh bien, non, c'était inexplicable, déraisonnable... mais Sarah Lennox l'intriguait.

Cela devait tenir à ce mélange de fragilité et de détermination qu'il devinait en elle, comme un écho du caractère de son oncle, enfoui sous sa vulnérabilité si féminine. A moins que ce ne fût tout simplement parce qu'il était resté seul trop longtemps. Non... Loin d'en souffrir, il avait apprécié cette année de célibat. Quel soulagement, après Tina, de s'accorder cette année sabbatique, sur le plan physique et émotionnelle ! Tout de même, cette réaction pouvait être le signal annonçant que cette année lui suffisait, et qu'il était temps de passer à autre chose.

Il s'arrêta court, assez gêné par la teneur de ses pensées. Sarah Lennox ne lui faisait pas l'effet d'une femme qui s'amuse à partager le lit d'un inconnu pour pimenter ses vacances d'hiver. Elle se montrait amicale et polie, mais ne semblait pas le moins du monde bouleversée par son charme viril. Sans parler de la réaction de Ward, s'il s'avisait de fêter son retour à la vie amoureuse en faisant des avances à sa nièce préférée !

A contrecœur, il revint aux réalités. Pendant qu'il s'accordait ce stupide fantasme, elle avait fini de passer de la pommade sur ses paumes. Avec précaution, elle posa une compresse stérile sur l'une d'elles et se mit à enrouler une bande autour de sa main, les yeux baissés, entièrement concentrée sur sa tâche. Il se sentit un peu ridicule. Ce n'était qu'une brûlure anodine... Emma allait se moquer de lui, pendant des années sans doute ! Il ressemblait probablement à un petit chien-chien qui tend les pattes en gémissant, enchanté qu'on s'occupe de lui.

Tout de même, que de gentillesse et de générosité !

— Dites-moi..., demanda-t-elle tout à coup sans lever les yeux, en achevant de fixer la première bande. Que se passe-t-il vraiment avec mon oncle et ce festival ?

Elle prit une seconde compresse, la posa sur son autre main. Tout en ouvrant et refermant sa main bandée pour s'habituer à la présence du pansement, il réfléchit à ce qu'il devait lui dire. Il ne voulait pas l'inquiéter, mais en même temps, elle pouvait être une alliée précieuse. Ward accepterait peut-être de l'écouter.

— Il a décidé d'empêcher le festival d'avoir lieu cette année. Certains commerçants estiment qu'il leur fait du tort. Ils sont assez remontés.

Sarah fronça les sourcils.

— Mais je croyais que c'était la fête principale de Firefly Glen ! Le festival a lieu depuis toujours, mon oncle m'en a parlé et il semblait beaucoup l'apprécier.

— Oui, Roberta et lui l'adoraient, autrefois. Ils ont même été élus roi et reine, une année, quand ils venaient de se marier. Seulement, entre-temps, le festival a pris de plus en plus d'importance. On ajoute des attractions tous les ans, il vient de plus en plus de touristes. Cela fait des années que Ward grogne en disant qu'ils vont finir par gâcher le Glen.

Le regardant avec beaucoup de gravité, elle demanda :

— Et c'est vrai ? Ce serait terrible...

Elle semblait tout à fait sincère. Peut-être comprenait-elle vraiment, pensa-t-il, peut-être sentait-elle la magie de ce vallon paisible. Après tout, elle vivait en Floride, paradis tropical obligé de chercher sa voie entre beauté de la nature et commercialisation... et qui y laissait le plus souvent son âme.

— Je ne sais pas, répondit-il avec franchise. C'est possible. Il suffit de regarder les pièges à touristes de la région pour comprendre que le village pourrait devenir aussi vulgaire et surpeuplé. En même temps, c'est la nature humaine. Si on est dans le commerce, on veut faire des bénéfices.

Il soupira, déchiré comme chaque fois qu'il réfléchissait au problème.

— En tout cas, cette année, le conseil municipal a décidé de lancer une grande campagne publicitaire. Je crois que pour Ward, c'est la goutte qui a fait déborder le vase. Il a décidé de tout faire capoter.

Sarah avait fini de soigner ses mains. Il les leva en examinant les pansements d'un air sceptique : il se faisait un peu l'effet d'un boxeur, les mains bandées avant d'enfiler ses gants. Ses adjoints allaient bien rire, eux qui se moquaient toujours de lui en le traitant de gosse de la ville. Il était d'ici au même titre qu'eux, mais ses années à Washington lui avaient coûté cher...

Sarah rangea son matériel avec soin, s'assit sur le rebord de l'immense baignoire et leva vers lui des yeux plus graves que jamais.

— Il veut vraiment tout faire rater ? On doit beaucoup lui en vouloir, alors, dit-elle.

66

Il hocha la tête et elle reprit :

— Vous pensez que ça pourrait mal tourner ? Vous pensez qu'il court un risque ?

Que répondre à cela ? Il ne le pensait pas, non. Il connaissait ces gens depuis toujours et il aurait juré qu'ils n'étaient pas violents. Pour la plupart, ils étaient attachés à leur coin de montagne isolé, aimaient la nature et se respectaient les uns les autres. Ils avaient choisi de vivre dans cet endroit splendide, assez sauvage pour que ses dangers leur enseignent le courage... et aussi l'humilité.

En même temps, il ne pouvait pas être absolument sûr que tout se passerait bien. Certains tenaient beaucoup à avoir gain de cause, et il savait d'expérience qu'on ne peut pas savoir jusqu'où ira un homme si on le pousse à bout. Et Ward poussait de toutes ses forces.

— Je ne crois pas, dit-il prudemment. Tout de même, je serais plus tranquille si Ward voulait bien se calmer. Vous disiez que l'amour fait faire des choses bizarres... Eh bien, l'argent aussi.

Elle étudia son visage un long instant, comme si elle cherchait à lire le fond de sa pensée. Puis elle se remit debout et lissa ses cheveux de miel d'une main ferme. Petite et fine comme elle l'était, il se dégageait d'elle une force considérable... et aussi une aura sensuelle qui le fit frémir.

— Je vois, dit-elle. Alors, c'est probablement une bonne chose que je sois venue.

Parker était tout à fait d'accord avec elle.

9 heures du soir. La neige chuchotait depuis des heures aux fenêtres de la bibliothèque. Sarah et Ward se taisaient, de ce silence chaleureux qui tombe entre les êtres proches quand ils n'ont plus besoin de paroles. La partie d'échecs allait s'achever ;

Sarah venait de s'apercevoir que seuls deux pions séparaient le roi de son oncle de sa propre reine.

C'est alors que le téléphone sonna.

Son vrombissement métallique fit voler en éclats le silence paisible. Elle sursauta et fixa l'appareil, les yeux ronds, comme s'il venait de se matérialiser par magie sur la petite table. Ward ne semblait pas partager sa confusion : il décrocha tranquillement et, de l'autre main, s'empara d'un de ses pions avec un sourire diabolique.

— Allô ?

Puis il la stupéfia en lui tendant le combiné par-dessus l'échiquier.

— C'est pour toi.

Elle sentit son cœur battre plus vite. Pour elle ? Mais qui ? L'école savait où la joindre, bien sûr, au cas où sa remplaçante rencontrerait une difficulté. Sa mère aussi, dans l'éventualité bien improbable où elle et son quatrième mari s'inquiéteraient à son sujet. Il y avait aussi... Ted.

Ce ne pouvait être lui ! Au moment de partir, elle avait laissé un bref message sur son répondeur. « Je pars chez mon oncle pendant quelque temps. Tu seras parti avant que je ne revienne. Je te souhaite bonne chance dans ta nouvelle existence. » Non, Ted ne l'appellerait plus. Libéré de ses obligations envers elle, il avait dû se précipiter en Californie en remerciant le ciel de s'en sortir à si bon compte. Un jour ou l'autre, pourtant, il faudrait parler avec lui. Elle n'attendait rien de lui, et surtout pas de l'argent, mais tout de même... Un jour, il faudrait décider quoi dire au bébé. Ted voudrait-il être averti de la naissance ? Voudrait-il des nouvelles, des photos, un... droit de visite ?

Au fond, elle avait choisi la solution la plus lâche en laissant ce message. A un moment donné de leur avenir, il y aurait peut-être des conflits et des avocats, des discussions

68

pénibles avec les familles, des décisions douloureuses pour régler mille détails… mais pas tout de suite. De grâce, pas tout de suite, elle n'avait pas encore la force.

Son expression dut traduire au moins une partie de ce qu'elle ressentait, car Ward fronça les sourcils en lui lançant un regard aigu. Puis, avant qu'elle pût se forcer à tendre la main, il ramena le combiné à sa propre oreille.

— Sarah n'est pas disponible, dit-il fermement. Je vous dis qu'elle n'est pas disponible. Si vous voulez, je peux prendre un message...

Il écouta quelques instants, marmonna encore quelques mots, coupa la communication et posa le combiné sur la table sans le raccrocher.

— C'était Ted, dit-il sans emphase en étudiant l'échiquier. Il a toujours l'air aussi constipé. Tu joues ?

Docile, Sarah se pencha sur l'échiquier. Elle souriait. Son oncle était unique, et elle l'adorait. Quand elle pensait au visage que Ted devait avoir en ce moment même ! Il devait contempler le combiné, outré, incrédule. Lui qui n'admettait pas qu'on lui refuse quoi que ce soit, lui qui devait toujours être le patron, au travail comme dans tous les autres aspects de sa vie ! Elle mesurait maintenant son besoin de dominer les autres. A sa manière, il aurait sans doute pris beaucoup de plaisir à être père... Tout ce pouvoir, toute cette supériorité physique !

Elle eut un petit frisson, contempla sa reine condamnée et prit sa décision :

— C'est sans doute inévitable, mais je n'ai pas envie de me rendre ce soir.

Levant les yeux, elle offrit à son oncle un sourire assez douloureux.

— On termine demain ?

Il se renversa en arrière sur son siège et s'étira en faisant grincer le vieux bois du trône.

— Bonne idée. Je crois qu'on a tous les deux besoin d'un peu d'air. Ça te dit de faire un tour au lac ?

Interdite, elle se retourna vers la fenêtre.

— Oh, mais il neige toujours... Il doit faire très froid.

Il sauta sur ses pieds et traversa la pièce en riant, se dirigeant vers le placard du hall où l'on rangeait les manteaux et les bonnets.

— Bien sûr qu'il fait froid, petite fille. C'est bien pour ça que tu es là. Autrement, tu serais restée en Floride, à bronzer en te disputant avec ton petit copain.

Dès qu'elle émergea au grand air, elle comprit que cette sortie était exactement ce dont elle avait besoin. La nuit luisait doucement, le sol couvert d'une somptueuse couche immaculée, l'air empli de particules blanches. Elle entrait dans un monde nouveau, d'une beauté si mystérieuse que Ted et sa mesquinerie perdirent toute importance. Elle était enceinte ? Et alors ? Cette vérité toute simple ne représentait qu'un détail dans les rythmes immenses et irrésistibles de la nature. Impossible de s'inquiéter, impossible de faire autre chose qu'admirer la splendeur de ce moment.

Une euphorie curieuse se leva en elle. Enfilant les gants doublés de cachemire que son oncle lui avait prêtés, elle glissa son bras sous le sien et se mit à rire.

— C'est merveilleux, et je t'aime de tout mon cœur.

Il poussa un grondement sourd, car elle venait d'outrepasser une de ses règles fondamentales : pas de sentiment ! Puis il se mit à rire à son tour.

— Allons, viens. Tu n'as encore rien vu.

Lentement, ils descendirent en direction du lac. Leurs pieds s'enfonçaient dans la neige toute neuve avec des craquements doux, les gros flocons paresseux tombaient sans cesse, se posant parfois sur leur visage dans une brûlure fugace. La lune faisait des apparitions entre les nuages, une grosse lune bleue, si proche qu'elle semblait reposer sur les arbres.

— Voilà l'arbre de la balançoire, dit Ward en montrant un gigantesque arbre-à-coton, dont l'écorce grise et rugueuse brillait dans un rayon de lune.

La balançoire de bois n'y était plus, mais Sarah le reconnut tout de suite.

— Tu te souviens ? Le lac n'est plus très loin.

L'été de ses treize ans, ils faisaient le tour du lac Llewellyn presque chaque jour. Par la suite, elle l'avait revu bien souvent dans ses rêves, retrouvant la lumière dorée sur la verdure, le cerf-volant qu'il lui avait offert, les rires, les pique-niques, les cardinaux écarlates s'envolant bruyamment entre les arbres, les canards maladroits réclamant leurs croûtes de pain. Elle s'en souvenait si bien que lorsqu'ils atteignirent la berge, elle eut du mal à en croire ses yeux. Son lac vert profond s'était métamorphosé en paysage lunaire : une vaste étendue de glace dure, blanche et grise, rugueuse. Ils s'immobilisèrent sur la berge, entre deux sapins chargés de neige, pour contempler cet étrange paysage.

— Tu vois la petite lumière blanche, là-bas ? demanda Ward en levant la main vers le nord. Plus forte que les autres, juste en face de nous ? C'est la jetée de Parker Tremaine. Au cas où ça t'intéresserait...

Sarah distinguait à peine ce point lumineux qui clignotait, souvent effacé par les flocons de neige. Elle se tourna vers son oncle avec un sourire un peu railleur.

— Pourquoi est-ce que ça m'intéresserait ?

— Oh, juste pour savoir où il habite...

Sa voix était tranquille, mais elle s'aperçut qu'il ne la regardait pas en face.

— C'est une belle propriété. Les Tremaine sont au Glen depuis toujours. Ce sont de braves gens.

Il se tut un instant puis conclut :

— C'est quelqu'un de bien.

Sarah respira à fond... et le regretta tout de suite en sentant l'air glacé lui brûler les poumons. Toussant, elle serra le bras de son oncle contre elle.

— Rassure-moi, tu ne cherches pas à jouer les marieurs ?

— Moi ? Bien sûr que non ! protesta-t-il, outré. Pour quoi faire ? Tu te maries à la Saint-Valentin, non ? Je pensais simplement que tu aimerais savoir où trouver le shérif. Au cas où il y aurait un problème...

Elle se tassa un peu sur elle-même, se serrant contre lui pour s'abriter du vent.

— Un problème ? Tu veux dire... à cause du festival ? Ça n'en arrivera tout de même pas là ?

— On ne sait jamais. L'un de ces singes hurleurs du bourg pourrait avoir un moment d'égarement. Bourke Waitely, par exemple. Il est propriétaire de l'hôtel et il a un caractère de chien. Il pourrait s'imaginer qu'il est capable de m'empêcher de faire ce qui me plaît.

Elle contempla l'étendue immobile du lac. Les nuages s'écartaient, la lune étincelait sur la glace. Choisissant ses mots avec soin, elle dit :

— Je ne suis pas très au courant de la situation, mais... ce serait si terrible que ça, si tu laissais le festival se faire ? Plutôt que de mettre tout le monde en rage au point de...

Elle poussa un soupir, puis avoua :

— Je veux juste que tu prennes soin de toi.

Comme il ne répondait pas, elle leva les yeux vers lui avec inquiétude. Avec la fine couche de neige déposée sur ses épaules, le givre qui étincelait sur ses sourcils broussailleux, il semblait aussi indestructible que ce paysage austère — aussi rude, et aussi solitaire. Et pourtant, même s'il n'avait guère changé en quinze ans, l'âge finirait bien par l'abattre. Sarah découvrit qu'elle ne supportait pas l'idée qu'il pût lui arriver quelque chose.

— Quand Firefly Glen a été déclaré nouvelle commune, dit-il tout à coup d'une voix dure, il n'y avait que cinquante habitants, tous bûcherons ou trappeurs. Des gens simples. Pour arriver jusqu'ici, il n'y avait qu'une piste à flanc de montagne, à peine la largeur d'une carriole. Et puis cette bande de millionnaires de New York a décidé que c'était l'endroit parfait pour échapper à la foule et aux miasmes de la ville. Le temps de se retourner, ils étaient partout, à construire des maisons semblables à celles qu'ils tenaient tant à fuir !

Il poussa une petite exclamation excédée et reprit :

— Il a même fallu ouvrir une nouvelle route pour franchir le col, rien que pour qu'ils puissent apporter leurs meubles et leurs affaires. Ce sont les bûcherons qui l'ont appelée la Brèche des Vanités, parce que même en élargissant le passage, ces imbéciles ont eu du mal à y faire passer leur ego.

Sarah eut un petit rire. Cette histoire lui était très familière mais elle ne s'en lassait jamais. En même temps, l'indignation de son oncle l'intriguait, car il semblait parler au nom des bûcherons des premiers jours, alors qu'en réalité, il descendait des millionnaires, ces fameux « intrus ».

— Et quel rapport, demanda-t-elle doucement, avec le Festival des Glaces ?

— Oh, aucun rapport direct... Tous ces changements...

Il poussa un gros soupir.

— Trop de changements ! Tu sais, ça ne fait même pas un an que ta tante n'est plus là, et je me demande si elle reconnaîtrait certains coins du bourg. Ils commencent un nouveau lotissement dans le bois où je l'ai demandée en mariage.

Il serra les dents, son menton carré se pointa vers l'horizon et il foudroya le lac du regard.

— Je regarde autour de moi, petite fille, et je me demande combien de temps nous aurons avant qu'il ne reste plus rien. Plus rien de ce qui existait auparavant.

Voilà donc pourquoi il s'arc-boutait aussi férocement contre le progrès, contre toute évolution, tout changement ! Le cœur serré, Sarah murmura :

— Elle doit te manquer beaucoup. Moi aussi, elle me manque. Elle était toujours si heureuse qu'on se sentait heureux, rien qu'à être auprès d'elle. Vous deux, vous aviez le mariage le plus merveilleux que j'aie jamais vu.

— Elle était trop bien pour moi…

Elle fut soulagée de voir qu'il se tournait enfin vers elle.

— Ecoute. Je sais bien que ça ne me regarde pas, mais il faut que je te dise une chose. Une seule chose, et ensuite je me tais, c'est promis.

Sarah secoua la tête en souriant.

— Ce n'est pas la peine. Je sais déjà ce que tu vas dire.

— J'en doute, répliqua sévèrement son grand-oncle. J'espère bien que tu ne connais même pas les mots que j'aimerais employer.

Cette fois, elle éclata de rire.

— Vocabulaire à part, je vois où tu veux en venir, je t'assure. Et je peux te dire une chose : *je ne vais pas le faire.*

— Pas faire quoi ? demanda-t-il avec méfiance.

— Je ne vais pas épouser un petit arriviste constipé qui se fiche royalement de tout ce qui sort de ses petits problèmes.

74

Il partit d'un grand éclat de rire, la prit dans ses bras et la fit tournoyer à lui donner le vertige, comme il le faisait quand elle n'avait que treize ans.

— Eh bien, voilà ! Il fallait le dire tout de suite !

5.

— Dites à votre oncle que je compte sur sa critique. Il doit me dire si ce livre lui a plu, recommanda la propriétaire de la librairie L'Ours Noir, en rendant la monnaie à Sarah. Dites-lui que ça fait trop longtemps qu'il ne m'a pas rendu visite. Je prépare du chocolat chaud pour lui tous les jours depuis Noël.

Sarah lui sourit, tout en se gardant bien de répondre. Elle n'était à Firefly Glen que depuis trois jours, et elle avait déjà vécu cette scène plusieurs fois. Toutes les veuves et célibataires d'un certain âge cherchaient à attirer l'attention de son oncle Ward. Depuis qu'on savait que Sarah était sa petite-nièce, ces dames rivalisaient de gentillesse, lui fourrant des petites gâteries dans la poche, lui glissant à l'oreille des messages adressés au propriétaire de Winter House.

Cette fois encore, elle réussit à sortir du magasin sans rien promettre. Cela aussi, elle l'avait vite compris. Ward appréciait sa popularité, mais il n'avait aucunement l'intention de se laisser piéger.

Sachant qu'on ne l'attendait pas avant le déjeuner, elle prolongea sa promenade, remontant la rue principale pour contempler les vitrines. Il faisait froid, mais l'air était très pur, le soleil blanc très vif. Dès le premier jour, elle avait dû acheter des lunettes de soleil. Jamais elle ne se serait doutée que le soleil froid du Nord sur la neige pouvait être aussi aveuglant.

Arrivée devant Couleurs et Sortilèges, la mercerie, elle s'immobilisa en faisant passer les romans commandés par Ward d'un bras sous l'autre. La vitrine était agencée comme une merveilleuse chambre de bébé, avec un arc-en-ciel de laines retombant sur la dentelle d'un berceau blanc. Quelles couleurs merveilleuses ! Elle n'avait jamais beaucoup tricoté — en Floride, on n'use guère de pulls, d'écharpes ou de moufles — mais tout à coup, elle imaginait quel plaisir ce serait de créer des petits chaussons roses, des couvertures, ou des petits bonnets très doux avec des pompons.

Elle posait la main sur la poignée de la porte quand son bon sens reprit le dessus. Cette chambre délicieuse en vitrine n'était qu'un fantasme, et elle n'avait pas de temps à perdre avec des fantasmes. Ces vacances étaient censées lui donner le temps de regarder la réalité en face, d'y voir plus clair dans ce qu'elle voulait faire de sa vie, et de prendre quelques décisions difficiles.

Par exemple : comment allait-elle s'en tirer ? Aurait-elle la force d'élever un enfant toute seule ? Elle se sentait, en ce moment, plutôt dépassée par les événements, trop lâche même pour avouer la situation à Ward. Si elle ne pouvait pas se confier à lui, qu'allait-elle dire à ses collègues ? A ses amis ? A sa mère ?

Une fois que tout le monde saurait la vérité… que ferait-elle ? Elle avait obtenu un congé de six semaines, mais comptait-elle vraiment retourner au travail, ensuite ? A quoi cela l'avancerait-il, puisqu'on la congédierait dès que sa silhouette se mettrait à changer ?

En même temps, si elle ne retournait pas en Floride, si elle cessait d'enseigner, que pourrait-elle faire ? De quoi allait-elle vivre, et faire vivre cette vie toute neuve qui se développait en elle ?

L'angoisse déjà trop familière la saisit au creux du ventre. Au même moment, la poignée de la porte bascula sous sa main et une autre cliente sortit du magasin en coup de vent, chargée de gros sacs bourrés de laines vertes et bleues. Surprise, Sarah eut un mouvement de recul. Elle n'avait aucune habitude des trottoirs glissants, ses chaussures de sudiste ne lui donnant aucune prise. Comme dans un film au ralenti, elle essaya de retrouver son équilibre, s'empêtra dans sa brassée de livres, essaya de se raccrocher à la porte... et s'abattit brutalement à terre.

L'autre femme se pencha sur elle, confuse.

— Je suis désolée ! Je ne vous avais pas vue... Laissez-moi vous aider. Vous vous êtes fait mal ?

Malgré son coude douloureux et sa position ridicule, Sarah fit de son mieux pour lui sourire.

— Merci, ça va aller. J'étais plantée devant la porte et... Ne vous inquiétez pas, tout va bien.

Pourtant, quand elle voulut se redresser, une douleur aiguë la foudroya des côtes à l'aine. Saisie par l'intensité de la sensation, elle se figea. Affolée, la femme laissa tomber ses sacs.

— Ça ne va pas ? Vous n'avez rien de cassé, dites ?

« Du calme », s'ordonna Sarah. Elle avait dû se froisser un muscle, rien de plus. Prudemment, elle testa ses jambes et découvrit qu'elle pouvait se remettre debout. La douleur, en revanche, était toujours là. Elle s'intensifia même quand elle acheva de se redresser... Sarah fut alors saisie d'une frayeur affreuse. Plaquant ses mains gantées sur son ventre, elle resta immobile, sans même penser à aider la femme qui ramassait ses livres épars. Elle les prit quand celle-ci les lui tendit, et vit ses propres mains trembler. L'autre

78

femme, visiblement pressée de partir, ne pouvait pourtant se résoudre à la planter là.

— Vraiment, je... Vous êtes sûre que ça va aller ?

Sarah hocha la tête lentement.

— Tout va bien. Tout de même, pourriez-vous me dire... Il y a un médecin près d'ici ?

Une heure plus tard, en se rhabillant derrière les rideaux bleus du cabinet d'obstétrique et gynécologie, Sarah se sentait un peu ridicule. Non pas que l'obstétricienne, Heather Delaney, une toute jeune femme aux cheveux roux et au visage d'ange, lui eût dit quoi que ce soit. Au contraire, elle s'était montrée rassurante et encourageante à la fois. Le secrétariat lui avait fait une place entre deux rendez-vous, et le médecin venait de l'examiner à fond, pour finir par lui annoncer que le bébé allait très bien. Il s'agissait seulement d'un léger claquage, qui cesserait de la tracasser d'ici quelques jours.

Tout de même, Sarah s'en voulait d'avoir paniqué. A la première petite alerte, elle s'était précipitée chez un médecin qui, malgré son attitude chaleureuse, la prenait probablement pour une hystérique.

Elle achevait de boutonner son chandail vert quand la jeune femme revint dans la pièce, une ordonnance à la main.

— Au cas où vous voudriez quelque chose pour la douleur..., dit-elle en souriant. Vous savez sans doute que moins vous prendrez de médicaments, mieux cela vaudra. Le bébé absorbe une partie de tout ce que vous avalez, que ce soit de l'aspirine ou de l'alcool.

Sarah lui rendit son sourire.

— Je n'ai besoin de rien. En fait, ça ne fait pas si mal. C'est juste...

Gênée, elle ajusta les manches de son chandail.

— Enfin, c'est tout nouveau pour moi. Je ne m'y suis pas encore faite et ça m'impressionne un peu.

Le Dr Delaney s'appuya de la hanche contre une table couverte de brochures destinées aux jeunes parents, de mouchoirs en papier et de boîtes argentées contenant des appareils mystérieux. Malgré sa salle d'attente remplie de patientes, elle semblait prête à prendre tout le temps nécessaire pour discuter des inquiétudes de Sarah.

— C'est un sacré bouleversement, confirma-t-elle. Se sentir responsable d'un être humain, faire en sorte que tout se passe bien, alors qu'on n'a aucune idée de la façon de s'y prendre… Mais vous savez quoi ? ajouta-t-elle avec un petit rire. En fait, c'est le bébé qui est aux commandes, et il sait parfaitement ce qu'il a à faire. Votre rôle à vous est simple : il suffit d'éviter de vous mettre en travers de son chemin.

Sarah éclata de rire, enchantée par l'idée d'un petit être déterminé, agrippé au volant du véhicule qui le conduirait vers l'existence. *Dans son existence à elle*. Quelle image fantastique ! Le cœur plus léger tout à coup, elle secoua la tête.

— Vous voulez dire que je ne contrôle rien ? Dans un sens, c'est un peu effrayant aussi, non ?

— Bien sûr ! D'après ce qu'on me dit, le petit chéri tiendra plus ou moins la barre pendant les vingt années à venir.

Froissant son ordonnance, elle la jeta adroitement dans la corbeille brillante près du bureau.

— Ecoutez, appelez-moi Heather. Tout le monde le fait, et en plus, votre oncle est un grand ami.

— C'est vrai ?

80

Pourquoi n'y avait-elle pas pensé ? Visiblement, elle n'avait pas encore bien saisi le fonctionnement d'un bourg de cette taille.

— Je vois. J'espère… Docteur, enfin, Heather, je… J'espère que vous ne parlerez pas de ma visite. Vous comprenez, je n'ai pas encore prévenu mon oncle, pour le bébé.

Les yeux verts de Heather s'écarquillèrent un peu, la faisant paraître encore plus jeune. Elle avait une peau de jeune fille, lisse comme du satin, mais son regard perspicace était celui d'une femme d'expérience.

— Je suis médecin, pas la pipelette du village. Vous voulez bien me dire pourquoi vous n'avez pas parlé à Ward ? Je l'ai connu toute ma vie et je parierais n'importe quoi qu'il sera enchanté.

Embarrassée, Sarah jouait avec la courroie de son sac. Voilà la question difficile, la question qui resterait sans doute difficile toute sa vie : elle avait fait une grossière erreur, pour laquelle son enfant et elle allaient payer pendant très longtemps. Comment expliquer ce qu'elle ne comprenait pas elle-même ? Et comment une femme comme Heather Delaney pourrait-elle comprendre le gâchis qu'elle avait fait de sa vie ? Elle ne la connaissait que depuis vingt minutes, mais elle devinait déjà que le médecin était de ces êtres qui ne se trompent jamais. Sereine, admirablement belle, concentrée et très professionnelle, bien éduquée, bien installée dans sa profession… Jamais elle n'aurait permis à un préservatif défectueux de bouleverser son existence.

Cela dit, l'erreur était commise, et Sarah devait maintenant assumer les conséquences, et tenter de le faire avec un minimum d'élégance. Se redressant, elle croisa franchement le regard de son interlocutrice.

— Je compte le lui dire très bientôt, mais la situation n'est pas simple. Comme vous l'avez sans doute deviné, cette grossesse est imprévue. Mon fiancé et moi venons de rompre, et il est furieux que je veuille garder le bébé.

Heather fronça les sourcils et hocha la tête.

— Je suis désolée, dit-elle avec douceur. Ce ne doit pas être facile.

— Ça ne l'est pas, non, répondit Sarah en s'éclaircissant la gorge. J'ai besoin de me faire à l'idée avant d'en parler à qui que ce soit d'autre. Elever un enfant toute seule, c'est une responsabilité énorme. Je ne suis même pas encore très sûre de ce que je ressens.

Le visage sérieux de Heather s'illumina d'un grand sourire amical.

— Oh, mais je crois que vous le savez très bien !

Un instant, Sarah resta muette, abasourdie par la certitude dans sa voix. Un peu vexée, elle demanda :

— Qu'est-ce qui vous fait croire ça ?

— Le fait que vous soyez ici, répliqua Heather, pas du tout impressionnée par sa réaction. Dites-moi : à quoi avez-vous pensé quand vous êtes tombée ? Qu'avez-vous ressenti quand vous pensiez avoir fait du mal au bébé ?

Sarah déglutit péniblement en se souvenant de sa terreur.

— Je me suis sentie effrayée, répondit-elle. Paniquée.

— Et pourquoi avez-vous eu si peur ?

Sarah posa la main sur son ventre et la contempla, hypnotisée par la bande de peau plus pâle à l'emplacement vide de sa bague de fiançailles.

— Parce que j'ai pensé que je pourrais perdre le bébé. Parce que j'ai cru que ce... ce miracle me serait peut-être retiré.

Elle secoua encore la tête, médusée par ce qu'elle venait de dire, et par la lumière qui s'allumait en elle, repoussant les ténèbres et l'angoisse. Une chaleur subite lui vint et elle balbutia :

— Parce que je ne pouvais plus imaginer ma vie sans ce bébé !

Sa vision s'éclaircit alors et elle vit que, malgré son sourire, les beaux yeux verts de Heather Delaney étaient mouillés, eux aussi. Le jeune médecin lui tendit la main. Encore sous le coup de cette émotion inattendue, Sarah la prit et se sentit réconfortée par ce contact ferme et encourageant.

— Félicitations, dit Heather. Vous allez être maman !

Le bureau du shérif de Firefly Glen se trouvait dans une annexe de brique rouge bâtie contre la muraille est de l'hôtel de ville. Son profil était assez ridicule : l'architecte, dans un souci d'originalité, lui avait donné un toit penché, qui venait s'appuyer contre la grande bâtisse comme un enfant fatigué s'appuie à sa mère.

Parker ne s'en plaignait pas : plus récents que l'hôtel de ville de quelque cent cinquante ans, les locaux étaient confortables, bien agencés, et comportaient un nombre de mètres carrés tout à fait respectable, surtout si l'on considérait l'absence quasi totale de délinquance à Firefly Glen.

Quatre adjoints, une secrétaire et une employée à mi-temps chargée du classement se partageaient le grand bureau principal, flanqué d'un côté par le réduit où travaillait Parker, et de l'autre par la cellule. Chacun disposait donc d'un espace vital suffisant ; mais vu la tension qui s'était instaurée entre Harry Dunbar et lui ces derniers temps, tout le monde avait les nerfs à vif.

Parker s'arrangeait pour planifier leurs activités de façon à croiser son beau-frère le moins souvent possible. Il ne voulait plus entendre la voix froide et distante de Harry au téléphone avec Emma, il se sentait incapable de l'écouter répondre par monosyllabes sans avoir envie de déclencher une bagarre. Pour qui se prenait-il donc, pour traiter Emma de cette façon ?

Malheureusement, il n'avait pas été possible de se tenir à l'écart aujourd'hui. Le bureau présentait son nouveau budget devant le conseil municipal le lendemain, et ils n'étaient pas trop de deux pour rassembler tous les chiffres. En conséquence, cet après-midi là, l'air du petit poste de police vibrait d'électricité.

Suzie, qui venait enfin pour démonter sa crèche, jaugea tout de suite la situation. Laissant choir son sac à dos violet fluo sur son bureau, elle lâcha :

— Génial ! Les deux ours sont dans la même cage. Ça promet !

Puis, tout en ajustant l'anneau qu'elle portait au sourcil, elle jeta un regard de défi à la ronde :

— Vous savez, j'aurais pu avoir un job à la confiserie !

Harry ne releva même pas la tête, mais Parker fit de son mieux pour lui sourire.

— Je te fais une lettre de recommandation quand tu veux.

Pour toute réponse, elle braqua sur lui son célèbre regard désabusé, puis disparut dans la cellule pour commencer son travail. Pendant une heure, ils n'entendirent que quelques jurons étouffés et la lamentation électronique trop familière : « Betsy veut une couche. »

Parker et Harry continuèrent leur tâche, alignant des chiffres et des estimations sans échanger un mot. Quand le téléphone sonna, ce fut presque un soulagement. Parker décrocha, posa quelques questions, raccrocha et se tourna vers Harry.

— C'était Théo. Elle dit qu'elle entend des cambrioleurs au sous-sol.

La tête de Suzie parut à la porte de la cellule.

— Sans blague ! lança-t-elle ironiquement. Je savais qu'elle avait une araignée au plafond, mais...

Agacé, Parker lui fit signe de disparaître. Avant de travailler pour la police, Suzie était passée par le Candlelight Café. Ses sarcasmes ne convenant guère au style de l'établissement, on n'avait pas tardé à lui demander de partir. Apparemment, elle en voulait encore à son ancienne patronne.

— Tu veux bien aller jeter un coup d'œil ? demanda-t-il à Harry.

Celui-ci referma le dossier qu'il consultait et se leva.

— J'y vais.

— Bon débarras, marmonna Suzie quand la porte se referma derrière lui.

Sa tête se tendit de nouveau par l'entrebâillement des barreaux.

— Ce type a un sérieux problème. Qu'est-ce qui lui arrive ?

Parker ne se retourna pas. Pas question d'aborder la question avec Suzie ! Avec un peu de chance, il n'aurait besoin d'en parler à personne. Depuis cette affiche unique dans la vitrine d'Emma, la campagne électorale de Harry semblait au point mort. L'incident datait déjà de trois semaines, et ce dernier n'avait encore rien annoncé officiellement. Peut-être avait-il changé d'avis ?

— Bon, bon, très bien, renvoya Suzie, vexée. Pas la peine de me répondre !

— Parfait. C'est ce que je comptais faire.

L'accalmie ne dura pas longtemps. Vingt minutes plus tard, Harry était de retour, accompagné de Mike Frome et de Justine Miller, la ravissante fille du maire. Parker fit pivoter son siège en haussant les sourcils.

— Les cambrioleurs, expliqua son premier adjoint d'un ton bref. Je les ai surpris coincés entre deux piles de tomates en boîte. Apparemment, ils ne s'attendaient pas à avoir de la visite, ils n'étaient pas très habillés. Tu vois ce que je veux dire.

Parker se tourna vers les deux adolescents. Mike fit un effort pour soutenir son regard, sans pouvoir s'empêcher de se tortiller, rouge et honteux. Justine se contenta de rester tête baissée, modestement larmoyante.

A cet instant, Suzie émergea de la cellule, traînant maladroitement deux mannequins grandeur nature.

— Quelqu'un voudrait bien m'aider à ramener Marie et Joseph au magasin des Dickerson ? J'ai promis de les rendre aujourd'hui, mais je ne peux pas tout faire...

Elle se tut en remarquant les deux autres jeunes, et Parker vit qu'elle déchiffrait instantanément la situation. Malgré son attitude parfois agaçante, cette gamine était extrêmement intelligente.

— Oh, grave ! lâcha-t-elle, écœurée, en toisant Justine. Je te jure, Mike, qu'est-ce que tu es nul...

Prenant pitié de Mike, dont les joues viraient au violet, Parker se décida à intervenir :

— Suzie, au boulot. Harry, tu veux bien l'aider à porter ces mannequins chez Dickerson ? Je m'occupe de nos « cambrioleurs ».

Harry ne fit aucune objection. Lui non plus n'était pas bête, il savait parfaitement que ce n'est pas en faisant des histoires à la fille du maire qu'on décroche des médailles. Mieux valait laisser le sale boulot à son chef.

Enfin, Parker se retrouva seul avec les deux adolescents terrifiés. Délibérément, il les laissa mariner plusieurs minutes, tripotant ses dossiers et griffonnant des notes sur son agenda. Enfin, sentant que Justine allait craquer, il leva la tête et les regarda bien en face.

— Bon, Justine et toi, vous étiez dans le sous-sol de Théo Burke après tes heures de travail, dit-il durement à Mike.

Car le garçon travaillait pour Théo ! Il savait parfaitement que la vieille dame possédait un pistolet en parfait état de marche, et qu'elle avait peur des rôdeurs.

— Dis-moi, tu es toujours aussi stupide ?

— Je sais, ce n'était pas malin, marmotta Mike, tête basse. Je sais bien. On voulait seulement... on allait juste...

— Je sais ce que vous alliez juste faire, coupa Parker. Tu voulais juste récupérer tes pourboires.

Mike le fixa, les yeux ronds, bouche bée. Il jeta un coup d'œil à Justine, mais elle ne put l'éclairer car elle venait de se décider à pleurer pour de bon. Ce devait être sa stratégie face à toutes les difficultés de l'existence, pensa Parker. Mike se retourna vers Parker.

— Mes pourboires... ?

Parker secoua la tête, résigné. Etait-il aussi lent, à dix-huit ans ? Aurait-il choisi un endroit comme le sous-sol de Théo pour séduire sa petite amie ? Avait-il jamais été en manque au point de trouver que des boîtes de tomate de taille industrielle constituaient un puissant aphrodisiaque ? Bien sûr que oui... Tous les adolescents étaient comme ça. Seulement, celui-ci se préparait de gros ennuis s'il ne se décidait pas à réfléchir. Justine pleurait de plus en plus fort et si elle ne se taisait pas bientôt, elle agacerait Parker au point de lui faire changer d'avis. Il renoncerait à sauver cette gosse gâtée...

— C'est ça, oui. Tes pourboires.

Parker se leva, se dirigea vers le lavabo, arracha une serviette en papier au distributeur et la tendit à Mike.

— Malheureusement, tu avais oublié tes pourboires pliés dans une serviette en papier dans les vestiaires du café. Tu étais presque rentré chez toi quand tu t'es aperçu que tu les avais jetés avec les poubelles de la journée. C'est bien ça ? Tu ne voulais pas déranger Mlle Burke, et tu es revenu pour essayer de les retrouver. On les range bien dans un local au sous-sol ? Je peux lui téléphoner et tout lui expliquer.

Mike commençait enfin à comprendre. Il sortit ses pourboires de sa poche et les plia soigneusement dans la serviette en papier.

— Oui, mais…

D'un geste viril, il entoura les épaules de Justine de son bras, tout en lançant à Parker un regard implorant.

— Et Justine ?

— Quoi, Justine ? Elle n'a rien à voir dans cette histoire. Justine était chez elle en train de faire ses devoirs, tu ne crois pas ?

La jeune fille, qui semblait suivre la scène avec attention malgré ses larmes, lui lança un sourire radieux, tandis que ses larmes se tarissaient comme par miracle.

— Oh, shérif, merci ! Merci beaucoup ! Je vais dire à mon père qu'il ne doit pas voter pour M. Dunbar ! Je ne sais pas qui voudrait voter pour lui, il ne comprend rien. Il était carrément méchant, tout à l'heure…

— Bien. Nous sommes d'accord, alors, déclara Parker, s'efforçant de ne pas sortir de son personnage professionnel. Je téléphone à Théo. Mike, reste ici, au cas où elle voudrait te parler. Justine, tu as une voiture, n'est-ce pas ?

— Oui, shérif. La BMW de mon père est garée dehors.

Elle tamponnait ses cils avec précaution, s'assurant que ses larmes n'avaient pas gâché son maquillage.

— Vous êtes gentil ! Mon père a donné des fonds à la campagne électorale de M. Dunbar, mais je vais lui dire qu'il faut voter pour vous.

Encore ce sourire étincelant, puis :

— Vous n'êtes pas du tout un shérif lamentable.

— Justine ! supplia Mike, affreusement gêné.

— Quoi, c'est vrai ! insista-t-elle.

Elle donna un baiser rapide au jeune homme et s'en alla gaiement en lui jetant :

— Au revoir. A demain !

Parker et Mike la regardèrent sortir en silence, chacun perdu dans ses pensées. Entièrement pris par son idée fixe, Mike devait se demander quand il aurait une autre occasion de reprendre là où il en était resté ce soir. Les idées de Parker étaient plus complexes. Le maire s'était donc rangé aux côtés de Harry contre lui ? Ça lui apprendrait à se montrer bêtement satisfait de sa vie — à se considérer comme l'héroïque défenseur de la loi du petit bourg, dispensant la justice et aimé de tous. La veille de Noël, déjà, il avait eu un choc en apprenant que son propre beau-frère faisait campagne contre lui. Et maintenant, il découvrait que le maire lui-même — et allez savoir qui d'autre ! — soutenait Harry. S'il avait les fonds nécessaires, ce dernier pouvait parfaitement l'emporter.

— Je suis vraiment désolé pour ce que Justine a dit, murmura la voix hésitante de Mike. Il y a des moments où elle ne réfléchit pas...

Il poussa un gros soupir.

— Mais elle est tellement belle...

Parker ravala le commentaire sarcastique qui lui montait aux lèvres. De quel droit pourrait-il se permettre de critiquer ? Lui, il était allé jusqu'à épouser sa superbe idiote !

— Oui, convint-il. Très jolie. Tout de même, vous devriez y aller doucement tous les deux, tu ne crois pas ? Tu ne veux pas te retrouver au pied de l'autel parce que le maire t'y aura traîné par la peau du cou ?

Mike fronça les sourcils.

— Non, répondit-il lentement, comme s'il avait quelque difficulté à assimiler les messages contradictoires envoyés simultanément par son corps et son cerveau.

Avec un regard triste, il conclut :

— Mais elle est tellement belle...

Un son assez vulgaire jaillit de la cellule. Les deux hommes avaient oublié la présence de Suzie !

— Hé, Mike ! lança-t-elle sans se montrer. Tu sais ce que c'est, la Brèche des Vanités ?

Mike jeta un regard hostile par-dessus son épaule.

— Oui, grosse tête. C'est juste en dehors du bourg, la route qui monte au col.

— Non, dit-elle en se montrant enfin, lunettes de travers et cheveux couverts de paille. C'est l'espace entre les oreilles de Justine.

Mike fit mine de se jeter sur elle, mais elle disparut dans la cellule avec un ricanement diabolique. Parker faillit éclater de rire, mais il réussit in extremis à camoufler son hilarité dans une quinte de toux.

— On ferait bien d'appeler Théo, maintenant, articula-t-il dès qu'il le put.

Mike, cependant, n'en avait pas encore terminé avec l'élection.

— Vous savez, la candidature de M. Dunbar, c'est juste une rumeur, dit-il en venant le rejoindre. Si ça se trouve, ce n'est même pas vrai. Vous savez comment ces histoires se propagent.

Parker était sûr du contraire. Après tout, il avait vu de ses propres yeux l'affiche électorale.

— Par ici, les rumeurs sont aussi fiables que le lever du soleil, dit-il en souriant au garçon. A mon avis, elles ne se sont pas trompées en deux siècles.

— En tout cas, elles ne se trompent pas au sujet de Justine, lança la voix désincarnée dans la cellule.

Mike serra les dents, déterminé à ne rien entendre, et reprit obstinément :

— Je crois que c'est surtout à cause du Festival des Glaces. Vous savez, parce que le vieux Winters essaie de tout faire annuler... Justine dit que son père est vraiment furieux. Il trouve que le festival est super important pour le village, et il pense que vous devriez trouver un moyen d'empêcher M. Winters de faire des siennes. En l'enfermant, je ne sais pas, moi...

Parker eut un petit rire.

— Oui, le maire n'a jamais été très clair sur la façon dont fonctionne la Constitution.

Mike le dévisagea, perplexe ; le jour où son professeur d'éducation civique avait parlé des droits du citoyen, il devait être en train de contempler le pull moulant de Justine. Pourtant, il avait l'air sincèrement anxieux. Touché, Parker lui tapota l'épaule d'un air rassurant.

— Ne t'en fais pas. M. Dunbar a parfaitement le droit de se présenter à l'élection. Ça s'appelle la démocratie. Maintenant, viens par là, car il faut expliquer la situation à Théo avant qu'elle ne vienne nous abattre tous les deux.

— Et DIX ! Et on reste en position... Très bien, mesdames, très, très bien. Tenez bon ! Vous pouvez le faire.

Le pouvait-elle ? Sarah sentait sa jambe trembler et fléchir malgré ses efforts pour la maintenir tendue, tandis que celle du professeur d'aérobic était ferme comme un roc. Pouvait-on vraiment perdre la forme à ce point, en un mois seulement ?

— Lâchez tout ! Très bien, mesdames, cinq minutes de pause.

Pantelante, Sarah se laissa tomber sur le parquet de la salle de gymnastique. Cinq minutes ? Il lui en faudrait bien plus pour reprendre le contrôle de ses muscles.

— Elle est dure, hein ? haleta Heather Delaney, effondrée près d'elle.

C'était une certaine consolation de constater que la jolie gynécologue au corps admirable de sportive haletait, elle aussi. Fermant les yeux, Sarah gémit :

— Si c'est ça le cours de niveau moyen, je ne veux même pas voir ce que font les cracks !

— En tant que médecin, je vous le dis tout de suite : pas question pour vous d'y mettre les pieds. Ces séances-là sont uniquement destinées aux championnes olympiques.

Elles se remirent péniblement debout et se dirigèrent vers l'antichambre, où les attendaient des jus de fruits et des serviettes tièdes. Pour un cours de gymnastique du centre municipal, le décor était plutôt luxueux. Cela rappela une fois de plus à Sarah qu'elle ne se trouvait pas dans n'importe quelle bourgade de montagne.

Comme son oncle ne cessait de le lui rappeler, ce village de bûcherons et de trappeurs était depuis plus d'un siècle une retraite de millionnaires. Les gens riches aimaient soigner les décors, même ceux dans lesquels ils venaient suer et souffrir !

— La voilà ! s'écria Heather en haussant le cou vers la porte principale qui se refermait derrière deux nouveaux venus. Il était temps ! Venez, Sarah, je veux vous présenter Emma Tremaine. Elle est censée être ma meilleure amie, mais elle a tendance à se défiler, les jours de cours. Pourtant, on s'était mises d'accord pour venir ensemble et se donner du courage.

Souriante, Sarah la suivit… et prit conscience, avec un temps de retard, du nom qu'elle venait d'entendre. Puis elle vit qu'il n'y avait pas un seul Tremaine devant la porte, mais deux : le shérif et sa sœur.

6.

Emma ressemblait à Parker de façon stupéfiante. Taille et carrure à part, ils auraient pu être jumeaux, avec leurs cheveux noirs, leurs yeux bleus, et cette vitalité, ce charisme qui sautait aux yeux dès qu'ils entraient dans une pièce — ou qu'ils se garaient sur un col de montagne.

A un tel niveau de sex-appeal, mieux vaut s'approcher avec précaution, pensa Sarah en notant la façon dont les femmes qui allaient et venaient dans la salle s'immobilisaient pour contempler Parker. Sur son blouson de cuir noir très souple, il portait une magnifique écharpe bleue qui faisait ressortir la couleur de ses yeux. Sarah dut faire un effort pour avaler sa salive, tout à coup très consciente de ses cheveux en désordre et mouillés de sueur, de son visage exempt de tout maquillage... et de sa tenue de gymnastique toute neuve. La vendeuse du magasin avait su la convaincre, mais elle se rendait compte, tout à coup, qu'elle était d'un vert beaucoup trop vif, et aussi beaucoup trop moulante.

Malheureusement, il était trop tard pour reculer. Heather se dirigeait vers les Tremaine et Sarah ne put que la suivre, en espérant que la serviette tiède drapée sur ses épaules couvrirait le V absurdement plongeant de son décolleté. A quoi avait-elle donc pensé en achetant ça ? Elle devait ressembler à cette fausse plume brillante que son oncle attachait à son hameçon quand il allait à la pêche. Comment l'appelait-il, déjà ? *Un appât* ? Elle faillit lever les yeux au ciel.

Les Tremaine étaient plongés dans une discussion ; bien qu'elle fût encore à quelques mètres, Sarah entendait ce qu'Emma disait à son frère. Son ton était bizarre, comme si elle criait à mi-voix.

— Je t'en prie, Parker, je t'ai déjà dit une bonne centaine de fois de ne pas t'en mêler !

Parker fourra les mains dans ses poches.

— Je suis censé faire quoi, Em ? Rester là sans lever le petit doigt quand il te parle sur ce ton ?

— Tu as tout compris ! répliqua furieusement sa sœur. Tout ça, c'est entre Harry et moi.

— Em…

Le frère et la sœur remarquèrent au même moment qu'ils n'étaient plus seuls. Dans un effort visible pour se reprendre, Emma retira son gros manteau argenté et l'accrocha près de l'entrée.

— Heather ! Désolée, je suis en retard. Il fallait que je passe voir Harry pour quelque chose.

— Oh, pas de problème, repartit Heather avec un petit sourire entendu. J'ai dit à Svetlana la Sadique que tu ferais les exercices avancés après le cours, pour te rattraper.

Sans prêter attention à la plainte désespérée que poussait son amie, elle enchaîna :

— Tiens, je te présente Sarah Lennox, la petite-nièce de Ward. Tu te souviens, il nous avait dit qu'il attendait sa visite.

Sarah remercia mentalement sa nouvelle amie pour cette formule, qui semblait suggérer qu'elles s'étaient rencontrées par l'intermédiaire de Ward plutôt que dans son cabinet d'obstétrique. Emma semblait avoir retrouvé toute sa bonne humeur. Avec un large sourire, elle lui tendit la main en lançant :

— Bien sûr ! La demoiselle en détresse ! Vous avez réussi à descendre du col ?

— Et vous, renvoya Sarah en riant, vous vous êtes échappée de votre clinique spécialisée ?

— Quoi ? Oh, oui, je me souviens, Parker vous a dit que j'étais folle. Il est comme ça, ajouta-t-elle avec un regard appuyé vers son frère. Il ne tient pas vraiment à m'enfermer derrière les barreaux ; il préfère m'envelopper dans du papier de soie pour m'abriter de tous les chocs de l'existence. C'est bien ça, Parker ?

— C'est bien ça, Em.

Le shérif semblait avoir plus de difficultés que sa sœur à se remettre de leur dispute. Son visage séduisant restait tendu et anxieux, mais il réussit tout de même à offrir à Sarah un sourire assez éblouissant.

— Bonjour, dit-il. J'avais l'intention de vous appeler, et de vous remercier pour les premiers secours.

— Oh, non, bredouilla Sarah en tiraillant sa serviette. C'était normal…

— C'est vous qui lui avez mis ces pansements ? s'écria Emma, enchantée. Je me demandais aussi... Habituellement, Parker est bien trop stoïque pour soigner ses bobos ; il préfère saigner sur le tapis comme un vrai dur.

— Emma, murmura Parker très froidement, on ne t'attend pas là-dedans pour te faire souffrir ?

Emma lui fit une grimace sans céder un pouce de terrain, et il lui tourna le dos pour se concentrer sur Sarah.

— En fait, j'espérais vous trouver ici.

Du coin de l'œil, Sarah vit la sœur de Parker donner un coup de coude à Heather et lui glisser quelque chose à l'oreille. Elle se sentit rougir, mais refusa de se demander à quoi elle pensait. Calmement, elle se tamponna le visage de sa serviette

— Vous vouliez me parler ?

— Oui…

Il jeta un regard à la ronde, comme s'il remarquait pour la première fois les groupes de femmes en justaucorps bariolé, très occupées à le contempler derrière leurs bouteilles d'eau pétillante.

— Oui, répéta-t-il, mais pas ici. Demain, peut-être ? Nous pourrions déjeuner ensemble ?

— Oui, très bien.

Elle réfléchit à toute allure.

— Je pourrais faire des sandwichs. Mon oncle déjeune avec Madeline demain, nous aurions la maison à nous.

Emma sembla s'étrangler et Sarah sentit que même Heather souriait avec curiosité. C'était ridicule ! Elle se serait crue de retour au collège : un garçon craquant venait traîner du côté de votre casier, et chaque parole cachait un sous-entendu, vos copines pouffaient sans merci, et vous finissiez par avoir envie de vous recroqueviller de honte, de disparaître dans l'étroite armoire de métal en refermant la porte derrière vous…

Eh bien, elle n'était plus au collège, elle était adulte — et enceinte ! Et même si Emma avait envie de jouer les marieuses, elle ne cherchait pas un petit ami. Vu sa situation, elle avait déjà eu un petit ami de trop.

— Je voulais dire…, reprit-elle. Vous préférez sans doute que mon oncle ne soit pas là… C'est bien de lui que vous voulez me parler ? articula-t-elle, en espérant qu'elle ne semblait pas trop sur la défensive. Au sujet des problèmes autour du Festival des Glaces ?

— C'est ça, dit Parker d'un ton léger. Entre autres choses… Vers midi, alors ?

Les trois femmes retournèrent ensemble vers la salle de torture. Emma trépignait presque d'excitation.

— Tu as vu sa tête, Heather ? Incroyable ! Je ne l'avais pas vu se mettre dans un état pareil depuis le divorce ! Et toi ?

Son amie haussa les épaules.

— Je n'ai pas surveillé son rythme cardiaque, Em, et tu devrais t'abstenir de le faire. Ne t'en mêle pas.

— Je ne me mêle de rien, protesta son amie en se tournant vers Sarah. Je vous jure que non... Je suis simplement contente de voir qu'il s'intéresse enfin à quelqu'un.

Elle parlait si ingénument, si sincèrement que Sarah ne put s'empêcher de sourire. Ces deux-là, le frère et la sœur, devaient vraiment s'aimer beaucoup.

— Je crois que vous interprétez mal son intérêt, dit-elle. Il cherche juste une alliée pour essayer de calmer mon oncle, rien de plus. Rien de personnel, en tout cas.

Emma secoua la tête.

— Oh, non, je le connais trop bien. C'est personnel, vous verrez. Et je suis enchantée ! Il est seul depuis trop longtemps — une année au moins. Le divorce a été dur, pour lui, c'était une telle...

Emma croisa le regard de Heather, ravala le mot qu'elle allait prononcer et enchaîna :

— En tout cas, Parker a décidé de ne plus se contenter de demi-mesures. Il veut attendre la femme parfaite, le mariage parfait, la vie parfaite. Je n'arrête pas de lui répéter que ça n'existe pas, mais rien à faire, il ne veut plus prendre de risques. C'est la femme parfaite ou rien !

Elle prit sa place sur le plancher, se retourna et toisa Sarah avec intérêt.

— Et il semblerait que la femme parfaite, ce soit vous.

Comme il était facile, à Winter House, de s'abandonner au luxe et de vivre comme les premiers millionnaires qui s'étaient installés à Firefly Glen ! Quand il y a de l'argent, tous les problèmes se règlent d'eux-mêmes : plus d'anxiété, plus de responsabilités, plus de peur du lendemain. Il n'y a que l'instant, la fumée odorante du feu de bois, le parfum du thé matinal dans une tasse de Sèvres, le glissement de la robe de chambre de satin sur votre peau... et la perspective d'un déjeuner avec un homme charmant. Un homme qui, à en croire sa sœur, s'intéresse à vous.

Sarah s'étira dans son fauteuil tendu de soie et se mit à contempler le plafond. Une magnifique fresque en couvrait la moitié — c'était l'une des nombreuses bizarreries de cette maison insolite. Sur tout un côté foisonnaient chérubins et gerbes de verdure ; l'autre moitié était aussi blanche et vierge qu'un champ de neige fraîche. Aux questions de Sarah, lors de sa première visite, son oncle avait répondu que c'était une histoire pour les grands, en lui promettant de tout lui raconter plus tard. Elle avait grandi, maintenant, et il faudrait songer à lui poser la question.

Le déjeuner avec Parker était prévu à midi. Quand on sonna à la porte, à 10 heures, elle supposa donc qu'il s'agissait d'un visiteur pour son oncle et resta où elle était, sirotant son thé et contemplant les flocons de neige qui se pressaient devant la fenêtre. On sonna une deuxième fois, puis elle entendit frapper, et ensuite tambouriner à la porte.

Son oncle ne se manifestait toujours pas. Serrant la ceinture de son long peignoir, elle descendit, un peu gênée d'être surprise dans une tenue pareille à cette heure. L'épais manteau de neige qui pesait sur la maison semblait lui imposer un rythme plus lent, l'invitant presque à hiberner comme les animaux sauvages.

Elle tourna l'énorme clé, s'arc-bouta pour tirer la porte, et découvrit Parker sur le seuil. L'effet apaisant de la neige semblait n'avoir aucune prise sur lui : il était en uniforme, le visage tendu, le ton sec ; il semblait aussi distant qu'un policier de grande ville.

Que se passait-il ? Machinalement, elle jeta un coup d'œil à l'horloge du hall. Il était bien 10 heures du matin.

— Parker, je ne vous attendais pas...

— Je ne suis pas là pour déjeuner, dit-il d'une voix brève en fouillant des yeux la pénombre du hall derrière elle. En fait, grâce à votre oncle, je n'aurai sans doute pas le temps de déjeuner aujourd'hui. Où est-il, ce vieux...

— Ici, Tremaine, tonna la voix de son oncle en haut de l'escalier.

Sarah fit volte-face. Ward descendait les rejoindre, vêtu d'un gros pull de pêcheur et d'un pantalon gris de velours côtelé. Il souriait... et semblait beaucoup trop content de lui, nota-t-elle avec inquiétude.

— Laisse entrer ce pauvre homme, Sarah, et pour l'amour du ciel ferme la porte ! Le shérif a quelque chose à dire, et je ne tiens pas à voir une congère se former dans mon entrée pendant qu'il cherche ses mots.

Puis, se dirigeant vers le salon doré, il lança par-dessus son épaule :

— Une tasse de thé, shérif ? Nous avons une tisane bizarre qui est censée calmer les nerfs. On dirait que tu en as besoin.

— A quoi jouez-vous, Winters ? Qu'est-ce que vous comptez accomplir, cette fois ?

Parker était entré, sans suivre pour autant son hôte vers le salon. Planté sur le damier de marbre du hall, il ressemblait à une pièce d'échecs prête à passer à l'attaque. Ses épaules crispées portaient de petits amas de neige.

Ward s'immobilisa et lui lança un sourire moqueur.

— A quoi je joue ? Attends, laisse-moi deviner... Est-ce que par hasard il y aurait un petit problème avec les traîneaux ?

— Les traîneaux ? répéta Parker, l'air désagréablement surpris. Parce que vous avez aussi fait quelque chose aux traîneaux ?

— Je ne leur ai rien fait. Je les ai juste loués. *Tous*.

D'un pas tranquille, Ward disparut dans le salon, sûr que Parker le suivrait, cette fois. Effectivement, le shérif entra dans la pièce, le visage fermé, les dents serrées.

— Vous les avez *tous* loués ?

— Tous ! répéta le vieil homme, enchanté. Il m'a fallu du temps, mais j'ai retrouvé tous les traîneaux dans un rayon de cent cinquante kilomètres et je les ai loués. Juste pour une semaine en février, bien sûr.

— La semaine du Festival des Glaces.

— Il est rapide ! s'écria Ward en se retournant vers Sarah d'un air admiratif. Il vous a un petit air de brave gars de la campagne, mais en fait, il réfléchit tout le temps ! Bien sûr, la semaine du festival, Tremaine. C'est la seule semaine qui ait de l'importance.

Parker fourragea dans ses cheveux sombres et poussa un soupir.

— Ça n'empêchera rien, vous savez, lâcha-t-il d'une voix lasse. Ils en feront venir d'autres, de trois cents kilomètres s'il le faut. Ils en retrouveront au fond des granges, ou ils en construiront de nouveaux. Croyez-moi, ils trouveront une solution.

— C'est possible.

— Et quand bien même il n'y aurait pas de tours de traîneaux ! Ça ne tient pas debout, Ward. Les traîneaux ne sont que la cerise sur le gâteau, le festival peut parfaitement avoir lieu sans eux.

Ward haussa les épaules.

— C'est possible, répéta-t-il. Mais Bourke Waitely sera furieux, et ça me suffit.

Parker jura à mi-voix et Sarah se décida à intervenir.

— Attendez, dit-elle en s'avançant pour se placer entre les deux hommes. Je ne comprends pas. Vous aviez déjà l'air contrarié en arrivant, Parker. Si vous ne saviez pas que mon oncle avait loué ces traîneaux, pourquoi êtes-vous ici ?

Ward, qui se versait une tasse de thé, répondit sans se retourner :

— Je suppose qu'il est venu pour le panneau publicitaire. C'est bien ça, Tremaine ?

Parker se contenta d'approuver de la tête en se frottant machinalement le front. Ward se mit à rire.

— Explique-lui, va. Dis-lui, pour le panneau.

Parker leva vers lui un regard las.

— Pourquoi ne pas lui dire vous-même ?

— Question de modestie…

Le maître de maison s'installa confortablement dans le plus gros fauteuil et sourit à Sarah.

— Tu vas voir, c'est une véritable inspiration.

Parker poussa un grondement sourd et se décida à expliquer :

— Votre oncle, qui est peut-être l'homme le plus insupportable du monde occidental, a fait dresser un panneau publicitaire à l'entrée du village, sur un terrain vide en bordure de la route.

— Le terrain m'appartient, intervint Ward, l'index levé d'un air docte. On peut faire ce qu'on veut sur sa propriété, n'est-ce pas ?

102

— Oui, avoua Parker. Nous nous sommes déjà renseignés. En tout cas, votre oncle a fait coller sur ce panneau une affiche le représentant. Un portrait, gigantesque, quatre mètres sur trois — il a dû faire agrandir la pire photo jamais prise de lui. Et au-dessus, vous savez ce qui est imprimé ? « Récemment repéré dans le voisinage de Firefly Glen. Ne tentez pas de l'appréhender. »

— Je vous jure, je m'étonne moi-même, s'exclama Ward, hilare. C'est grand, tu ne trouves pas, Sarah ? Simple, efficace... Quelques petits mots pesés au gramme près, et qui sont tous parfaitement exacts. Et le plus fantastique, c'est qu'il n'y a rien, strictement rien que Bourke Waitely ou tous ces vendus du bourg puissent y faire.

— N'en soyez pas si sûr, intervint amèrement Parker. Il y a des autorisations, des normes ; le maire est en train de se renseigner en ce moment même. La hauteur du panneau...

— Je suis parfaitement en règle, trancha Ward en agitant la main. Tu crois que je n'ai pas fait le tour de la question ? Je ne suis pas stupide.

— On s'y tromperait, articula Parker. Pour l'amour du ciel, Ward, réfléchissez un peu. Je ne sais pas si vous cherchez délibérément à vous mettre Waitely à dos ou si vous avez tout simplement perdu la tête, mais beaucoup de gens sont en colère. Si une bande d'entre eux décide de prendre la maison d'assaut un de ces soirs et de vous enfoncer un de vos traîneaux dans le gosier, je ne serai pas responsable.

— Oh, d'accord, soupira Ward, tu ne seras pas responsable. Il y avait autre chose ?

Parker considéra le vieil homme un long instant, apparemment incapable de trouver les mots qui exprimeraient son point de vue de façon satisfaisante. Puis il fit claquer son chapeau d'uniforme contre sa cuisse, marmotta entre ses dents quelques syllabes inaudibles, tourna les talons et se dirigea vers la porte. Sarah jeta un regard suppliant à son oncle et ne récolta en retour qu'un sourire parfaitement impassible. Renonçant à son tour, elle se précipita hors de la pièce. Son peignoir tourbillonnait autour de ses chevilles, ses pieds nus claquaient légèrement sur le dallage. Elle rattrapa Parker à l'instant où il ouvrait la porte.

— Attendez ! dit-elle en lui saisissant le bras. Je vous en prie, dites-moi une chose. Vous avez parlé d'une attaque. On n'en est tout de même pas là ?

Il secoua la tête, mais c'était plus un geste de colère qu'une dénégation. Elle sentit l'angoisse la prendre à la gorge. Si seulement elle pouvait suivre Parker dehors pour qu'ils puissent parler librement ! Plantés là, devant la porte ouverte, c'était impossible. La neige se collait déjà au blouson noir, le vent glacial qui agitait son peignoir la faisait grelotter. Quelle erreur d'avoir pris son temps, ce matin ! Elle aurait dû s'habiller tôt, être prête à tout comme elle l'était toujours en Floride.

— Je ne sais pas, soupira Parker. Ils sont en colère, Sarah, et ils ont de bonnes raisons de l'être. Il va beaucoup trop loin, vous savez.

— Vous ne pouvez pas les contrôler ? Vous êtes tout de même le shérif.

Il lui lança un regard agacé, et releva son col d'un geste sec.

— Je regrette. J'ai juste un uniforme, pas une baguette magique. Je ne sais pas comment m'y prendre pour transformer les gens furieux en oies sauvages.

— Bien sûr... Je voulais seulement dire : vous, ils vous écouteront, ils se tiendront tranquilles si vous le leur dites. Mon oncle se comporte mal mais il ne fait rien d'illégal, n'est-ce pas ?

Les yeux baissés, Parker enfilait méthodiquement ses gants.

— Je ne sais pas, dit-il. Bourke Waitely et les autres sont en train d'éplucher le Code municipal en essayant de démontrer que si. Ils veulent qu'il soit « neutralisé »... C'est le mot qu'employait Bourke tout à l'heure.

— Neutralisé, répéta-t-elle avec une grimace. C'est tout de même un peu menaçant...

D'un geste sec, Parker remonta la fermeture de son blouson.

— Exactement. Vous commencez à comprendre.

Emma alluma une bougie parfumée, mit un disque de Dean Martin et tamisa les lumières. Voilà, c'était parfait.

Non, c'était beaucoup trop ! décida-t-elle cinq minutes plus tard. Elle souffla la bougie, augmenta l'éclairage. A trop mettre la pression, elle risquait d'aggraver la situation. Réflexion faite, elle laissa la musique. Les chansons d'amour italiennes, aussi ringardes soient-elles, étaient la petite faiblesse sentimentale et secrète de ce grand macho de Harry. Les six premiers mois de leur mariage, il chantait *That's Amore* sous sa douche tous les matins.

Plus maintenant, bien sûr. Du bout des doigts, Emma effleura le visage souriant du chanteur sur la pochette du C.D.

— Allez, Dino, mets-y du cœur, chuchota-t-elle. J'ai vraiment besoin d'un coup de main, ce soir.

Car ce serait le grand soir. Cette fois, par n'importe quel moyen, elle forcerait son mari à s'occuper d'elle. A la désirer. A se comporter comme un mari.

Elle enfila ses jolis dessous roses et la robe préférée de Harry. Quand elle entendit sa voiture remonter l'allée, elle se versa un verre de vin pour se donner du courage, prépara un whisky pour Harry, et courut se percher sur le canapé dans une attitude qu'elle espérait à la fois détendue et sensuelle.

— Bonsoir !

Levant les yeux de la revue rapportée exprès du magasin, elle fit semblant de regarder sa montre d'un air surpris.

— Oh, il est tard ! Tu dois mourir de faim. J'ai gardé ton assiette au chaud. Tu veux manger tout de suite, ou tu préfères te changer d'abord ?

Harry jeta son blouson sur le portemanteau de l'entrée.

— Je ne veux rien, dit-il en secouant la tête pour faire tomber la neige de ses cheveux. Je savais que la réunion du conseil municipal durerait des heures, et j'ai pris un sandwich au café.

Emma compta jusqu'à dix en silence. Il aurait pu téléphoner, et lui éviter ainsi de préparer un repas que personne ne mangerait. De même qu'il aurait pu l'inviter à le rejoindre au café... Quelques mois plus tôt, il l'aurait sans doute fait.

Harry retira ses bottes mouillées, les rangea dans le coin près des manteaux, se redressa avec lassitude et s'étira dans un concert de petits craquements.

— Ton dos te fait mal ? demanda Emma en repliant sa revue. Viens là, je vais te masser.

Il secoua la tête.

— Non, merci, ça va. Ce sont juste ces chaises de métal, à l'hôtel de ville. Elles sont épouvantables...

Il se dirigea vers la chaîne et coupa le son d'un geste impatient.

— Ça t'ennuie si j'éteins ça ? J'ai mal à la tête.

Se forçant à rester calme, Emma se leva, marcha vers lui et l'entoura de ses bras. Elle le sentit se raidir très légèrement mais s'interdit d'en tenir compte.

106

— Pauvre amour, dit-elle en posant la joue sur sa poitrine.

Il ne refermait toujours pas les bras autour d'elle, mais elle se sentait si bien contre lui ! Si seulement il savait combien elle l'aimait, combien elle aimait les contours familiers de son corps, le dessin de sa clavicule contre sa tempe, le battement de son cœur sous sa main !

— La journée a dû être rude...

— Pas vraiment, non. Longue, c'est tout.

Cela devenait difficile de ne pas se décourager. Elle connaissait bien cette attitude, quand il se repliait sur lui-même, passif, imperméable à tout, et se mettait à la contre dire systématiquement. Cela ne servait à rien de parler : poliment mais fermement, il soutiendrait le contraire de tout ce qu'elle pourrait avancer. Pire encore, elle s'était mise à pétrir doucement les muscles crispés de son dos, mais il restait de bois. Elle aurait aussi bien pu serrer dans ses bras une poupée grandeur nature.

Encore une fois, elle refusa de céder à la colère, refusa de renoncer. Cela faisait trois mois maintenant qu'ils n'avaient pas fait l'amour. S'il réussissait à lui résister ce soir, cela ferait bientôt six mois, un an... Et alors, qu'adviendrait-il d'eux ? Leur couple ressemblerait à un bateau qui a rompu ses amarres, qui dérive de plus en plus loin et ne revient jamais.

Doucement, elle continua à le caresser. Ses mains le connaissaient si bien, elle savait ce qu'il aimait et trouvait d'instinct l'emplacement de tous ses petits nœuds de tension.

— Emma, arrête ça..., dit-il en posant les mains sur ses épaules. Je sais ce que tu essaies de faire.

— Parfait, murmura-t-elle, la joue contre sa poitrine.

Elle laissa ses mains glisser vers ses reins, dépasser sa ceinture, effleurer la courbe de son derrière musclé. Doucement, elle frotta son nez dans son cou, encouragée lorsqu'elle sentit les battements de son cœur s'accélérer sous sa chemise.

— Alors, mets-y un peu du tien, murmura-t-elle. Ce genre de morceau se joue généralement en duo.

— Arrête, répéta-t-il.

Il la repoussait des deux mains, l'écartait de lui. Interdite, elle leva la tête et le regarda ; son visage tendu semblait être de pierre.

— Bon sang, Emma, arrête ! Tu sais bien que ça ne servira à rien !

Elle respira à fond, mais elle avait atteint sa limite.

— Ça ne servira à rien ? répéta-t-elle, plus fort qu'elle n'aurait voulu.

— Non. Tu sais ce que le médecin a dit. Ça n'arrivera jamais, Emma. Nous ne pourrons pas faire de bébé.

Sa bouche se crispa, et il reprit :

— Correction : je ne pourrai pas, *moi*. Je ne peux pas te donner de bébé, quoi que je fasse. Tu l'as entendu comme moi.

Comment était-il possible d'avoir à la fois envie d'étrangler quelqu'un et de lui faire l'amour ?

— Oui, déclara-t-elle alors, j'ai entendu dire que nous ne pourrions probablement pas avoir d'enfants. Pas qu'on ne pouvait pas faire l'amour.

Un instant, elle crut qu'il allait céder. Il la regardait avec tant de nostalgie qu'elle fut sûre qu'il ne pourrait pas résister. Puis il marmonna un juron et s'arracha à ses bras.

— Mais qu'est-ce qui se passe ? cria-t-elle.

Toute la frustration qu'elle ravalait déborda d'un coup. C'était trop absurde, trop stupide... Comment pouvait-il la repousser alors qu'il était tellement évident qu'il la désirait toujours ? Comment pouvait-il laisser cette histoire de spermatozoïdes actifs les séparer ? Elle s'en moquait royalement, de ses spermatozoïdes actifs !

— Harry, pour l'amour du ciel, arrête de tout compliquer ! Tu es mon mari, pas ma machine à faire des bébés...

Il lui tournait le dos, planté devant la cheminée.

— Je sais bien que tu ne comprends pas pourquoi c'est compliqué, Emma. Peut-être parce que le problème ne vient pas de toi. Le problème, c'est moi.

— Là, tu n'as pas tort !

Il était aveugle, résolument buté et aveugle, et jamais elle ne s'était sentie aussi en colère.

— Je vais devenir folle, Harry ! Je t'aime. Je veux faire l'amour avec toi, comme on faisait avant, à ne pas en dormir de la nuit. Tu te souviens comment c'était ? Crois-moi, les bébés n'ont aucune place dans ce tableau !

Il secoua la tête.

— Je regrette. Ce n'est pas aussi simple pour moi.

— Eh bien, pour moi, si. J'ai vingt-six ans, tu sais ! Je n'ai aucune envie de me faire bonne sœur !

Il ne lui répondit même pas. Elle serra les poings, sa vision se brouilla littéralement de colère. N'y avait-il rien qu'elle pût dire pour percer cette armure ? Préférait-il vraiment s'apitoyer sur lui-même, plutôt que de l'aimer ?

— Je t'avertis, Harry. Tu ferais peut-être bien d'aller voir quelqu'un pour te faire aider. Parce que si tu n'arrives pas à dépasser cette histoire, si tu n'arrêtes pas de me repousser, alors...

Il lui lança un regard las.

— Alors quoi ?

Elle redressa les épaules.

— Tu sais très bien ce que je veux dire. Si tu refuses de me faire l'amour, tôt ou tard, je trouverai quelqu'un d'autre qui voudra de moi.

C'était un mensonge, bien sûr. Une sorte d'électrochoc maison, une façon de secouer son apathie. Elle espérait que le choc le propulserait vers elle… mais ce ne fut pas du tout ce qui se produisit.

— Au fond, dit-il lentement, ce ne serait pas une si mauvaise idée.

7.

Parker aimait travailler tard. Seul, il accomplissait dix fois plus de besogne que quand il était sans cesse dérangé par la tension sourde due à la présence de Harry, les sarcasmes de Suzie et les perpétuels coups de fil des grands anxieux du bourg.

D'ailleurs, ce soir, il n'était pas tout à fait seul. Il avait même six compagnons, tous profondément endormis, car cette fois, Suzie avait transformé sa cellule en chenil temporaire. Lui qui avait parfois l'impression de travailler dans un zoo ! Bien sûr, il ne pouvait s'en prendre à personne d'autre qu'à lui-même.

Quelques jours plus tôt, Suzie était venue le trouver, en larmes et les bras grouillant de chiots. Ayant eu la riche idée de se faire un peu d'argent pour ses études grâce à sa chienne, une magnifique golden retriever, elle se retrouvait avec cinq chiots adorables, mais au pedigree un peu mêlé. Après plusieurs semaines de patience, la mère de Suzie avait fini par piquer une crise, et menacé d'envoyer les petits à la SPA.

Devant les supplications de Suzie, Parker avait stupidement cédé. Les cinq chiots et leur mère vivaient désormais dans la cellule, et leur maîtresse prévoyait des visites de clients potentiels tous les jours de la semaine prochaine.

D'abord la crèche, et maintenant le chenil. Il n'allait jamais récupérer sa cellule ! Si jamais il se commettait un crime au Glen…

Un coup léger à la porte interrompit ses pensées. Il ne réagit pas, supposant qu'il s'agissait du collègue venant assurer la permanence de nuit. Un instant plus tard, le battant s'écarta et, à sa stupéfaction, il vit entrer Sarah Lennox.

Elle était si emmitouflée qu'il la reconnut à peine. L'ovale pâle de son visage émergeait d'une capuche vert sombre, encadré de petites mèches de miel, encore plus douces que la doublure de cachemire dorée. Que faisait-elle dehors à une heure pareille ? On annonçait encore de la neige, et la population du Glen au grand complet se terrait chez elle auprès d'un bon feu.

— Bonsoir, dit-il, trop surpris pour faire des phrases.

Une inquiétude subite le saisit.

— Il se passe quelque chose ? C'est Ward ?

— Non, non, dit-elle avec un sourire. Tout va bien.

Elle eut un petit frisson et se mordit la lèvre inférieure.

— Je peux entrer ? Je sais bien que je suis déjà entrée, mais…

Il sauta sur ses pieds en s'excusant et se hâta d'aller refermer la porte derrière elle. Elle apportait avec elle une bouffée d'air froid… et aussi autre chose. Il renifla subrepticement, tentant d'identifier ce délicieux arôme. Un parfum ? Non, de la nourriture. Un plat chinois.

Tandis qu'elle regardait autour d'elle, sans doute à la recherche d'une surface inoccupée, il remarqua enfin le grand sac qu'elle portait, frappé du logo du restaurant chinois local, La Luciole et le Dragon. Son restaurant préféré.

— Je crois que je travaille trop, dit-il, impressionné. J'hallucine. J'ai cru qu'un ange venait d'entrer ici, les bras chargés de bonnes choses à manger.

Elle se mit à rire. Quel joli rire elle avait ! Frais et brillant comme un ruisseau au soleil. Un rire dans lequel on pouvait se plonger pour se purifier après une rude journée.

— Vous n'hallucinez pas, dit-elle. C'est encore chaud. Je me suis renseignée. Tout le monde connaît les goûts de tout le monde, ici.

Elle ouvrit le sac et se mit à en sortir des barquettes.

— Il y a même une part de tarte au potiron pour le dessert.

Il ferma les yeux un instant pour savourer d'avance ce délice.

— Mais... pourquoi ?

Elle lui offrit un sourire un peu gêné.

— Pour m'excuser. Pour ce matin. Je n'aurais jamais dû dire que vous devriez pouvoir contrôler tout le monde. C'était déplacé, et je sais bien que vous faites de votre mieux pour protéger mon oncle. Je voulais vous montrer que j'apprécie ce que vous faites, même si lui...

Il ne répondit pas tout de suite. Tant de gentillesse, tant de générosité le laissaient sans voix. Un instant, il chercha à imaginer son ex-épouse en train de présenter ses excuses avec cette simplicité, cette dignité... Mais Tina ne disait jamais qu'elle regrettait ses gestes, pour une raison très simple : elle ne regrettait rien. Elle ne perdait pas son temps à regretter ses fautes, trop occupée à en commettre de nouvelles.

— Pas de problème, dit-il enfin. Prévenez juste votre oncle qu'il a intérêt à marcher droit et à traverser dans les clous, sinon on jouera aux échecs à travers les barreaux d'une cellule, lui et moi.

113

— Je comprends. Je le lui ai déjà dit, mais il n'a pas l'air de saisir. Franchement, je ne sais plus quoi faire.

— Faites n'importe quoi ! Emmenez-le chez un psy, droguez sa tisane. Attachez-le dans son lit.

— Jetez-le en prison ? compléta-t-elle.

— L'idée m'est déjà venue.

— Je me disais aussi... Alors je vous ai apporté un livre.

Son sourire se fit taquin et elle enchaîna :

— Je nous en ai pris un exemplaire à chacun.

Elle lui tendait un petit livre de poche, et il reconnut un best-seller du moment : *Persuasion*. En dessous, il déchiffra le sous-titre : *Faites faire ce que vous voudrez à qui vous voudrez !* Il le prit en éclatant de rire.

— Merci ! dit-il en se mettant à le feuilleter, s'arrêtant sur quelques passages. Je ne suis pas sûr qu'on ait jamais écrit un livre capable d'en remontrer à Ward, mais je veux bien lire celui-ci.

— Moi aussi. Nous pourrons comparer nos notes.

Elle donna une petite poussée à la barquette la plus proche et lança d'un ton léger :

— Bon appétit. Je ferais bien de rentrer avant qu'il ne se mette à neiger pour de bon.

— Comment ? Vous ne restez pas dîner avec moi ?

— Oh, non ! protesta-t-elle, gênée. Vous avez beaucoup de travail et je... je vous empêcherais de vous concentrer.

Là, elle n'avait pas tort. Aussi absurde que cela pût paraître, il pensait très souvent à elle depuis une quinzaine de jours. Des pensées stupides, pour se demander si ses cheveux étaient aussi doux qu'ils paraissaient, ou si la forme de son menton indiquait une détermination comparable à celle de son oncle. Pourquoi semblait-elle si fragile et si triste, en haut du col, le premier jour ? Se montrait-elle toujours aussi

114

charmante envers les inconnus, soignait-elle leurs brûlures...
ou lui accordait-elle un traitement à part ?

Il y avait aussi des pensées plus torrides, d'un genre qui le
laissait en repos depuis son divorce. Oh, oui, il serait incapable de se concentrer en sa présence... Si elle avait su !

— J'avais presque terminé pour ce soir, dit-il.

Pas très convaincant, surtout au vu des piles de dossiers
qui couvraient son bureau. D'ailleurs, elle remettait déjà
ses gants.

— Sarah, je vous assure, ce serait un service à me rendre.
Ce n'est pas drôle de manger seul.

Elle secouait la tête en souriant poliment quand les
chiens se réveillèrent. Il y eut d'abord le froissement de
petites pattes maladroites sur les journaux étalés par terre.
Intriguée, Sarah tourna la tête. Puis s'élevèrent les plus
adorables petits jappements qu'on puisse imaginer.

Parker se mit à sourire. Qu'il avait été intelligent de dire
oui, au moment où Suzie avait apporté les chiots !

— Je vous montre, dit-il, si vous restez.

Elle hésita encore un instant, mais les chiots piaillaient
maintenant à tue-tête. Ils sentaient probablement le plat
chinois, les petits malins, et ils commençaient à être trop
grands pour se contenter de ce que leur maman pouvait
leur offrir.

— Je n'ai pas apporté assez pour deux personnes, dit-
elle, encore hésitante.

Cela signifiait qu'elle cédait !

— Pas de problème, j'ai un reste de pizza au frigo. Vous
aimez les poivrons verts ? Du moins, je pense que ce sont
des poivrons... En tout cas, ils sont verts.

Elle fronça le nez en riant malgré elle, sans changer
d'avis pour autant.

— Non, il vaut mieux que je...

115

— S'il vous plaît...

Il lui prit la main droite et, les yeux dans les yeux, se mit à lui retirer son gant. Lentement, se dit-il, lentement... Mais qu'il était difficile de ne pas précipiter les choses !

— S'il vous plaît, restez.

Elle ne retira pas sa main. Délicatement, il lui ôta ses deux gants et les laissa tomber sur le bureau le plus proche. Puis il glissa les mains à l'intérieur de la capuche et la fit basculer. Sans ce halo, elle semblait très vulnérable, tout à coup. Avec un sourire rassurant, il effleura le premier bouton de son manteau.

— Vous devriez le retirer.

Les chiots surexcités sautaient, glissaient, jappaient de toutes leurs forces.

— Il y a des petits qui semblent pressés de vous rencontrer.

— Vous êtes sûr que vous n'aviez pas déjà lu ce livre ? Vous semblez assez doué pour obtenir ce que vous voulez.

Elle n'était pas réellement contrariée, il le sentait bien. Retirant son manteau, elle le jeta sur le bureau de Harry et se retourna vers lui, mains sur les hanches, avec un petit sourire de défi.

— D'accord, montrez-les-moi. Et vous avez intérêt à ce qu'ils soient vraiment mignons !

— Vous allez voir.

Il ne craignait pas de la décevoir. Effectivement, dès qu'il la fit entrer dans la cellule, elle poussa une petite exclamation ravie.

— Oh, Parker ! Oh...

Elle se laissa tomber à genoux et fut immédiatement attaquée par cinq pelotes de peluche blond pâle, dans une mêlée de langues agiles, grosses pattes maladroites et jappements aigus. Leur enthousiasme baveux ne sembla pas la déranger, pas plus que leurs petites griffes qui se prenaient dans son pull vert et leurs crocs minuscules qui s'agrippaient à ses lacets. Au contraire, elle riait, roucoulait, les câlinait, chacun à son tour, tandis que, du fond de la cellule, la maman chien la contemplait sans la moindre inquiétude.

Parker la contemplait aussi, et une chaleur lente se diffusait dans ses veines. Il ne reconnut pas tout de suite la sensation, car jamais le désir n'était venu avec une telle douceur, une telle aisance, comme s'il faisait partie intégrante de lui. Une fois installé, cela grandit et l'inonda. Il découvrit qu'il respirait à peine, et qu'il ne pouvait plus détourner les yeux.

L'un des chiots surexcités essayait d'escalader la poitrine de Sarah en lui léchant la gorge. Elle renversa la tête en arrière pour l'éviter, yeux clos, lèvres retroussées dans un sourire de plaisir innocent. Incapable de s'en empêcher, il se pencha vers ce beau visage.

— Sarah..., dit-il à mi-voix.

Elle ouvrit des yeux rieurs. Il effleura son menton puis, sans réfléchir, il l'embrassa.

Ce ne fut pas un long baiser, il ne chercha pas à s'imposer à elle, et pourtant, il sentit le sourire ravi s'effacer de ses lèvres comme si un gel subit venait de figer une rose. Il s'écarta tout de suite, bien sûr. Comment faire autrement, face à une telle réaction ? D'ailleurs, il était assez choqué. Jamais, jusqu'ici, on n'avait réagi de cette façon à ses baisers.

Elle baissa la tête pour contempler le chiot qui se roulait sur ses genoux, son petit ventre rebondi en l'air. Son corps entier s'était figé.

— Je suis désolé, dit-il. Vous étiez... craquante. Je ne voulais pas vous mettre mal à l'aise.

— Vous ne l'avez pas fait. Pas vraiment.

Avec précaution, elle se dégagea des chiots et se remit debout.

— Mon oncle m'attend, il va finir par s'inquiéter. Je dois vraiment rentrer.

Il ne fit pas un geste tandis qu'elle passait devant lui, se glissant hors de la cellule comme si elle redoutait qu'il ne l'y enfermât. Quand elle se hâta vers le bureau de Harry pour reprendre son manteau et ses gants, il ne bougea toujours pas, attendant qu'elle fût prête pour sortir à son tour. Il referma soigneusement la porte de la cellule derrière lui et s'adossa contre les barreaux pour bien lui montrer qu'il ne chercherait pas à la retenir. Il ne comprenait pas pourquoi elle se montrait si ombrageuse, mais il regrettait beaucoup de l'avoir chassée.

Prenant garde de parler d'un ton léger, il dit :

— Dommage. Pas de dîner, alors ?

— Non, répliqua-t-elle en enfilant ses gants avec une hâte maladroite. C'est stupide, je n'y pensais plus, mais Ward ne se couchera pas tant que je ne serai pas rentrée...

— Sarah, dit-il avec douceur tandis qu'elle retirait son gant pour la troisième fois. Ce n'était qu'un baiser ...

— Je sais bien ! lança-t-elle avec un sourire cordial qui ne le convainquit pas un seul instant. Ce n'est pas pour ça... Je suis un peu inquiète, il me semble que je ne dois pas laisser mon oncle seul trop longtemps.

Le deuxième gant glissa sur sa main, la capuche verte se rabattit sur sa tête blonde. Elle lança un bonsoir poli et la porte se referma derrière elle avec un déclic.

L'un des chiots poussa un gémissement déchirant en grattant faiblement les barreaux.

— Pas de problème, petit père, dit Parker à mi-voix. On a tout faux pour cette fois, mais on aura une autre chance.

La petite bête poussa une longue plainte lugubre, comme s'il voyait Parker mal parti pour faire mieux la prochaine fois. Celui-ci alla se pencher sur le livre laissé par Sarah et se mit à rire tout bas. *Faites faire ce que vous voudrez à qui vous voudrez !*

— Je crois que tu as raison, bonhomme. Finalement, je ferais bien de le lire.

Le dimanche après-midi, la température remonta en flèche et la population du Glen au complet émergea au grand air pour savourer le soleil et la douceur de l'air. La place devint une mosaïque de couleurs. Partout, des adolescents couraient, des mères riaient avec leurs petits, des maîtres promenaient leurs chiens. La météo, sous ces latitudes, était parfaitement imprévisible, et le thermomètre replongerait sans doute dans la nuit. Chacun tenait à profiter au maximum de ces quelques heures volées au printemps.

Au Candlelight Café, Théo servait des coupes « spéciales canicule » pour cinquante cents. La moitié du bourg s'était donné rendez-vous dans la salle, et Sarah et Ward durent attendre vingt minutes avant d'avoir une table. Quand ils furent enfin installés, le regard de Sarah tomba immédiatement sur un couple à quelques mètres d'eux : le shérif, attablé en compagnie d'une ravissante jeune femme brune.

Il était superbe comme toujours dans sa chemise de coton bleu, les manches roulées jusqu'aux coudes. Ce devait être son jour de congé, puisqu'il n'était pas en uniforme. Et il se penchait avec son plus beau sourire vers cette fille qui semblait totalement sous le charme. Sarah préféra se concentrer sur sa coupe, tranchant dans son contenu avec des gestes secs et précis.

Pourquoi fallait-il qu'elle tombe justement sur lui ! Elle qui, depuis deux jours, faisait des efforts surhumains pour oublier cette chaleur qui avait explosé au tréfonds de son être au moment où il l'embrassait. Elle s'était maîtrisée tout de suite, bien sûr, mais pendant un instant, dans la cellule, elle aurait pu s'abandonner...

Il était temps, à présent, de cesser de se raconter des histoires. Même enceinte, seule et sur le point de prendre des décisions qui affecteraient le reste de son existence, le désir physique avait encore prise sur elle. Apparemment, une force féminine en elle ne se rendait pas compte de la situation... ou s'en moquait. Très bien ! Puisqu'elle ne pouvait plus nier cette attirance, elle la contrôlerait. Elle commencerait tout de suite, en s'interdisant de le regarder. Remplissant sa bouche de crème glacée onctueuse, elle se concentra sur son oncle.

Ils bavardaient tranquillement, quand une voix de femme jaillit, toute proche :

— Oh, ne vous inquiétez pas, Théo ! Nous pouvons nous asseoir ici, avec Ward et Sarah. Il y a assez de place !

Sarah se retourna, surprise. Madeline Alexander se tenait près d'eux, dans une robe couverte d'énormes roses rouges, avec des boucles d'oreilles aussi grosses que des œufs de Pâques. Sarah fut intriguée par les trois petites filles rangées derrière elle comme des canetons. Des fillettes de huit ans à peu près, en uniforme bleu, avec de petits chapeaux ronds portant un écusson : *Les Lucioles, Troupe 637.*

— Il n'y a pas de table assez grande pour nous, expliqua Madeline en déplaçant d'autorité leurs coupes pour faire de la place à sa suite.

Voyant qu'elle s'installait auprès de Ward, Sarah glissa vers le bout de sa banquette pour faire de la place aux petites filles. Gênées mais dociles, celles-ci s'installèrent, coude à coude, la dernière débordant à moitié dans le vide.

— Sarah, je vous présente mes filles. Enfin, pas littéralement, bien sûr... Je suis leur chef de troupe ! En voici la moitié, les autres sont là-bas.

Elle éleva la voix pour crier :

— Les filles ! Les filles, nous sommes par ici ! Dites bonjour à Sarah !

Si celle-ci espérait encore que Parker s'en irait sans remarquer sa présence, elle dut déchanter. Tous les consommateurs de la salle bondée se retournèrent vers elle.

— Bonjour, Sarah ! clama une tablée de petits chapeaux bleus à l'autre bout de la salle.

Dans le vacarme, elle croisa le regard de Parker. En riant, il articula : « Bonjour, Sarah », ajoutant un clin d'œil pour parachever sa déconfiture. Elle fut furieuse de se sentir rougir.

Comme toujours, Madeline semblait incapable de supporter le moindre blanc dans la conversation.

— Sarah, vous êtes exactement celle qu'il me faut ! s'écria-t-elle avec effusion dès que les filles se turent. J'ai absolument besoin de votre aide. Ward, dites-lui qu'elle doit nous aider. Je sais bien que vous n'approuvez pas le festival, mais expliquez-lui à quel point les costumes sont importants pour les filles.

— Je ne vois pas du tout de quoi vous parlez, répondit tranquillement Ward.

— Mais vous savez très bien que l'une de mes adjointes est en déplacement ! Des parents malades, ou je ne sais trop quoi. Maintenant, nous n'avons plus assez de volontaires, le festival approche à grands pas, et les costumes... Oh, c'est un désastre !

Elle soupira, agitant les mains pour illustrer le chaos qu'elle devait affronter.

— Et vous êtes une couturière extraordinaire, j'en suis sûre. Après tout, vous enseignez les arts ménagers, n'est-ce pas ? Oh, je vous en prie, aidez-nous, Sarah !

Stupéfaite de l'entendre discuter du festival devant Ward sans la moindre gêne, Sarah se tourna vers son oncle. Il ne semblait pas en colère, et ne manifestait d'ailleurs aucun intérêt pour la conversation ; il refusait même de croiser son regard, le lâche. En revanche, les autres semblaient suspendues à ses lèvres, Madeline avec un regard humide et suppliant, les trois filles avec des yeux ronds de petites chouettes.

— Très bien, soupira-t-elle faiblement. Je serai ravie de faire ce que je pourrai.

— Oh, merci, Sarah !

Comme un chef d'orchestre de cauchemar, la cheftaine fit un grand signe au reste de la troupe.

— Les filles ! Les filles ! Sarah accepte d'être notre nouvelle cheftaine adjointe ! Dites merci à Sarah !

Une nouvelle clameur s'éleva. Très amusés, les consommateurs adultes se joignirent au chœur des remerciements. Plusieurs d'entre eux applaudissaient. Parker riait aux éclats, mais sa compagne ne semblait pas trouver la scène aussi drôle.

Sarah enfouit son visage dans ses mains. Dire qu'elle croyait débarquer dans un petit village endormi où il ne se passait jamais rien !

La fillette pressée contre son flanc se mit à lui tirailler le bras avec insistance. Sarah releva la tête pour lui sourire, et vit un petit visage rond criblé de taches de rousseur et des cheveux roux si bouclés qu'ils étaient presque crépus. Perché sur cette masse rebelle, le petit chapeau de la troupe

122

semblait tenir par miracle. Sarah avait déjà remarqué — une enseignante remarque ces choses — qu'elle ne semblait pas très liée avec les autres fillettes.

— Merci, Sarah, déclara la petite, avant de passer à la question qui l'intéressait vraiment : tu vas manger ta cerise ?

Sarah cueillit la cerise confite au sommet de sa coupe de glace et la lui tendit. De sa place, Madeline fronça les sourcils avec un claquement de langue désapprobateur.

— Eileen, si tu continues à manger comme ça, tu n'entreras jamais dans ton costume de flocon.

Les autres filles pouffèrent, et Sarah sentit les cheveux se hérisser sur sa nuque. Mais il en fallait plus pour déconcerter sa petite voisine. Toisant Madeline avec aplomb, celle-ci fourra la cerise dans sa bouche d'un air de défi. Madeline soupira et se remit à parler à Ward.

La petite mâchonna en silence quelques secondes, puis leva la tête vers Sarah.

— Tu ne trouves pas que c'est débile de déguiser des lucioles en flocons ? Ça n'a pas de sens.

— Pas très logique, peut-être, murmura Sarah.

Eileen posait sa question d'un air très grave, comme si cette question constituait un test, et Sarah s'aperçut qu'elle avait envie de le subir, ne fût-ce que pour compenser le commentaire de Madeline au sujet du poids de la petite.

— Les flocons et les lucioles, c'est un peu bizarre, dit-elle. Mais ce serait peut-être trop compliqué de faire des costumes de lucioles.

— C'est pas grave, reprit la petite fille. Tu vas lécher ta cuillère ?

Tout en lui passant la cuillère, Sarah eut une pensée curieuse. Son bébé serait une fille, elle en était certaine. Une petite fille semblable à celle-ci, avec du cran, de l'humour et beaucoup de bon sens. A la suite de cette pensée vint une révélation. Le bébé n'était pas une abstraction, encore moins un problème à résoudre, mais un être prêt à faire son entrée dans ce monde, où il vivrait, aimerait, mangerait des glaces, rirait, pleurerait et décrocherait des mauvaises notes en géométrie. Et Sarah avait hâte de le rencontrer.

— C'est comme le vélo, ronchonna Ward, furieux, en regardant sa nièce vaciller sur la glace. Ça ne s'oublie jamais !

— Ah ? Dis ça à mes chevilles ! renvoya Sarah avec humeur, tout en luttant pour rester debout.

Pourquoi, mais pourquoi s'était-elle laissé convaincre d'enfiler des patins ? Pour l'amour du ciel, elle venait de Floride ! Son cerveau se souvenait très vaguement de la patinoire couverte, quinze ans plus tôt, mais son corps avait tout oublié.

Comble de malchance, Heather, appelée à la rescousse, l'avait assurée que quelques chutes ne feraient aucun mal au bébé et qu'elle aurait tout intérêt, au contraire, à prendre de l'exercice.

— Allez, allez ! Tu peux le faire !

Tout en l'encourageant, Ward patinait à reculons en lui tenant les deux mains. Il était à l'aise, lui ! pensa-t-elle avec un certain ressentiment. Elégant et sportif dans son bel anorak noir, son écharpe rejetée négligemment sur l'épaule... Alors qu'elle avait l'air stupide, avec son derrière couvert de copeaux blancs et son nez qui commençait à couler.

— Je n'y arrive pas !

Elle voulut dégager ses mains, mais le mouvement trop brusque eut raison de son équilibre précaire. Elle se mit à louvoyer en vacillant, comme un personnage de dessin animé

124

avec des jambes en caoutchouc, pensa-t-elle, irritée. Bien entendu, elle tomba, et Ward se mit à rire en décrivant un gracieux huit autour d'elle. Quand elle lui lança une poignée de neige, il fila au large, une main derrière le dos. On lui aurait donné la moitié de son âge... Et elle qui osait à peine se relever ! Pourquoi se relever, d'ailleurs ? La berge était toute proche, il suffisait de la rejoindre à quatre pattes.

Elle avançait avec prudence quand tout à coup, un visage se tendit vers le sien, à quelques centimètres. Un visage velu et doré, avec des yeux tendres et une langue rose.

— Qu'est-ce que...

La langue jaillit, lui balaya le nez, et elle reconnut l'un des chiots rencontrés dans la cellule la semaine précédente. Tout joyeux, il se mit à danser autour d'elle sur la glace. Il venait de trouver une âme sœur, qui se déplaçait à quatre pattes comme lui !

Elle ne put s'empêcher de lui sourire. Il était incroyablement mignon, mais si jeune encore qu'il n'aurait peut-être pas dû sortir par ce froid. Elle le prit dans ses bras et se redressa sur les genoux en jetant un regard à la ronde. Le petit animal ne résista pas, très heureux de se faire porter, se contentant de mordiller joyeusement la courroie de ses moufles. Parker devait se trouver dans le voisinage...

Il était bien là, sur un banc situé à quelques mètres à peine, en train de les regarder tous deux. Sa tenue sombre se confondait si bien avec le banc qu'elle ne l'avait pas vu tout de suite. Serrant le chiot contre elle pour le réchauffer, elle se hissa sur la berge et, une fois sur pied, se dirigea maladroitement vers lui, perchée sur ses patins comme sur des échasses.

Enfin, elle put se laisser tomber sur le banc près de Parker — sans la moindre grâce, mais elle était trop soulagée d'avoir retrouvé la terre ferme pour s'en préoccuper.

— J'essaie de décider à quel point je dois me sentir gênée, dit-elle. Ça fait longtemps que vous êtes là ?

— Assez longtemps pour savoir que vous ne remporterez pas la médaille d'or l'hiver prochain.

Elle éclata de rire et agita le bras en direction de son oncle, qui leur faisait signe de très loin.

— Hans Brinker est assez déçu de ma performance, observa-t-elle.

— J'en doute, dit-il d'un air judicieux.

Puis, tirant doucement une des oreilles du chiot :

— Comment allez-vous l'appeler ?

Elle regarda le chiot qui, oubliant ses moufles, se mordillait la patte avec beaucoup de concentration.

— Moi ? Vous voulez que je lui trouve un nom ?

— Ce serait la moindre des choses. Après tout, il est à vous.

— A moi ! s'écria-t-elle, horrifiée, en contemplant la petite bête. Il ne peut pas être à moi ! Je ne veux pas de chien, je n'habite même pas ici ! Je veux dire... Je vais retourner en Floride dans quelques semaines.

— Ah ? demanda poliment Parker. Je ne suis jamais allé là-bas. Ils n'ont pas de chiens ?

— Vous voyez ce que je veux dire... Je vis en appartement, je ne suis jamais chez moi... Je ne peux pas avoir de chien !

Comprenant sans doute qu'on parlait de lui, le chiot la contemplait avec adoration.

— Pourquoi ne le gardez-vous pas, vous ?

— Je ne peux pas, dit-il d'un air d'excuse. J'ai déjà acheté un de ses frères.

Il regarda le chiot se dresser sur les pattes arrière pour lécher la joue de Sarah, et conclut, sur le ton de l'évidence :

— Et puis, on voit tout de suite qu'il est à vous.

— Hé, shérif !

Ward arriva comme une flèche et s'arrêta net juste devant eux. Il avait son sourire le plus diabolique.

— J'ai trouvé un nouveau slogan pour mon panneau publicitaire ! Juste en dessous de cette énorme photo de moi, on pourra lire : « Planquez-vous à Firefly Glen. » Vous comprenez ? Une planque, comme pour un criminel !

Puis, sur un dernier ricanement, il fit volte-face et repartit, les lames de ses patins étincelant au soleil. Parker secoua la tête.

— Le livre n'a rien changé, alors ? demanda-t-il en haussant un sourcil. Ou vous n'en êtes pas encore au chapitre des vieillards butés qui n'en font qu'à leur tête ?

Inquiète, Sarah suivait son oncle du regard en caressant machinalement le doux pelage du chiot.

— Il m'écoute, mais ensuite, il fait exactement ce qu'il avait décidé de faire. Il semble vraiment détester ce Bourke Waitely. Qui est-ce ?

— Le propriétaire de l'unique hôtel du village, celui à qui le festival fait sans doute gagner le plus d'argent. Lui et Ward sont de vieux ennemis... J'ai entendu des rumeurs, mais rien de très précis. Si je comprends bien, Bourke aurait été amoureux de Roberta. Il a fini par se marier, mais sans jamais renoncer tout à fait à l'idée de la piquer à Ward.

— Il pouvait toujours rêver. Je n'ai jamais vu un couple plus amoureux que Ward et Roberta.

— C'est vrai...

Parker tendit la main et effleura la petite truffe du chiot, qui s'était endormi comme une masse sous les caresses de Sarah.

— C'est probablement le seul et unique mariage heureux que j'aie jamais connu. Ils me donnaient presque de l'espoir pour la race humaine.

Pendant de longues minutes, ils ne dirent rien de plus, se contentant de regarder Ward flotter sur la glace avec une maîtrise suprême, et admirant les petits arcs-en-ciel qui jaillissaient parfois sous ses patins dans des gerbes de poussière de glace. Et ils entendaient clairement la petite mélodie du vent dans les aiguilles givrées des sapins.

Sarah avait si froid qu'elle ne sentait plus son nez et avait mal partout, après ses chutes, mais elle se sentait curieusement heureuse. Elle savourait la tiédeur du petit corps du chiot abandonné sur sa poitrine, la présence amicale de l'homme auprès d'elle. A part son oncle Ward, elle n'avait jamais rencontré d'homme aussi doué pour les silences que Parker Tremaine.

— Je ne peux vraiment pas le garder, dit-elle en soulevant le petit paquet inerte du chiot, émue de voir qu'il ne se réveillait pas. C'était très gentil à vous, mais ...

— Vous pourriez l'appeler Frosty, proposa-t-il, exactement comme si elle n'avait rien dit. C'est le nom qu'on donne au Roi du Festival, et ce bonhomme semble adorer la neige.

— Parker, je...

— Regardez-le, Sarah. Il vous a déjà adoptée.

D'un geste doux, il toucha du bout du doigt les pattes démesurées qui pendaient mollement de la main de Sarah.

— Ecoutez, voilà ce que je vous propose. Gardez-le auprès de vous jusqu'à votre départ. Ensuite, si vous ne voulez vraiment pas l'adopter, je m'en occuperai.

Sarah baissa les yeux vers la petite tête pelucheuse du chiot endormi. Elle serait sans doute triste de devoir renoncer à lui, une fois les liens noués entre eux. Et de quoi s'agissait-il, en fait ? Où Parker voulait-il en venir ? Y avait-il des conditions à ce cadeau ? Pourquoi lui offrait-il un chien, s'il n'espérait pas qu'elle... que tous les deux...

Il serait peut-être temps de mettre les choses à plat, sans aucune ambiguïté.

— Parker, commença-t-elle, hésitante, il me semble que nous ferions mieux d'être clairs, tout de suite. Je ne sais pas si vous espérez... ou si vous pensez que peut-être, vous et moi...

Il la regardait avec une expression de curiosité polie, un peu amusée peut-être, mais rien de plus. Comme c'était gênant ! Il ne lui avait fait aucune avance, à part ce baiser impulsif de l'autre soir, dans la cellule. Un baiser qui pouvait ne rien signifier du tout... Sans doute était-elle en train de se ridiculiser.

— Je veux dire, s'obstina-t-elle pourtant, que je ne voudrais pas que vous vous fassiez de fausses idées... Ce ne serait pas très judicieux pour nous de... de nous voir. Sauf comme des amis, bien sûr.

— Ah ? Pourquoi ? demanda-t-il en jetant un regard vers le lac, où Ward poursuivait sa démonstration. Parce qu'il y a un grain de folie dans votre famille ? Je suis prêt à prendre le risque.

— Je parle sérieusement. Ça ne marcherait pas, j'en suis tout à fait sûre. Je ne suis ici que pour un temps très court, un mois tout au plus. Et j'ai besoin... je préfère éviter toutes les complications en ce moment. J'ai beaucoup de décisions à prendre.

Il cessa enfin de plaisanter et se tourna vers elle.

— Ward m'a dit qu'il y avait eu un type, en Floride. Il a mentionné des fiançailles rompues.

Son regard se fit très attentif.

— C'est ça, le problème que vous devez éclaircir ?

— Dans un sens, oui, dit-elle en détournant les yeux. Entre autres... Je n'ai vraiment pas besoin de... complications sentimentales en ce moment.

— Bon, dit-il en retrouvant son sourire. Pas de complications sentimentales. Pas en ce qui me concerne, en tout cas.

Il jeta un coup d'œil au chiot, qui ouvrait un œil et commençait à se tortiller entre ses bras.

— En revanche, poursuivit-il, je ne peux rien vous garantir pour Frosty. Lui, il serait bien capable de vous briser le cœur.

8.

Une fois le dîner terminé, la cuisinière rentrée chez elle et Frosty enfin endormi dans sa caisse, épuisé par une journée bien remplie, Sarah s'installa dans l'atelier de Ward pour le regarder revernir une chaise de bois sculpté.

Il lui avait proposé une partie d'échecs ou même un film à la télévision mais elle préférait cette sérénité oisive. Consciente du danger que les émanations des produits pouvaient représenter pour son bébé, elle s'assura que la ventilation fonctionnait et s'installa un peu à l'écart. Elle adorait regarder Ward travailler. La chaise, aux courbes exquises, faisait partie de l'ameublement d'origine de Winter House, mais c'était surtout son oncle que Sarah contemplait. Ses mains noueuses restaient extrêmement habiles, et il maniait les outils avec une précision de professionnel.

— C'est beau, dit-elle en prenant un pinceau propre et en passant ses soies sur la paume de sa main. En fait, tu es un authentique artiste.

— Oh, non ! protesta son oncle. Je ne suis pas un artiste, juste un tâcheron très ordinaire. Ta tante…

Sa main s'immobilisa un instant, puis il reprit :

— C'était elle, l'artiste. Elle savait toujours quelle couleur choisir, quel meuble placer à quel endroit. Moi, j'étais juste la paire de gros bras qui exécutait ses consignes. Et laisse-moi te dire que c'était un privilège !

Sarah ne put réprimer un sourire. Oui, elle se souvenait de ces séances. Roberta prenait une peine infinie pour déterminer la place d'un tableau, elle épuisait son mari à le charrier ici, puis là, à le tenir contre le mur, à le déplacer un peu plus haut, un centimètre plus à gauche... A treize ans, Sarah trouvait cela ridicule : quelle importance pouvait bien avoir l'emplacement d'un tableau, dans une maison qui en comptait des centaines ? Aujourd'hui, elle pouvait mesurer l'œuvre d'art que représentait Winter House, grâce au merveilleux coup d'œil de Roberta.

Ward se remit au travail avec un petit rire.

— Un artiste, moi ! Ta tante aurait bien ri ! Elle disait toujours que lorsqu'il s'agissait des couleurs, j'avais l'œil d'un clown de cirque.

Sarah tendit la main pour lui tapoter le bras d'un air compatissant.

— Ce n'est pas grave, allez. Au besoin, tu pourras toujours gagner ta vie comme professeur de patinage.

— Tu te moques, mais le problème ne se situe pas toujours du côté du professeur...

— Désolée. Je sais bien que je suis nulle. Dis-moi, tu savais que Parker Tremaine était là depuis le début ? J'étais humiliée, quand j'ai su que j'avais un public.

— Mais non ! Tu sais très bien que quoi que tu fasses, il te trouve adorable. Quoique... s'il voyait la façon dont tu manges les asperges...

Sarah lui jeta un regard inquiet.

— Ne sois pas ridicule.

Très concentré sur sa tâche, il se penchait sur l'accoudoir de la chaise et elle ne voyait pas son expression.

— Ce n'est pas ridicule ! protesta-t-il. C'est vrai. Il est sous le charme.

Il releva brusquement la tête, pinceau brandi, et lança à brûle-pourpoint :

— Si je comprends bien, ce n'est pas réciproque ?

— Bien sûr que non ! protesta-t-elle en triturant nerveusement son pinceau. Enfin, je ne voulais pas dire ça comme ça... Il est très gentil et je l'aime beaucoup, mais c'est juste un ami... Je ne pense pas à lui de cette façon.

— Ah ? Alors, tu es bien la seule ! Toutes les filles de Firefly Glen sont folles de lui.

Il se concentra de nouveau sur son travail en marmonnant :

— Ça y est, j'ai décidé ce qu'on gravera sur ta tombe : « Pour le patin, une incapable. Et en plus, elle n'y voyait pas très clair. »

— J'y vois clair, protesta Sarah en riant malgré le malaise que le sujet suscitait en elle. Je sais bien qu'il est beau !

— Alors c'est de la démence précoce ? C'est quelqu'un de bien, petite fille, tu pourrais trouver pire !

Puis, histoire de bien mettre les pieds dans le plat, il précisa :

— Tu as déjà trouvé pire. N'oublie pas le fameux Ted.

— Je ne l'ai pas oublié. C'est bien pour cela que je ne m'intéresse pas à Parker Tremaine, ou à qui que ce soit d'autre.

— Ridicule ! s'écria-t-il avec un geste abrupt de son pinceau, dont elle sentit deux gouttelettes tomber sur sa main. Quand tu tombes de cheval, il faut remonter tout de suite. La vie est courte !

Tête inclinée, il contempla son alliance, un simple anneau d'or éraflé par le temps qu'il ne retirait jamais.

— Nous avons si peu d'années pour être heureux ! Ted a déjà eu trois des tiennes... Combien d'autres vas-tu lui laisser te voler ?

Elle serra les poings. Le moment était arrivé, elle devait parler tout de suite. Comment lui expliquer ? Dire qu'il espérait qu'elle s'intéresserait à son ami Parker ! Elle allait le décevoir, et jamais encore elle n'avait lu la déception dans son regard. L'idée de perdre son respect la paralysait.

En revanche, si elle ne disait rien, elle perdrait son propre respect.

Elle respira à fond et se redressa.

— Ce n'est pas seulement Ted. Il y a autre chose, une chose importante dont je voudrais te parler.

Entendant la gravité de sa voix, il posa son pinceau en l'équilibrant avec soin en travers de la boîte de vernis.

— Très bien. Je t'écoute.

Pas question d'adoucir le choc ou de prendre des chemins détournés. Ward était un homme franc qui regardait les difficultés en face, et il n'apprécierait pas qu'elle cherche à présenter sa situation sous un jour trompeur.

— Je suis enceinte. Je vais avoir le bébé de Ted dans quelques mois. A son avis, je ne devrais pas le garder. Il est au courant, il le savait avant qu'on ne se sépare, mais il ne veut ni de moi ni de l'enfant.

— Ce type me plaît de plus en plus ! lâcha Ward de son air le plus sévère.

Relevant le menton, elle conclut :

— Voilà, c'est toute l'histoire. Je suis enceinte et je ne vais pas me marier. Je vais avoir mon bébé et je l'élèverai toute seule.

Son oncle plissa les yeux, son regard attentif toujours braqué sur elle.

— C'est tout ?

Elle hocha la tête, avala sa salive.

— Je regrette. Je sais ce que tu dois penser. Au moins, maintenant, tu vois pourquoi je ne peux pas sortir avec ton ami le shérif.

— Je vois ça, moi ?

Elle le regarda, prise de court.

— Bien sûr ! Je suis enceinte.

— Ça, j'avais compris.

Stupéfaite, elle vit qu'il souriait.

— Tu es enceinte et tu ne vas pas épouser ce crétin. Je trouve ça fantastique ! Tout à fait merveilleux. Maintenant, si tu m'avais dit que tu étais enceinte et que tu retournais auprès de lui, c'était une très mauvaise nouvelle.

— Mais je ne peux pas sortir…

Il secoua tristement la tête.

— Tes idées sont aussi démodées que cette chaise. Tu te prends pour une femme déchue ? Tu ne mérites plus la compagnie d'un homme respectable ? Je crois que j'ai déjà rencontré cette attitude dans *Jane Eyre*, ou un de ces romans hystériques du siècle dernier, mais jamais je n'avais entendu une personne de chair et d'os dire une chose aussi ridicule !

Elle le dévisageait, incapable d'en croire ses oreilles. Où étaient les questions, les récriminations, les leçons de morale ? Et cette déception qu'elle redoutait tant ?

— Mais… Parker ? S'il était au courant, pour le bébé, il ne voudrait sûrement pas…

— J'ai juste dit qu'il était sous le charme, petite fille. Pas qu'il voulait t'épouser.

Elle en resta muette. Elle avait imaginé mille réactions possibles, mais jamais ce… cette joie toute simple. Du coup, son anxiété et sa culpabilité semblaient beaucoup moins lourdes ! Ward s'était déjà remis au travail, souriant aux

135

accoudoirs sculptés et jouant du pinceau avec un nouvel enthousiasme.

— Pauvre Parker ! disait-il en riant. Il n'a pas mérité un tel psychodrame ! Il te trouve craquante, il veut juste dîner avec toi un de ces soirs.

Il lui lança un clin d'œil impudent et conclut :

— Je ne voudrais pas gâcher ton martyre, mais même les femmes de mauvaise vie sont obligées de manger !

Harry arpentait le poste comme un fauve depuis le début de la journée, et Parker commençait à en avoir assez. Beau-frère ou pas, s'il ne se décidait pas à se comporter comme un homme civilisé, il se chargerait de lui apprendre les bonnes manières.

Le téléphone sonna. Suzie, qui était de permanence, répondit avec l'accent pointu et faussement bourgeois qu'elle affectionnait depuis quelques jours.

— Bonjour, le bureau du shérif de Firefly Glen à votre écoute.

Parker réprima une grimace. Elle s'était installée dans ce personnage depuis qu'il avait osé lui dire que : « Ouais, qu'est-ce que c'est ? » ne convenait pas au style de la maison.

Elle écouta quelques instants, puis enfonça le bouton de mise en attente.

— Harry, dit-elle en remontant ses lunettes sur son nez d'un geste las. C'est pour toi. Emma, comme d'habitude.

Harry secoua la tête sans lever le nez de ses paperasses.

— Je ne suis pas là.

Parker sentit ses mains se transformer en poings.

— C'est curieux, Harry, dit-il sans emphase. J'aurais juré que je voyais ta sale gueule en ce moment même.

Comme l'autre ne réagissait pas, Parker prit lui-même la ligne et décrocha.

— Salut, Em, c'est moi. Je suis désolé, Harry est là mais il fait la tête. Ce serait peut-être mieux de rappeler plus tard.

Emma s'inclina, à contrecœur. Il savait qu'elle préférait se taire plutôt que lui donner une chance de dire quoi que ce fût au sujet de Harry. Quand elle raccrocha, il se tourna vers son beau-frère et vit que ce dernier le couvait d'un regard torve.

— Si tu te mêlais de ce qui te regarde, Tremaine ? Ce n'est pas ton problème.

— Je pense que si.

— Tu te trompes. Et si tu veux que je te le prouve, je vais...

Suzie vint se jeter entre eux, bras levés comme l'arbitre d'un match de boxe.

— Messieurs ! Dans trente secondes exactement, la troupe 637 des Lucioles de Firefly Glen va passer cette porte. Les fillettes font une sortie éducative dans le cadre d'un projet sur la loi et ceux qui la font respecter. Elles seraient sans doute enchantées de voir deux adultes se rouler par terre comme des voyous, mais à mon avis, ce n'est pas l'image recherchée !

Parker respira à fond.

— Suzie, pourquoi ne m'as-tu pas dit qu'elles venaient ?

— Je te l'ai dit mardi dernier, jeudi dernier, hier et encore il y a deux heures, articula-t-elle, dédaigneuse. Bien sûr, personne ne m'écoute. Je ne suis que la fille qui fait les classements et je n'ai rien d'intéressant à dire, n'est-ce pas ?

Parker ferma les yeux. Derrière lui, il entendait Harry respirer profondément pour se calmer, lui aussi. Evitant soigneusement de se regarder, les deux hommes se dirigèrent vers leurs bureaux respectifs. Quelques instants plus tard, la porte s'ouvrit et un flot de petites filles en uniforme bleu envahit le poste.

Parker réussit à leur sourire. S'il ne parvenait pas à ravaler sa colère, ces fillettes feraient ce soir des cauchemars pleins de méchants policiers. Il se raidissait déjà pour affronter l'enjouement implacable de Madeline Alexander, quand, à sa grande surprise, ce fut Sarah Lennox qui entra, tout au bout de la file. Il se souvint alors que Madeline l'avait recrutée comme adjointe.

Sarah ne l'avait pas encore vu. Elle parlait avec Eileen O'Malley, légèrement penchée vers la petite fille, écoutant ce qu'elle lui disait avec toute sa concentration. Sous son regard attentif, Eileen rayonnait littéralement. Parker ne put s'empêcher de songer que ces fillettes avaient de la chance, qu'elles en fussent ou non conscientes. Quand elles auraient un peu mûri, quand elles auraient pris suffisamment de coups avec des amants égoïstes, des patrons arrogants et des voisins mesquins, elles se souviendraient de la jeune monitrice qui leur avait toujours renvoyé une image positive d'elles-mêmes.

Il s'aperçut alors que sa mauvaise humeur se dissipait. Se tournant vers les enfants, il lança :

— Tout le monde est là ? Bien ! Qui veut voir l'endroit où on enferme les criminels ?

Comme de petits drapeaux roses, toutes les mains se levèrent.

— Voyons... A qui est-ce que je vais confier les clés ? C'est une grosse responsabilité.

Il se gratta le menton, parcourant du regard les visages pleins d'espoir tendus vers lui, cherchant celle qui avait le plus besoin d'un témoignage d'estime. Si Sarah pouvait offrir cela à ces petites, il le ferait aussi ! Vers le fond, il repéra C. J. Porterfield. Elle levait la main comme les autres, mais mollement, comme si elle savait déjà qu'elle ne serait pas choisie. C. J. était la fille d'un as de l'informatique qui avait fait fortune sur le Net ; elle était aussi brillante et aussi décalée que son père. Parker lui fit signe du doigt.

— C.J., je pense qu'on peut compter sur toi. Tu seras la gardienne des clés. L'adjoint Dunbar va vous faire faire la visite du poste, et quand vous arriverez à la cellule, tu pourras la déverrouiller pour lui.

La petite reçut le trousseau avec précaution, comme si on venait de lui confier un bâton de dynamite. L'une des clés était une antiquité, un énorme objet de bronze qu'on gardait par tradition, parce qu'elle ouvrait la cellule en usage un siècle plus tôt, située dans un bâtiment démoli depuis longtemps. Aujourd'hui, dans ces locaux modernes, la véritable clé de la cellule était mince et plate comme une clé de voiture.

A voir la façon dont les filles se rassemblèrent, tendant timidement la main pour toucher la clé, on aurait pu croire qu'un tueur en série était tapi dans la cellule en ce moment même. Si Harry faisait correctement son travail, elles auraient droit à des anecdotes à faire se dresser les cheveux sur la tête. Parker se souvenait de ses propres sorties éducatives, au même âge ; ses copains et lui les trouvaient ratées si on ne les abreuvait pas d'épisodes effroyables à un moment ou l'autre de la journée.

Par chance, Harry semblait avoir réussi à évacuer sa colère, lui aussi. Il entraîna les fillettes vers la radio à ondes courtes et se mit à leur expliquer son fonctionnement. Parker ne put retenir un sourire en l'entendant raconter des sauvetages de nuit en montagne, des incendies, des coyotes furieux surpris dans la cuisine des fermes isolées, et des fugitifs qu'on reprenait alors qu'ils fuyaient vers la frontière canadienne.

Harry, qui adorait les enfants, faisait cela très bien, et ces fillettes allaient passer une heure inoubliable. Quel gâchis, tout de même ! Lui qui pensait sincèrement, au début, que Harry ferait un bon père pour les enfants d'Emma en venait à douter de ses capacités de mari. Que lui était-il donc arrivé ?

— Vous avez déjà eu de vrais criminels dans votre cellule ?

Sarah se tenait auprès de lui, regardant en souriant le groupe de petites filles attentives.

— Parce que la dernière fois que je suis venue...

— Bien sûr qu'on a eu des criminels, protesta Parker. Une fois, on a eu un évadé de la prison d'Albany pendant quarante-huit heures. C'était un assassin !

Elle haussa les sourcils.

— Et c'était quand ?

— Il y a soixante-treize ans, avoua-t-il. Mais je n'ai plus dormi tranquille depuis ce jour-là.

— Non ? C'est un peu comme quand on a un chiot à la maison, alors, dit-elle en ouvrant de grands yeux ingénus.

— Vous aussi ? Je suis absolument désolé ! C'est pareil chez moi : j'ai pris le frère de Frosty, c'était le tout dernier de la portée. Ce chien gémit littéralement du soir au matin. Après, bien sûr, il dort toute la journée.

Il lui offrit un sourire un peu incertain.

— Heureusement qu'ils sont mignons, hein ? Autrement, vous auriez peut-être envie d'étrangler le type qui vous l'a offert.

— J'essaierai de me contrôler, dit-elle. D'ailleurs, j'ai trouvé la solution. Frosty pleure quand il est tout seul dans sa caisse, mais si je le laisse dormir sur mon lit, tout va bien.

Au prix d'un effort considérable, il réussit à ne pas réagir... trop conscient de toutes les petites oreilles qui les entouraient !

Sentant sa tension subite, elle lui lança un regard soupçonneux mais ne fit aucun commentaire. Côte à côte, ils regardèrent Harry expliquer aux fillettes la vie d'un poste de police. C. J. venait d'enfermer Eileen dans la cellule et les autres pouffaient.

— Tu ne pourras jamais t'évader, disait une jolie petite blonde appelée Daisy Kinsale. En tout cas, pas en passant entre les barreaux !

— Ne t'en fais pas, ajouta Harriet, la copine assez crâneuse de Daisy. Le régime au pain sec et à l'eau te fera beaucoup de bien !

Parker sentit Sarah se crisper.

— Les gosses sont des monstres, par moments, murmura-t-elle. La petite blonde est la demi-sœur d'Eileen, vous le saviez ?

— Je le savais, oui, répondit-il aussi bas, avec un regard froid pour Daisy.

Son père, Brad Kinsale, était un de ses amis, un type adorable. Pourquoi n'apprenait-il pas le respect à sa fille ?

— Ces familles rassemblées comme des puzzles, ce n'est pas toujours simple, dit-il, gêné.

— On peut le dire ! J'ai six demi-frères et sœurs par trois beaux-pères différents. Croyez-moi, je connais la chanson.

Parker ne s'en serait jamais douté ! Ward avait souvent parlé de Sarah, sans jamais mentionner une enfance difficile. Il se demanda si c'était grâce à ce drôle de départ dans la vie qu'elle se montrait si sensible aux besoins des autres. Quand on est obligé de s'entendre au quotidien avec tant d'inconnus, on devient très cynique ou très généreux.

En même temps, quelle existence pour un enfant ! A quoi pensait donc sa mère ?

— C'est une des raisons pour lesquelles je suis content que mon ex et moi, nous n'ayons pas eu d'enfants, dit-il. C'est encore pour eux que le divorce est le plus dur. Et ensuite, il est tellement plus difficile de refaire sa vie...

Elle ne répondit pas. Perdue dans ses pensées, elle contemplait Eileen d'un air sombre. Tout à coup, il eut absolument besoin de la faire sourire.

— Je ne m'inquiéterais pas trop pour Eileen, si j'étais vous.

Elle se retourna vers lui.

— Pourquoi ?

— Elle ne le sait pas encore mais un de ces jours, elle deviendra une de ces stupéfiantes beautés irlandaises, comme toutes les femmes de sa famille depuis dix générations.

Il eut un petit rire en pensant à la tante de la petite, Deirdre O'Malley, qui lui avait brisé le cœur au lycée.

— D'ici quelques années, tous les garçons du bourg seront à ses pieds, y compris les petits copains de chaque fille dans cette pièce.

— Parfait ! s'écria Sarah avec une jubilation féroce.

Son menton se levait d'un air de défi. En la regardant, il comprit que malgré son apparente fragilité, malgré sa douceur et la tristesse qui faisait surface par instants, Sarah était une femme très solide.

Elle n'était pas aussi éblouissante que les filles O'Malley, ces créatures superbes aux cheveux de feu et aux yeux étincelants. Menue, toute mince, avec ses cheveux comme un halo de lumière autour de l'ovale étroit de son visage et ses yeux limpides et chaleureux, elle n'avait pas cette arrogance qui faisait ressembler les O'Malley à des reines barbares. Ses yeux disaient qu'on pouvait la blesser facilement, mais son menton affirmait qu'elle savait encaisser les coups.

Entre ces deux extrêmes, c'est elle qu'il choisirait, la douce et têtue Sarah, sans la moindre hésitation. Si seulement elle voulait bien lui donner le choix…

Il était 9 heures du soir quand Parker se décida enfin à rentrer chez lui. Il était si épuisé qu'il ne parvenait pas à manœuvrer la fermeture de son blouson. La journée avait été longue, mais il était parvenu à ne pas assassiner Harry.

Celui-ci venait de partir, cinq minutes auparavant. Parker s'était attardé à transmettre quelques consignes à l'adjoint qui assurait la relève, car il avait découvert qu'il valait mieux laisser quelques minutes de battement entre leurs déplacements, afin d'éviter de se croiser. Pourtant, quand il émergea dans la nuit cristalline et glacée, pressé de retrouver sa maison paisible, son fauteuil au coin du feu et son chiot, il vit que Harry était toujours là.

Harry et Emma se tenaient face à face, plantés près de la voiture de celle-ci, dans des attitudes crispées qui trahissaient une hostilité intense. Pire encore, il entendait clairement tout ce qu'ils se disaient.

— Tu es un lâche, Harry ! Voilà pourquoi tu es parti. Parce que tu n'as pas le courage de rester et d'affronter le problème.

— Tu peux penser ce que tu veux, répliqua Harry d'une voix méconnaissable.

Parker s'arrêta net. Jamais il n'avait entendu un tel mélange de désespoir et de hargne.

— Pense ce que tu veux, dis ce que tu veux, reprit-il. Ça ne me fait plus rien.

— Ça ne t'a jamais rien fait !

Emma cherchait à crier, mais sa voix était trop rauque, comme si elle avait passé des heures à pleurer.

— Si tu m'avais jamais aimée, *vraiment* aimée, tu ne pourrais pas renoncer à notre mariage.

— C'est ça...

Harry essaya de s'écarter, mais elle s'accrocha à son bras.

— C'est ça, tu as compris, répéta-t-il. Je n'ai jamais tenu à toi.

Parker fit quelques pas en avant et se plaça dans le halo d'un réverbère.

— Qu'est-ce qui se passe ici ?

— Bon sang, Parker ! fulmina son adjoint. Ce n'est pas ton...

— Il m'a quittée, coupa Emma.

Sa voix était dure, furieuse, mais ses yeux ruisselants de larmes trahissaient sa détresse.

— Il n'a pas assez de cran pour regarder nos problèmes en face, alors il a fait sa valise et m'a quittée.

Harry avait enfin réussi à s'arracher à son étreinte.

— Nos problèmes ne peuvent pas être résolus... Mais tu ferais bien de te souvenir que ce sont *nos* problèmes. Pas ceux de Parker. Il n'a rien à dire.

— Ecoute, Harry...

— La ferme, Parker ! lança-t-il, d'une voix terrible. La ferme ! Emma, rentre à la maison. Je refuse de me disputer

144

avec toi en pleine rue, devant tout le monde. C'est *notre* problème, cela ne regarde que nous !

Emma se redressa avec toute la dignité dont elle était capable, mais elle grelottait en serrant son manteau autour d'elle comme une petite fille. Parker sentit le sang se mettre à battre dans ses tempes. Personne n'avait le droit de traiter Emma de cette façon. Personne.

— Ils ont cessé d'être *nos* problèmes dès l'instant où tu as passé la porte, Harry, dit-elle alors. Maintenant, ce sont *mes* problèmes. C'est à moi de décider ce que je ferai.

Harry la dévisagea, bouche ouverte, comme s'il n'arrivait pas à croire ce qu'il venait d'entendre.

— Tu lui dirais ?

— Bien sûr que je lui dirais, si je pensais que ça pourrait résoudre quelque chose. Lui, au moins, il ne tourne pas le dos aux difficultés, comme toi. Il n'est pas *faible*.

La tête de Harry partit en arrière comme s'il venait de recevoir un coup.

— Salope !

Parker ne se souvint jamais clairement de la suite. Sa vision se brouilla, son bras se ramassa de lui-même, puis il sentit ses jointures s'écraser contre la mâchoire de Harry. Celui-ci devait également voir rouge car il se jeta sur lui comme un dément. Avant que Parker comprît ce qui se passait, il avait jeté Harry dos au mur et lui bloquait la respiration, son avant-bras en travers de sa gorge, serrant à pleine main son blouson. Il avala sa salive et sentit le goût de son propre sang gelé.

— Vous êtes complètement dingues !

Emma était près de lui, elle lui tirait le bras de toutes ses forces.

— Pour l'amour du ciel, arrête, Parker. Tu crois que ça va m'aider si tu le tues ? Je l'aime, espèce d'imbécile, *je l'aime !*

Une demi-heure plus tard, quand Parker réussit enfin à rentrer chez lui, il n'avait plus très envie de faire du feu ou de caresser son chiot, baptisé Caillou. Appuyé au lavabo de sa salle de bains, il se contemplait d'un œil morne dans le miroir quand le téléphone sonna.

Il voulut jurer, mais cela faisait mal à sa lèvre ouverte. Qui pouvait l'appeler à cette heure ? Probablement la dernière recrue : il assurait la permanence cette nuit, et voulait sans doute lui demander conseil pour régler une question triviale, comme d'habitude. Pourtant, il devait répondre, au cas où ce serait Emma. Il traversa lourdement la pièce en évitant de son mieux le chiot qui dansait autour de ses pieds, et saisit le combiné à la cinquième sonnerie.

— Parker ? C'est Sarah. Je suis désolée d'appeler si tard...

Il se laissa tomber sur le rebord de son lit, trop fatigué pour exprimer sa surprise. Le chiot se mit à gémir en sautant désespérément pour le rejoindre, mais le lit était ancien, et trop haut pour lui.

— Pas de problème, articula-t-il avec précaution pour épargner sa lèvre. Qu'est-ce qui vous amène ?

— Je voulais vous remercier d'avoir si bien accueilli les filles cet après-midi. Elles ont adoré leur visite.

— Très bien. Moi aussi, répondit-il poliment.

Il attendit la suite, sûr qu'il y avait autre chose, et qu'elle ne l'appelait pas à 10 heures du soir simplement pour lui témoigner sa gratitude. A l'autre bout du fil, il devina qu'elle hésitait, tendue. Attendait-elle qu'il lui tende la perche ? Mais de quelle façon ?

— J'ai aussi pensé à ce que nous disions l'autre jour..., reprit-elle enfin.

Caillou lui faisait une scène, grattant le dessus-de-lit, gémissant, le suppliant de le prendre auprès de lui. Il n'entendait plus rien ! Le combiné vissé à l'oreille, Parker se pencha pour le soulever, passant une main sous son petit ventre rond et chaud. Il le posa près de lui, et le chiot se calma instantanément, se blottit contre sa hanche et posa son menton sur sa cuisse avec un soupir de bonheur.

— Que ça ne devienne pas une habitude, lui dit-il sévèrement, la main sur le combiné.

Puis il se concentra de nouveau sur le téléphone.

— Oui ? demanda-t-il. Et que pensiez-vous ?

— Que j'étais peut-être ridicule. Que je faisais tout un plat pour quelque chose de très simple. Je veux dire... le baiser, le chiot, l'idée de sortir un soir tous les deux. Je voulais vous le dire aujourd'hui, mais il y avait les filles et...

— Et... ?

— Et en fait, je me suis dit : pourquoi pas ? Je ne suis pas prête à envisager une relation sérieuse, c'est vrai. Vous non plus, sans doute. Mais il n'y a vraiment aucune raison de ne pas déjeuner ensemble un de ces jours, ou nous voir de temps en temps, si vous voulez.

Elle se tut un instant, puis ajouta :

— Je dis bien : si vous voulez.

— Oui, répondit-il en caressant doucement le chiot qui semblait s'être endormi comme une masse. Je le veux. Si nous dînions ensemble demain ?

Elle sembla prise de court.

— Demain ?

— Je dirais bien ce soir, mais il est un peu tard. Vous avez sûrement déjà dîné.

Il sourit. Cela aussi faisait mal à sa lèvre, mais il s'en moquait.

— Je vous prends au mot, Sarah. Si c'est un bluff...

— Ce n'est pas un bluff, protesta-t-elle.

— Très bien, alors. Un dîner. Demain, 7 heures. Habillez-vous chaudement et arrangez-vous pour avoir très faim.

9.

Il s'agissait juste d'une sortie pour s'amuser, une sortie entre amis. Où était donc le mal ?

Répétant mentalement ces phrases rassurantes, Sarah attendait l'arrivée de Parker, debout à la fenêtre de sa chambre. Si tout était si simple, pourquoi éprouvait-elle cette nervosité ? Cette poitrine comprimée, ces fourmillements… Cela ressemblait au trac que l'on ressent avant un examen mal préparé.

A moins que ce ne fût le mauvais temps ? Depuis le matin, des nuages trop lourds passaient dans le ciel bas. La cuisinière était partie tôt en se plaignant de son arthrite, précisant qu'elle souffrait toujours avant une tempête de neige. Comme Ward dînait au restaurant avec Madeline et Sarah avec Parker, la brave femme n'avait aucune raison de rester à Winter House.

A force de tendre l'oreille pour capter le premier grondement du moteur de la jeep, elle faillit ne pas réagir en entendant un tintement argentin. Des clochettes de traîneau ! Quand ce charmant carillon attira son attention, elle ne pensa pas tout de suite à Parker, mais plutôt à ces faisceaux de tubes suspendus qui tintent à la moindre brise, comme celui qui se trouvait sur son balcon en Floride.

Puis elle vit le traîneau. Tiré par un cheval gris, il glissait sur la neige comme un charmant fantôme d'une autre époque, sur des patins de métal gravés d'un motif continu comme une calligraphie très fine. La coque était verte, avec des accents argentés.

Parker arrêta son équipage devant la maison avec l'aisance d'un homme qui se déplace en traîneau tous les jours. Le cheval agita la tête et gratta la neige du sabot, faisant tinter de plus belle les clochettes de son harnais.

Pendant quelques secondes, Sarah fut trop émerveillée pour bouger... Puis elle se souvint que ce carrosse magique venait la chercher. Lâchant les rideaux, elle saisit anorak, bonnet, écharpe et gants, et descendit l'escalier en trombe.

Elle ouvrit la porte à l'instant où Parker soulevait le grand heurtoir.

— Bonsoir ! dit-elle, un peu essoufflée de sa course.

Puis, avec un regard vers le traîneau :

— Jolie voiture.

— Elle vous plaît ? renvoya-t-il avec un sourire. C'est un modèle S de 1920. Puissance : un cheval.

Elle remarqua une ecchymose sombre sous sa lèvre inférieure ; le regardant avec plus d'attention, elle nota que la lèvre elle-même était un peu enflée.

— Oh, dit-elle à mi-voix, ça doit vous faire mal...

Il étira sa lèvre avec précaution, comme pour tester la sensation, puis se remit à sourire.

— En fait, non. C'est spectaculaire, mais sans plus.

— Qu'est-ce qui vous est arrivé ?

— Les hasards du métier, dit-il avec un petit haussement d'épaule. Rien d'important.

Elle comprit qu'il n'en dirait pas plus et décida de ne pas insister. Enroulant son écharpe autour de son cou, elle referma la porte et descendit les marches du perron. De

150

près, le traîneau était encore plus joli, avec sa carrosserie repeinte de frais. L'intérieur était rempli de couvertures et de coussins.

— Il est à vous ?

— Non, il appartient au vétérinaire local. C'est un copain. Je lui ai expliqué que je voulais séduire la nièce de Ward Winters, afin qu'elle nous aide à le convaincre de remettre les traîneaux en circulation pour le festival.

Elle se retourna vers lui, amusée.

— C'est donc de ça qu'il s'agit ? Cette sortie, je veux dire... Vous voulez mon soutien contre mon oncle ?

— Absolument ! répondit-il, très pince-sans-rire. Personnellement, je n'éprouve aucun intérêt pour les tours en traîneau au clair de lune avec une femme merveilleusement belle. Au-cun !

Elle éclata de rire. Le compliment faisait monter en elle une vague absurde de chaleur. Elle n'était pas belle, et elle le savait ! Mignonne, tout au plus ; jolie parfois, dans un genre assez insignifiant... Mais peut-être que par ces nuits d'hiver bien froides, quand les clochettes du traîneau tintent et que la neige recommence juste à tomber, toutes les femmes sont belles.

Il lui prit la main pour l'aider à monter et lui étendit sans façons une couverture sur les genoux, faisant pour bonne mesure un nœud supplémentaire à son écharpe. Elle se laissa faire. Le siège était moelleux, bien plus confortable qu'elle ne s'y attendait. Parker contourna l'attelage, donnant au passage une tape amicale au cheval, et reprit les rênes. Un claquement de langue, et le traîneau se mit en route.

Elle se laissa emporter sans penser à demander où ils allaient. L'instant lui suffisait, avec la beauté menaçante du ciel, les arbres qui s'écartaient devant eux, troncs sombres et couronnes de branches étincelantes. Le cheval trottait, l'air froid glissait sur son visage, le paysage filait à reculons. Dans la nuit profondément silencieuse, on n'entendait que le crissement des patins sur la neige, le battement régulier des sabots et le chant des clochettes.

Il faisait si froid qu'un nuage blanc s'épanouissait autour des naseaux du cheval, si froid que ses joues la brûlaient — mais c'était absolument magique, et elle aurait voulu ne plus jamais s'arrêter.

Enfin, pourtant, elle vit au bout d'une allée forestière une maison de bois longue et basse, entourée de ces petits camions à l'arrière découvert qu'on appelle des pick-up. La route ne devait pas être loin. « Chez Lucky », annonçait l'enseigne au néon miteuse. Elle se tourna vers Parker d'un air interrogateur et il hocha gravement la tête.

— Je sais, dit-il. Ce n'est pas reluisant, mais ils servent la meilleure pizza de la région, et ils ont une grange où je peux mettre la jument à l'abri pendant que nous mangeons.

Elle mit pied à terre et le vit se pencher sur les boucles du harnais. Apparemment, il comptait dételer avant d'aller à l'intérieur. Devant un établissement d'un autre genre, elle serait probablement entrée se mettre au chaud, mais vu le style de la maison, elle préférait l'attendre. C'était peut-être différent ici, mais en Floride, une femme ne se risquait pas à entrer seule dans un bar rural.

De plus, elle aimait la façon dont Parker s'occupait de Dusty, la jument. Tout en la dégageant de son harnais, il ne cessait de la caresser, de lui murmurer des mots gentils. Une fois sortie des brancards, celle-ci pressa ses naseaux contre son épaule en soufflant doucement, comme pour lui répondre. Il s'assura qu'elle pouvait atteindre le foin, la recouvrit d'une couverture rude et se retourna vers Sarah.

— Elle est parée. A notre tour.

Le bar était exactement tel que Sarah l'imaginait. Enfumé, mal éclairé, bondé de colosses mal rasés en chemise de flanelle à carreaux, capables simultanément de regarder un match de football à la télévision, de disputer une partie de billard et d'entonner le refrain des rengaines country du juke-box.

Parker, qui les connaissait tous, échangea avec eux les grandes claques dans le dos qui semblaient constituer le salut de rigueur, tout en guidant Sarah vers une table du fond, où la fumée était un peu moins dense et la voix surexcitée du commentateur du match presque inaudible. Ils venaient de commander — une grande pizza sans anchois, une bière et une eau minérale — quand un géant se planta devant leur table, main tendue.

— Tu joues ? grommela-t-il.

Sans comprendre, Sarah vit Parker sortir un billet de cinq dollars et le poser dans la gigantesque paume en disant :

— Quatre-vingt-dix-sept.

Le mastodonte se tourna vers elle.

— Vous ?

Elle leva les yeux vers Parker en espérant un signal quelconque pour l'aiguiller. C'était sans doute un pari, mais quelles étaient les règles ? Etait-il correct de participer dès sa première visite ? Souriant, il inclina imperceptiblement la tête, et elle fouilla ses poches, où elle trouva un billet de cinq dollars.

— D'accord, dit-elle en le posant à son tour dans la paume tendue.

— Combien ?

— Pardon ?

— Combien de yards ?

Elle jeta un nouveau coup d'œil à Parker, mais il ne fit rien pour l'aider, et elle décida de bluffer toute seule.

— Cent onze, dit-elle.

Le géant approuva de la tête, griffonna une note sur une serviette de papier et continua sa tournée. Parker, qui se retenait avec difficulté, éclata enfin de rire.

— Vous avez la moindre idée de ce que vous venez de faire ?

— Un pari, riposta-t-elle d'un air de défi. Puisqu'il voulait compter des mètres, et comme il ne ressemblait ni à un paysagiste ni à un couturier, je suppose que c'est en rapport avec le match de foot. Votre chiffre de quatre-vingt-dix-sept était élevé... Je suppose donc que ce doit être l'échappée la plus longue, ou la passe la plus longue. Quelque chose dans ce style.

Les yeux de Parker étincelèrent à la lumière d'une publicité au néon accrochée près d'eux.

— Et toc ! Je vous tire mon chapeau. Où avez-vous appris tout ça ?

Elle haussa des sourcils dédaigneux et déplia sa serviette de papier d'un geste désinvolte.

— Monsieur, j'ai eu ma part de petits copains bardés de muscles !

Puis elle se mit à rire et ajouta :

— Et n'oubliez pas que je suis prof dans un lycée. Mes jeunes ne comprennent rien à ce que je leur dis si je n'utilise pas des métaphores sportives.

Enchanté, il rit de plus belle. Intriguée, elle se pencha vers lui pour demander à mi-voix :

— Mais les paris sont illégaux, n'est-ce pas ? Ça ne les inquiète pas d'en faire sous le nez d'un officier de police ?

— Techniquement, nous ne parions pas, nous versons une cotisation pour pouvoir regarder le match à la télévision. La possibilité de rafler la mise est simplement, je cite, « un bénéfice éventuel du versement de la taxe télévisuelle ».

Elle le dévisagea, incrédule, et il haussa les épaules.

— Vous pouvez me croire, tout a été approuvé par le tribunal local. Le juge Bridgewell s'est prononcé : le paiement d'une place de spectateur n'est pas un pari. Et donc, c'est légal !

Sarah renonça à comprendre ce nouvel aspect de la gestion des petites communes. En tout cas, le fait de se joindre aux paris avait dû plaire : à partir de ce moment, l'assistance sembla l'adopter et une sorte de défilé commença. Des hommes souriants, velus et musclés, vinrent bavarder quelques instants à leur table, emmenant souvent leur femme ou leur petite amie. Quand ils eurent achevé leur pizza, un individu au bar lui fit apporter une autre eau minérale ; plus tard, un énorme barbu avec un chapeau bizarre lui offrit un dollar pour qu'elle pût faire son choix au juke-box.

Elle était la seule optimiste à avoir parié au-dessus de cent mètres. Dans les dernières minutes du match, quand le quarterback lança l'ultime passe, il atteignit cent sept mètres et le bar entier trembla sous la puissance des acclamations.

— Sa-rah ! Sa-rah ! Sa-rah ! scandaient-ils, déchaînés.

Rougissante, elle reçut le jackpot : cinq cents dollars ! Avec un énorme sourire, le géant déversa sur la table devant elle cent billets de cinq dollars, fripés, tachés, rafistolés avec du Scotch. Médusée par l'ampleur de la pile, elle fit la seule chose qui lui vint à l'esprit : elle offrit une tournée générale — et la clameur sauvage s'éleva de nouveau, encore plus forte que tout à l'heure :

— Sa-rah ! Sa-rah ! Sa-rah !

Elle s'amusait royalement. Jamais elle ne s'était sentie accueillie avec autant de chaleur par un groupe d'inconnus. Malgré tout, quand Parker fit un petit mouvement du menton vers la porte, lui signalant qu'il était temps pour eux de s'échapper, elle se sentit prête à partir.

— Ils sont gentils…, murmura-t-elle.

Maintenant qu'elle était de nouveau blottie sous ses couvertures, elle avait un peu sommeil. Dusty ne trottait plus, son pas lent balançait doucement le traîneau, comme un berceau ancien à bascule. Parker était assis tout contre elle et elle sentait sa chaleur, de son épaule à sa cuisse.

Le ciel s'était dégagé pendant qu'ils dînaient et le monde semblait refait à neuf, tout blanc, avec un ciel qui faisait songer à une explosion immobile d'étoiles.

— Oui, ils sont gentils, répondit Parker en lui jetant un regard de côté. Et vous leur avez plu aussi. Ils n'acceptent pas n'importe qui.

Elle lui offrit un sourire ensommeillé.

— Du moment qu'on offre sa tournée…

— Peut-être…

Il regarda les grands arbres défiler lentement pendant quelques secondes, puis reprit :

— En fait, je pensais à mon ex-femme. Une fois, elle était venue ici en visite avec moi, et je l'ai emmenée Chez Lucky. Un vrai désastre. Tina est restée perchée sur le rebord de sa chaise, toute droite, en fronçant le nez d'un air dégoûté, comme si elle avait peur d'attraper une maladie. Au bout de dix minutes, personne ne nous adressait plus la parole.

Il secoua la tête.

— Tina n'est pas très… en phase avec le monde rural.

Curieuse, Sarah le regarda.

— Avec quoi est-elle en phase, alors ?

— La vie à Washington. C'est l'endroit parfait pour elle. Le pouvoir, l'argent… Elle ne vit que pour le côté glamour et excitant de l'existence.

156

— Si elle vous a épousé, murmura Sarah, elle devait bien être en phase avec vous.

— Seulement tant que je faisais partie d'un certain milieu. Quand elle a compris que je voulais quitter Washington et revenir vivre ici, elle a rendu sa carte du fan-club de Parker Tremaine.

— Elle a demandé le divorce parce qu'elle ne voulait pas vivre ici ?

Sans réfléchir, elle se blottit contre lui.

— Ça a dû être très difficile pour vous...

Il secoua la tête.

— En fait, non. Le divorce nous a libérés, l'un autant que l'autre. Le plus difficile, c'était notre mariage. Dès les premiers jours.

Ainsi, Parker était parti, laissant son ex-épouse derrière lui ? Sarah eut un petit serrement de cœur en pensant à Tina. C'était absurde, bien sûr, surtout après ce qu'elle venait d'entendre à son sujet, mais tout de même... Elle-même avait été abandonnée par un homme, et elle connaissait la sensation. Se pouvait-il que Ted et Parker eussent plus de traits communs qu'elle ne l'aurait cru ?

Elle ne put réprimer un frémissement. Supposant sans doute qu'elle avait froid, il passa gentiment le bras autour de ses épaules et l'attira plus étroitement encore contre la bonne chaleur de son flanc. Non, pensa-t-elle, Ted et Parker ne se ressemblaient en rien. Parker aurait emmené sa femme, si elle avait accepté de venir ; Ted lui avait tout de suite fait comprendre qu'elle n'était pas la bienvenue.

Peu à peu, les maisons envahissaient les bois, et ils retrouvaient le village. Parker ralentit encore le pas de Dusty pour qu'elle pût admirer le décor. Et quel décor, aux yeux d'une petite enseignante du Sud qui découvrait la neige pour la première fois ! Firefly Glen ressemblait à un village enchanté, avec ses toits chargés de lourdes chapes blanches, ses cheminées fumantes, les globes dorés de ses réverbères à l'ancienne flottant dans l'air rempli de flocons légers.

— Regardez là-bas ! s'exclama Parker en tirant les rênes.

Dusty s'immobilisa, et il tendit la main.

— La Maison du Printemps ! Regardez !

Elle suivit la direction qu'indiquaient ses doigts gantés et découvrit le petit manoir sorti tout droit d'un livre d'images, rose, blanc et gris tourterelle, tout en toits en pente et volets sculptés. Une énorme véranda s'enroulait autour de la maison.

— Oui, soupira-t-elle, éblouie par le charme délicieux de ce tableau. Mon oncle m'avait montré les quatre Maisons quand je suis venue ici, il y a longtemps. Elle est encore plus belle que dans mon souvenir.

— Non, regardez mieux, murmura-t-il à son oreille. Sur la véranda…

Elle se pencha en avant et distingua enfin ce qu'il lui montrait. Sur la profonde véranda, le museau pressé contre la lueur dorée d'une fenêtre, il y avait un cerf et une biche.

— Ils ont froid, chuchota-t-il. Ils ont envie d'entrer au chaud.

Sarah s'aperçut qu'elle retenait son souffle.

— Ils ne risquent rien ?

— Non. Il manquera quelques plantes au jardin demain, voilà tout. Les cerfs ne meurent pas de froid, pas à moins d'un blizzard effroyable.

Parker fit claquer sa langue et Dusty reprit sa marche lente le long de la rue bordée d'arbres. A demi retournée, Sarah contempla aussi longtemps qu'elle le put les deux silhouettes sombres devant la vitre dorée. Puis elle reprit sa place au creux du bras de Parker.

— Votre oncle vous a raconté comment nous avions eu nos Maisons des Quatre Saisons ?

— Pas vraiment. Il m'a expliqué que Firefly Glen était un minuscule village de bûcherons et de trappeurs quand des gens très riches venus de New York l'ont découvert, à la fin du XIXe siècle. Pourquoi, il y a une autre histoire ?

Ravie, elle se nicha plus profondément dans ses couvertures et attendit la suite.

— Une histoire assez curieuse, dit-il. Vous vous souvenez de la maison Summer, celle des quatre qui représente l'Eté ?

Elle réfléchit un instant.

— Celle qui ressemble à une énorme villa italienne ? En assez mauvais état, avec des mosaïques fendillées, une grande piscine vide et des cloîtres remplis de feuilles mortes ? Je me souviens d'avoir pensé qu'elle avait l'air hantée.

— C'est bien ça. Eh bien, c'était la première. Le Dr Marc Granville et sa femme, les enfants chéris de la haute société new-yorkaise, l'ont construite il y a presque cent ans. On dit que Mark était très grand et très gentil, et Moira, selon la légende, était une femme minuscule, très élégante et très douce. Si les Granville faisaient quelque chose, tout le monde voulait le faire aussi, et deux ans plus tard, trois autres jeunes couples très riches s'étaient installés ici à leur tour. Les quatre ménages ont complété les demeures des Saisons : d'abord la Maison du Printemps, ensuite celle de l'Automne…

— Celle-là aussi, je m'en souviens, s'écria Sarah, fascinée. Elle est dans la forêt. Très grande, toute de bois, de verre et de pierre.

— Quelle mémoire !

— Ces maisons sont spectaculaires. Et puis, comme mon oncle habitait une des quatre, j'étais curieuse de voir les trois autres.

— Ça se comprend. La maison Winter a été la dernière à être bâtie par les amis des Granville. Ensuite, il n'y a plus eu une seule nouvelle demeure en trente ans.

Sarah se retourna vers lui, interdite.

— Mais pourquoi ?

— C'est là que l'histoire se corse. Je suppose que beaucoup de femmes étaient jalouses de Moira Granville. Elles soupçonnaient quelque chose. Vous comprenez, on ne savait rien de sa famille, ni d'où elle venait. Dans un village, les origines comptent énormément. Elles se sont renseignées et ont découvert une chose assez choquante. Apparemment, le Dr Granville avait rencontré sa sublime jeune épouse dans une maison close de Boston.

Devant les sourcils levés de Sarah, il eut un petit rire.

— Oui, dans une maison close, où je suppose qu'une heure de sa compagnie devait lui coûter bien plus cher qu'après le mariage.

Sarah se mordit la lèvre.

— Oh, non…, murmura-t-elle.

— Oh, si ! Ces sorcières puritaines ont été outrées. La jalousie a viré à la haine et Moira Granville a instantanément été boutée hors de la bonne société.

— C'est terrible, dit tristement Sarah. Quelle cruauté !

— C'est ce qu'il m'a toujours semblé aussi. Mais ces femmes n'ont pas fait les choses à moitié. Vous avez remarqué le plafond à moitié peint du salon de votre oncle ?

Sarah se redressa d'un bond.

— Oui, bien sûr. Quand j'avais treize ans, j'ai demandé pourquoi on ne l'avait jamais terminé, et il m'a dit que j'étais trop jeune pour le savoir.

— Un peu jeune, effectivement. On dit que la dame des lieux est entrée comme une folle dans le salon, en hurlant au pauvre artiste terrorisé de cesser immédiatement de peindre. Elle n'allait pas, par le Ciel, vivre dans le voisinage d'une catin ! Elle a déménagé le lendemain et, pendant trente ans, les Granville ont vécu dans la Maison de l'Eté, avec pour seuls voisins les bûcherons, les trappeurs, et trois demeures vides.

Sarah secoua la tête, atterrée. L'histoire était-elle exagérée, comme l'étaient bien souvent ces légendes ? Quelle dureté dans la réaction de tous ces gens ! Elle avait presque honte d'avoir pour ancêtre, même indirecte, une femme aussi rigide. Quelle humiliation, et aussi quelle solitude pour la belle Moira et son époux !

— Plus tard, d'autres millionnaires moins pointilleux sont arrivés, et un descendant de la Mme Winters d'origine a repris la maison. Depuis, on n'a plus manqué de gens riches, dit Parker en souriant. Maintenant, comme dit votre oncle, le problème est plutôt de les décourager de venir.

Sarah n'avait plus envie de rire car, avec cette histoire, Parker venait de lui rappeler l'autre aspect de la mentalité villageoise, celui qu'elle avait tendance à oublier : l'étroitesse d'esprit, l'indiscrétion, le désir de punir ceux qui transgressent la norme… Firefly Glen était-il si différent, aujourd'hui ? Elle n'était ici que depuis quelques semaines, mais elle savait déjà que l'endroit avait toutes les vertus d'un petit bourg, et aussi tous les vices.

Son oncle était très ouvert et tolérant — mais tout le monde le considérait comme un excentrique. Comment réagiraient-ils, tous les autres, Théo Burke au café, Madeline Alexander avec ses pépiements incessants et ses robes à fleurs, les mères des Lucioles, toutes les associations, tous les clubs locaux ? Que se passerait-il quand ils découvriraient que la nouvelle venue, Sarah Lennox, était célibataire, enceinte, et qu'elle osait sortir avec leur shérif adoré ?

Elle comprit qu'elle s'était laissée aller à un rêve dangereux en imaginant qu'elle pourrait rester ici, sous le toit et la protection de son oncle. En imaginant que ce village de livre d'images lui ouvrirait les bras, deviendrait son foyer ainsi que celui de son enfant...

Cela ne marcherait jamais. Et comme on ne pouvait pas fuir éternellement ses problèmes, elle ferait bien de balayer ce rêve avant qu'il ne fût trop tard.

Le traîneau avait cessé son doux balancement. Emergeant de ses sombres pensées, elle leva la tête, mais ses yeux embués ne reconnaissaient rien.

— Sarah ?

Parker se penchait vers elle, lui touchant la joue du bout de ses doigts gantés de cuir.

— Vous ne dites plus rien... Est-ce que ça va ?

— Très bien, répondit-elle en hochant fermement la tête.

Le mouvement fit glisser une larme sur sa joue, où elle gela instantanément.

— Je vais bien, mais j'ai froid. Il fait plus froid, vous ne trouvez pas ?

— Peut-être.

S'écartant d'elle, il tira de l'arrière une couverture épaisse et douce et la borda autour de ses épaules, puis lui releva son écharpe sur la bouche et tira son bonnet blanc si bas que ses cils l'effleuraient chaque fois qu'elle clignait des yeux.

— C'est mieux ?

Elle hocha la tête, le regardant sans rien dire du fond de son cocon. Ses yeux très sombres, très doux, brillaient d'une lumière nouvelle. Dans ce regard, elle lisait un élan puissant mais contenu… Elle sentit son souffle se faire plus ténu, plus rapide.

— Tu n'es plus que des yeux maintenant…, dit-il en traçant du doigt le rebord de son bonnet, la ligne de son écharpe.

Un frémissement se leva dans le sillage de son doigt qui se promenait sur son front, sur sa bouche.

— … et ils sont tellement beaux. Pleins de feu doré et vert. Je pourrais me perdre dans tes yeux, Sarah.

Etait-ce vrai ? Y avait-il vraiment du feu dans ses yeux ? En tout cas, elle sentait bien une flamme au fond d'elle, une brûlure douce comme lorsqu'on absorbe un très bon alcool.

— Si tu ne veux pas que je t'embrasse, je te conseille de le dire, tout de suite…

Il esquissa un sourire mystérieux. Elle écouta son cœur battre, assourdissant, à ses oreilles, et ne dit rien.

— Dernière chance, souffla-t-il, son souffle tiède sur sa joue.

Elle ne réagit pas et, très tendrement, il l'embrassa.

Tout aurait dû s'arrêter là. Jusqu'alors, elle n'était pas en danger… Quand son séjour dans ce village enchanté tirerait à sa fin, elle pourrait emporter le souvenir de ce baiser très doux pour éclairer la solitude à venir.

Mais qu'il se mît à la brûler, qu'il se fît plus passionné et ce ne serait plus un simple souvenir, mais une cicatrice.

Sachant tout cela, elle ne fit pourtant pas un geste pour repousser Parker. Elle se laissa attirer dans ses bras, noyer dans une chaleur plus intense que toutes les pelisses du traîneau. Il laissa échapper un grondement sourd, et elle répondit d'un petit gémissement qui aurait été son nom s'il n'avait pas dévoré les syllabes avant qu'elles ne jaillissent de sa bouche.

Oh, elle était folle... Mais elle n'avait plus la moindre envie de résister. La magie de cette nuit d'hiver était entrée en elle pour la remplir d'étoiles scintillantes, de cristaux de glace et de bonheur.

« Demain, pensa-t-elle vaguement en fondant délicieusement sous ses lèvres, demain, je le regretterai. »

Demain aurait aussi bien pu se trouver au-delà des étoiles, car il n'avait aucun pouvoir sur cet instant.

10.

— Dites-moi, comment réagit Ward maintenant que vous nous aidez pour le festival ?

Madeline Alexander trancha son fil d'un coup de dent discret et noua habilement son aiguillée.

— Il m'en veut beaucoup de vous avoir attirée dans le camp ennemi ? ajouta-t-elle.

— Il n'en a guère parlé, répondit Sarah avec un sourire. Juste pour dire que c'était dommage de nous donner tant de mal pour rien, puisqu'il n'y aurait pas de festival. Il ne l'a plus mentionné depuis.

Elle tâtonna dans le fouillis de la grande table, ensevelie sous une écume de gaze blanche, de rouleaux de dentelle et de bobines de ruban à paillettes. Dans trois semaines, avec un peu de chance, tout cela se serait transformé en douze costumes de flocons pour les Lucioles. Pour l'heure, ce n'était qu'un chaos dans lequel elle venait une fois de plus d'égarer ses ciseaux.

— Dans ces conditions, je me demande pourquoi il ne descend pas nous dire bonjour.

Madeline se retourna d'un air plaintif vers l'escalier. Les coups d'œil qu'elle jetait dans cette direction se faisaient de plus en plus fréquents depuis une heure.

— Vous êtes sûre qu'il ne m'en veut pas ?

Sarah commençait à regretter d'avoir accepté de réunir l'encadrement de la troupe à Winter House. Madeline faisait très peu de couture et rêvait beaucoup à Ward.

— Il viendra sûrement tout à l'heure, mentit-elle.

Ward lui avait déclaré tout net qu'il préférait franchir l'enclos des crocodiles sur une corde raide plutôt que de se montrer tant que les cheftaines des Lucioles seraient dans ses murs. Trois au moins d'entre elles, affirmait-il, complotaient pour le traîner de force jusqu'à un autel.

Ayant enfin mis la main sur ses ciseaux, Sarah étudia les autres femmes présentes en se demandant desquelles il parlait. Madeline, bien sûr. Peut-être Bridget O'Malley, grand-mère de la petite Eileen et, à soixante ans, l'une des femmes les plus spectaculaires qu'il lui eût été donné de rencontrer. Quant à la troisième, ce devait être Jocelyn Waitely, l'épouse du propriétaire de l'hôtel. Bien entendu, si elle comptait enlever Ward, elle devrait commencer par divorcer de Bourke, mais ce détail ne la retiendrait sans doute pas longtemps. Jocelyn était frêle, blonde, et assez intelligente pour représenter un réel danger. Sarah ne la connaissait que depuis une heure, mais elle savait déjà qu'elle redouterait de se trouver en travers de son chemin.

— Dis-moi, Madeline, s'enquit Jocelyn sans lever les yeux de sa machine à coudre, tu as décidé pour qui tu voterais en mars ? Harry ou Parker ?

Dans le faux mouvement que fit Sarah, son aiguille s'enfonça sous l'ongle de son index. Vite, elle l'arracha et se fourra le doigt dans la bouche pour ne pas saigner sur la dentelle blanche. Levant les yeux, elle surprit le regard perçant de Jocelyn braqué sur elle et maudit sa maladresse. Etait-elle si atteinte que le simple fait d'entendre le nom de Parker suffisait à la faire sursauter ? Il s'agissait de se ressaisir !

166

Madeline fronçait les sourcils.

— Pour Parker, bien sûr. Pas toi ? Ça ne me semble pas très correct, un homme qui fait campagne contre son propre beau-frère.

— D'après ce que j'entends, d'ici le mois de mars, il ne sera peut-être plus son beau-frère, repartit Jocelyn.

Sa voix était sereine, mais Sarah voyait ses yeux luire d'une curiosité avide et déplaisante.

— Emma et lui sont séparés. Il paraît qu'il est parti s'installer au motel.

— Ce n'est qu'une petite dispute, Jocelyn, coupa sévèrement Bridget O'Malley. Harry Dunbar et Emma Tremaine sont ensemble pour le meilleur et pour le pire, et ils surmonteront cette difficulté. Tout le monde sait cela.

Pas Sarah, qui écoutait ce dialogue, interloquée ! Heather, Emma et elle avaient déjeuné ensemble deux jours plus tôt et, si Emma semblait un peu absente, rien chez elle ne laissait deviner une situation aussi dramatique. Bien sûr, elle n'était pas vraiment une de ses proches ; la jeune femme ne souhaitait peut-être pas parler de choses aussi intimes à une étrangère. Et étrangère, Sarah l'était bien, au point de n'avoir rien su de cette élection ! Qu'en pensait Parker ? Lui qui semblait si bien installé dans son rôle de shérif... Que ferait-il si Harry lui retirait sa petite étoile dorée ?

— Que compte faire Parker, Sarah ? demanda Jocelyn, son regard scrutateur toujours braqué sur elle. Quand vous êtes allés Chez Lucky hier soir, il vous a dit quelque chose ?

Sarah la dévisagea, médusée. Comment était-elle déjà au courant ? Le Glen n'en était plus au bon vieux bouche à oreille, ses ragots devaient s'échanger par fax !

— Non, dit-elle sincèrement. Rien du tout.

— Ah ? demanda l'autre femme avec un mince sourire. Je me disais qu'il aurait pu faire une petite allusion. Après tout, un trajet en traîneau, c'est très intime. On a le temps de parler... et ainsi de suite.

Les autres femmes, qui n'avaient sans doute pas relevé leurs messages ce matin, semblèrent surprises... et intéressées. Personne ne fit un geste, mais Sarah eut l'impression que le cercle se refermait autour d'elle. Comme si elles rassemblaient collectivement leurs forces, déterminées à tout savoir de cette sortie romantique en traîneau.

Pendant dix minutes, elle esquiva des questions diverses, des plus innocentes aux plus crues, en redoutant par-dessus tout de se mettre à rougir. Il était trop tôt pour affronter un tel interrogatoire, il lui fallait plus de temps ! Le temps de déterminer ce que cette soirée signifiait réellement — pour elle comme pour Parker. Le temps d'oublier la sensation des mains de Parker sur sa peau.

Sans savoir comment, elle réussit à se cantonner dans les généralités les plus triviales. Oui, il avait fait très froid. Oui, la pizza était très bonne. Bientôt, l'intérêt retomba. Jocelyn elle-même semblait prête à passer à un terrain plus fertile.

C'est alors qu'on sonna à la porte.

Sachant que Ward ne se laisserait pas attirer dans l'enclos des crocodiles par un simple coup de sonnette, elle se leva pour aller ouvrir. Dans une bouffée de plaisir intense, immédiatement suivi d'un recul atterré, elle découvrit Parker.

Beau à en mourir. En vêtements civils, un jean sombre et un pull noir à col roulé qui avivait encore le feu bleu de ses yeux. Elle sentit ses joues brûler, ses genoux mollir.

« Je vous en prie, mon Dieu, pensa-t-elle confusément, que Jocelyn Waitely ne puisse pas voir mon visage en ce moment ! »

— Bonjour, dit-elle avec un sourire nerveux.

Puis sa propre réaction l'irrita. Ce n'était pas comme si elle avait fait l'amour avec lui, tout de même ! Ils s'étaient contentés d'échanger quelques baisers, au cours d'une sortie très agréable. Des baisers à perdre la tête, à ne plus tenir debout, certes... Mais, comme disait la chanson, *ce n'étaient que des baisers.*

— Bonjour, répondit-il.

Son sourire la liquéfiait tout entière. Elle y lisait une connivence si tendre, comme s'ils partageaient un secret miraculeux, profondément intime. Son cœur s'envola, et elle se sentit vibrer, suspendue dans la lumière de ce sourire. Dans l'effort qu'elle fit pour se ressaisir, elle comprit soudain que pas une seule fois Ted ne l'avait regardée de cette façon. Pas même pendant leur première nuit d'amour, pas même en la demandant en mariage. Jamais.

— Sarah..., dit-il d'une voix enrouée, les yeux rivés aux siens. Embrasse-moi.

Tout son corps eut un élan vers lui, mais elle secoua fermement la tête.

— Ne sois pas ridicule, chuchota-t-elle. La maison est pleine de monde. Les cheftaines des Lucioles s'écrasent le nez contre la fenêtre du salon en attendant de voir ce que nous allons faire.

— Et alors ?

Il pencha la tête sur le côté. Le soleil, très vif ce jour-là, illumina ses cheveux soyeux et très sombres, et le bleu limpide de ses yeux.

— Embrasse-moi. Donnons-leur quelque chose à se mettre sous la dent.

— Elles parlent déjà suffisamment de nous.

Il haussa les épaules.

— Si ce n'était pas le cas, elles s'ennuieraient.

Il fit un pas vers elle et ajouta à mi-voix :

— J'ai attendu douze longues heures pour t'embrasser de nouveau, et je me fiche de savoir qui m'observe ou pas.

Luttant contre l'envie de reculer, elle assena :

— Toi, peut-être. Moi, non.

Il s'arrêta alors, et elle vit un muscle tressauter dans sa mâchoire.

— Oh, je vois.

— Parker, je suis désolée. Je t'avais bien prévenu que je…

Baissant la voix, elle poursuivit très vite :

— Je ne suis pas prête à affronter des complications sentimentales. Je ne suis pas prête à m'engager auprès de qui que ce soit. Tu le savais… Je n'aurais peut-être pas dû sortir avec toi, mais je croyais que nous nous comprenions, que nous étions d'accord… que ce serait juste amical. Rien… rien de sérieux. Nous nous sommes embrassés, mais… ça ne change rien.

Tandis qu'elle parlait, le sourire de Parker refaisait surface, lentement mais inexorablement.

— On dirait que tu fais de gros efforts pour convaincre quelqu'un. Qui donc. Toi ou moi ?

— Nous deux, répondit-elle dans un effort de franchise. Je sais que nous n'avions pas prévu d'en arriver là… Mais tout était si… Oh, tu vois bien ce que je veux dire : la soirée entière était étrange, magique… Je sais que tu n'avais pas prévu ça délibérément…

Il éclata de rire.

— Tu crois ? Je fais peut-être ça avec toutes les femmes que je compte séduire ! Après un dîner romantique à regarder le match avec les bûcherons, elles ne peuvent plus rien me refuser.

Cette fois, elle ne put s'empêcher de rire aussi.

— Je parlais de la soirée entière... Les clochettes du traîneau, la neige, les étoiles... les cerfs à la fenêtre. Même la façon dont le traîneau nous balançait.

— C'était sexy, non ?

— Fait pour nous jeter dans les bras l'un de l'autre.

Elle secoua de nouveau la tête en retrouvant malgré elle la sensation vertigineuse de la cuisse de Parker glissant imperceptiblement sur la sienne, le long de la rue enneigée aux lumières féeriques.

— Tout se liguait contre nous, dit-elle. Un autre soir, avec une météo différente, une voiture normale, tout aurait été beaucoup plus facile à contrôler.

— Tu crois ?

Il eut un sourire triomphant, comme si elle venait de lui fournir l'occasion parfaite.

— D'accord, nous allons tester ta théorie. Dès mon retour.

— Ton retour ? demanda-t-elle d'une voix plus inquiète qu'elle ne l'aurait voulu. Tu vas quelque part ?

— C'est ce que je suis venu te dire : je dois me rendre à Washington pendant quelques jours. Mon ex-épouse a des difficultés juridiques, elle a besoin de conseils.

Quelques jours ? Cela représentait beaucoup de conseils ! pensa-t-elle en luttant contre un pincement de jalousie parfaitement absurde. Ne venait-elle pas de rappeler à Parker qu'elle ne s'intéressait pas à lui de cette façon ? Que même leurs baisers n'étaient qu'une retombée inattendue des étoiles et des clochettes du traîneau ? Alors, quelle importance ? Il pouvait passer quatre minutes, quatre jours ou quatre ans avec son ex-femme, cela ne la concernait pas !

— C'est gentil à toi, dit-elle poliment. J'espère que tout se passera bien.

— Moi aussi. Je serai de retour vendredi, Sarah. Et samedi soir, nous ferons la sortie la plus ennuyeuse, la plus dépourvue de tout romantisme de toute l'histoire de la séduction.

Souriant toujours, il se pencha vers elle et l'embrassa sur la tempe. Pendant un instant douloureux, son souffle tiède effleura sa pommette, déchaînant une pluie d'étoiles blanches dans ses veines.

— Et là, murmura-t-il doucement, on verra ce que tu diras...

— Je n'ai pas envie de lutter, aujourd'hui, gémit Emma en parcourant le menu du Candlelight Café. Je veux me gaver de calories. Je veux ouvrir les vannes et prendre tout ce qui me fait envie. Je vais commander le poisson pané avec des frites et la sauce spéciale, et une glace noyée de chocolat chaud pour le dessert. Avec deux cerises !

Sarah et Heather échangèrent un sourire. Emma faisait ce numéro chaque fois qu'elles se retrouvaient pour déjeuner. Elle menaçait de commander le repas le plus calorique possible, mais au moment de vérité, elle se décidait toujours pour une simple salade. Heather prétendait que c'était sa façon de se défouler, et ses amies ne se donnaient jamais la peine de discuter.

Cette fois, pourtant, elle les surprit en commandant réellement le poisson et les frites, avec un supplément de sauce béarnaise, et pour finir un énorme sundae. Théo ne cilla pas — elle savait que, dans un grand restaurant, le client a toujours raison. Heather, en revanche, n'était pas liée par la même déontologie.

172

— Ça fait au moins deux mille calories ! protesta-t-elle dès que Théo s'éloigna. Et dix mois de moins d'espérance de vie !

Emma fit la grimace.

— Quel est l'intérêt de la vie, si on doit se priver de sundaes au chocolat chaud ?

L'expression de Heather s'assombrit encore.

— Emma, dit-elle avec douceur. Ça n'arrangera rien...

— Bien sûr que si ! Je passerai tout l'après-midi dans un semi-coma, et ça me fera le plus grand bien.

Sarah se sentait très mal à l'aise. Ses deux amies communiquaient par allusions qu'elle n'était pas censée comprendre, mais les commères du village lui avaient déjà livré le fin mot de l'histoire. Emma lui jeta un regard coupable et sembla prendre une décision.

— On est désolées, Sarah. Ce n'est pas qu'on veuille faire des cachotteries, mais ces problèmes personnels sont affreusement ennuyeux quand on n'est pas directement concerné. Je ne voulais pas que nous passions notre déjeuner à ressasser tout ça.

— Pas de problème..., commença Sarah.

— Non, je t'assure ! Je veux t'en parler. D'ailleurs, tu sauras tout un jour ou l'autre. Au Glen, on ne connaît pas la notion de vie privée.

Heather posa la main sur la sienne pour l'encourager. Les yeux d'Emma luisaient de larmes, mais quand elle parla, sa voix était calme.

— Harry et moi, nous traversons une mauvaise passe. Si mauvaise qu'il a fait ses valises la semaine dernière.

Atterrée, Sarah prit son autre main.

— Je suis désolée, dit-elle, troublée de sentir à quel point ces mots étaient faibles. Je parie qu'il ne gardera pas longtemps ses distances...

— Bien sûr que non ! s'écria Heather avec fougue. Harry a beau être têtu comme une mule, il n'est pas stupide. Il reviendra.

Elle haussa un sourcil et précisa :

— A moins, bien sûr, que tu ne te mettes à faire des repas pareils tous les jours.

Soutenue des deux côtés, Emma sembla retrouver des forces. Elle serra la main de ses deux amies, se dégagea et but une gorgée de vin blanc.

— Très bien, mesdames. La séance d'apitoiement sur mon sort est officiellement close. Je n'ai plus envie de parler de moi, je veux parler de Sarah et Parker.

Sarah se figea, son verre d'eau à mi-chemin de ses lèvres, et Emma lui lança un sourire espiègle.

— Oui, ma grande, les rumeurs se déchaînent, mais je ne sais pas lesquelles croire. Certaines affirment que Parker et toi, vous avez passé la nuit dans la grange quand vous avez ramené la jument à Autumn House. D'autres que vous avez garé le traîneau pendant deux bonnes heures devant Spring House, histoire d'apprendre à mieux vous connaître.

Sarah soupira, mais de toute évidence, Emma n'avait pas encore terminé. Agitant les sourcils d'un air équivoque, celle-ci reprit :

— Une autre rumeur dit que tu as gagné cinq cents dollars à danser sur les tables Chez Lucky, mais qu'ensuite Parker a piqué une crise de jalousie et foncé dans le tas. Celle-là, je n'y crois pas, dit-elle en se tournant vers Heather. Parker aurait piqué sa crise bien plus tôt.

Sarah se couvrit les yeux de sa main.

174

— C'est complètement dément ! dit-elle. Une seule sortie ensemble, un simple dîner, et les gens tirent des conclusions pareilles ?

— C'est le fait de vivre dans le grand Nord, expliqua Heather, sarcastique. Ces longs hivers où l'on n'a rien à faire, personne à qui parler... Ce sont ceux qui ont l'imagination la plus féconde qui survivent.

— C'est ce que je vois ! reprit Sarah, outrée. Il n'y a rien de vrai dans tout ça ! Nous sommes sortis l'autre soir, voilà tout. C'était une soirée très agréable, mais il n'y a pas de quoi alimenter la moindre rumeur. Nous sommes amis, sans plus, et il se peut très bien que nous ne ressortions jamais ensemble...

— Oh, si, il y aura une deuxième fois ! coupa Emma. Parker en parle déjà. Mais je te préviens, ça n'a pas l'air bien excitant. Il me demandait de lui donner des idées et il voulait que je lui raconte les pires rendez-vous que j'aie jamais vécus.

Théo apporta leurs plats et Sarah s'attaqua avec plaisir à sa salade aux blancs de poulet, en espérant que Emma serait distraite par son propre plat... qui, elle devait bien l'admettre, était incroyablement appétissant. Bien entendu, elle n'eut pas cette chance. Après quelques bouchées, Emma revint à son idée fixe.

— Je lui ai dit : « Attends... Tu ne veux pas plutôt que je te raconte mes rendez-vous les plus fabuleux ? » Mais non, il m'a bien expliqué qu'il essaie de concocter le pire programme possible pour une sortie à deux.

Heather contemplait avec une réprobation manifeste le plat lourd et gras de son amie. D'un air de défi, Emma fourra une énorme frite dans sa bouche, et lui adressa une grimace avant de se tourner vers Sarah.

— Alors, raconte ! Qu'est-ce qui se passe ? Pourquoi veut-il t'offrir une sortie épouvantable ?

— Il te fait marcher, répondit Sarah. C'est juste… une plaisanterie idiote.

— Moi, je me disais qu'il voulait peut-être te tester, ou mettre ses propres sentiments à l'épreuve. Tu vois ce que je veux dire ? Je t'ai expliqué son problème, cette idée qu'il doit trouver la femme parfaite. Alors, je pense qu'il veut voir s'il ne réagit pas juste aux circonstances, tu comprends ? Voir si tu seras toujours parfaite dans le pire contexte qu'il puisse imaginer.

Heather laissa échapper une petite exclamation de dérision.

— Je savais que tu étais douée pour les idées compliquées, Emma, mais là, tu bascules carrément dans le grotesque !

Stupéfaite de voir Emma si près du compte, Sarah posa sa fourchette et déclara :

— Si c'est ce qu'il cherche, je pourrais lui faire gagner beaucoup de temps. Je ne suis pas la femme parfaite. La femme parfaite n'habite pas à quinze cents kilomètres, pour commencer. Elle ne porte pas un énorme bagage, y compris une mauvaise rupture quelques semaines plus tôt. La femme parfaite n'est pas…

Elle croisa le regard de Heather et se tut. Elle avait failli laisser échapper son secret, sans réfléchir ! Le visage de la jeune gynécologue était parfaitement neutre — si neutre qu'il constituait en lui-même un avertissement. Oui, ce serait une erreur de se confier, car même si Emma était en train de devenir son amie, elle était d'abord la sœur de Parker. Sarah laissa sa phrase s'éteindre et but une gorgée d'eau.

Emma se remit à manger, pensive.

— Je ne sais pas, dit-elle. L'homme parfait ne serait pas, comme l'a si bien dit Heather, buté comme une mule. L'homme parfait ne chercherait pas à piquer son emploi à votre frère, et il ne ferait pas ses valises pour s'installer dans un motel dès que les choses commencent à se gâter. Et pourtant, Harry est bien la mule, je veux dire l'homme que je veux.

Sarah la contempla, désemparée.

— Ce n'est pas la même chose...

— Peut-être, convint Emma en souriant. Mais Parker pense le contraire.

Parker se gara sur le bas-côté, serra le frein à main et coupa le moteur.

— Nous y sommes, dit-il en se tournant vers Sarah, très pince-sans-rire. J'espère que tu sais pousser une brouette ?

Sarah ne sut pas très bien comment réagir. Sur le terrain vague, devant eux, se dressait un édifice qui semblait sortir d'un bombardement. Plusieurs personnes chaudement emmitouflées allaient et venaient, apparemment très occupées à démanteler la structure.

— Notre rendez-vous... c'est ici ? demanda-t-elle.

Parker contemplait la scène, l'air très content de lui.

— C'est ça. Je me suis renseigné et, à partir d'indications fournies par plusieurs sources différentes, j'ai préparé le pire rendez-vous qu'on puisse imaginer.

Elle attendit la suite. Il s'amusait comme un petit fou, et elle le trouvait totalement irrésistible.

— Je t'explique le programme. D'abord, je t'oblige à faire une chose qui n'intéresse que moi : me préparer à dîner, nettoyer mon garage, charrier mes clubs de golf pendant que je joue mes dix-huit trous. Dans notre édition du « Rendez-Vous de l'Enfer », je t'ai emmenée au site où nous montons habituellement le palais pour le festival. Cette année, nous venions juste de terminer d'assembler le cadre quand le propriétaire du terrain a décidé de retirer sa permission.

Prise d'un mauvais pressentiment, Sarah ferma les yeux et demanda :

— Mon oncle ?

— Bien deviné. Nous avons soixante-douze heures pour évacuer tout notre matériel de son terrain. Voilà pourquoi j'ai demandé à ce qu'on se retrouve dès l'après-midi : c'est ta chance de participer aux travaux d'urgence ! Mais ce n'est que le commencement de notre horrible soirée.

— Ah, il y a encore mieux ?

— Oui. Pendant que tu t'épuises pour mes beaux yeux dans un travail ingrat, salissant et ennuyeux, je parlerai surtout à mes amis, sans me préoccuper de toi. Si je t'adresse la parole, ce sera uniquement pour parler de moi. Je boirai trop et j'oublierai complètement de te donner quelque chose à manger. Puis je te ramènerai chez toi et je me jetterai sur toi comme un animal, supposant ingénument que t'es amusée autant que moi.

Elle partit d'un éclat de rire. Oui, elle avait effectivement eu un ou deux rendez-vous de ce style dans sa vie. Rien que des premiers rendez-vous, qui n'avaient jamais eu de suite !

— Très bien ! dit-elle. Voilà qui devrait éliminer toute magie entre nous.

Pourtant, ce fut tout le contraire. Le « Rendez-Vous de l'Enfer » s'avéra encore plus amusant que leur première sortie à deux. Sarah adora ses amis, dont elle rencontra ce jour-là un certain nombre, à mesure que les équipes

178

se renouvelaient. Il y en avait de tous les âges, et ils se montrèrent uniformément charmants avec elle. Elle adora écouter Parker s'entretenir avec eux, et aussi l'écouter parler de lui. En trois heures, elle en apprit plus à son sujet qu'elle n'avait pu découvrir au cours de ses trois semaines à Firefly Glen.

Tout ce qu'elle découvrit lui plut. Il avait de l'esprit, ne se mettait pas en avant, travaillait dur et était aimé de tous. Il savait apprécier les efforts des autres sans exiger qu'on apprécie les siens. Il se montrait intelligent, bien informé et tolérant. Si quelqu'un faisait une fausse manœuvre, il ne s'énervait pas mais se contentait de rire des petites bourdes et de se retrousser les manches pour réparer les plus grosses. Elle n'aurait pas pu trouver contraste plus frappant avec Ted, son perfectionnisme mesquin et son ego envahissant.

Elle dut travailler dur, mais cela ne la dérangea pas. Il était amusant de faire partie d'une équipe de démolition, et chacun tint à s'assurer qu'elle savait arracher les clous sans risque, ou empiler des planches brisées de façon sûre. Les heures passèrent et, si elle se salit beaucoup, elle ne s'ennuya pas un seul instant.

Selon les règles convenues, Parker ne pouvait pas lui offrir de repas, mais quand le soleil s'inclina vers l'horizon, il chargea discrètement un collègue de lui apporter une Thermos de soupe et une chope de chocolat chaud. Assise sur une grosse glacière rouge pour savourer ce repas simple mais délicieux, elle contempla Parker par-dessus le bord de sa chope fumante. Il avait retiré son blouson et chargeait d'énormes planches à l'arrière d'une camionnette. Surprenant son regard sur lui, il repoussa ses cheveux en désordre, s'essuya le front et lui sourit.

Oh, ce sourire ! pensa-t-elle, désespérée. Il se passait allègrement d'un décor romantique, avec musique douce et ciel étoilé... Un tel sourire suffisait à la réchauffer de la tête aux pieds, malgré la neige qui recommençait à filtrer du ciel gris.

Quelques minutes plus tard, il vint la rejoindre et s'assit près d'elle, une Thermos de café à la main.

— Il va bientôt falloir jeter l'éponge, dit-il en contemplant le ciel de plus en plus sombre. Avec cette neige…

Retirant ses gants de travail avec ses dents, il se tourna vers elle.

— Ça va, toi ?

Elle but une gorgée de chocolat pour cacher son sourire.

— Ce n'est pas de jeu : tu n'es pas censé t'occuper de moi.

Il secoua la tête comme un homme dépassé par les événements, puis tendit la main pour repousser une petite mèche que le vent plaquait en travers de la bouche de Sarah.

— Peut-être, dit-il doucement en lui calant les cheveux derrière l'oreille, mais je ne peux pas m'en empêcher. C'est bien le problème.

Elle ouvrit la bouche pour lancer une repartie désinvolte… et s'aperçut qu'elle ne trouvait pas les mots. En contemplant son visage sale et fatigué, tout proche du sien, elle venait de réaliser qu'il représentait un danger bien plus grand que tout ce qu'elle avait pu imaginer.

Bien sûr, elle avait mesuré, dès le premier jour, à quel point sa séduction était puissante. Elle savait qu'il serait difficile de lui résister ; si jamais ils se retrouvaient seuls, les étincelles risquaient de jaillir. Pour une femme dans sa situation, il serait vulgaire et stupide de désirer un homme — impensable, même. Elle s'était donc imposé une alternative : lui résister, ou lui dire que tout était fini. Si elle succombait à un seul de ses baisers, elle arrêterait tout le soir même.

Et voilà que, tout à coup, comme si au détour d'un chemin elle débouchait brusquement en haut d'une falaise, elle découvrait le vrai danger ! Oui, tout devait se terminer ce soir, quoi qu'il pût arriver. Le désir était le moindre de ses soucis, car elle était en train... de tomber amoureuse.

11.

Au volant de sa voiture qui les ramenait à Winter House, Parker se demanda s'il n'était pas allé un peu loin. Sarah avait accepté cette sortie expérimentale, prête à jouer le jeu, très amusée par son idée, mais son entrain s'était évanoui. A présent, elle ne disait plus rien.

Il passa l'après-midi en revue, cherchant à comprendre la raison de ce changement d'humeur. Quelqu'un avait-il été désagréable avec elle ? Lui-même avait-il commis un impair ? Elle était peut-être fatiguée, voilà tout. Les gros travaux, surtout à cette altitude, épuisaient assez rapidement ceux qui n'en avaient pas l'habitude.

Il fit le trajet lentement, en la surveillant du coin de l'œil. Elle était pâle, avec des cernes sombres sous les yeux. Il se souvint tout à coup du visage qu'elle avait, le premier jour, au col. Cet air fragile, vulnérable... Cette façon de s'appuyer à un arbre comme si elle tenait à peine sur ses jambes... Pendant un instant affreux, il se demanda si elle était malade, gravement malade... puis, tout de suite, il décida que Ward lui aurait dit quelque chose à ce sujet. Et en général, elle rayonnait d'une telle énergie — et d'une telle sensualité — qu'il ne pouvait y croire.

Sans doute l'avait-il stupidement laissée présumer de ses forces.

Il se gara devant le portail de Winter House et coupa le moteur. Comme elle semblait loin de lui dans le siège voisin, avec le levier du changement de vitesse dressé entre eux comme une sentinelle ! Il eut une pensée nostalgique pour le traîneau. Il s'était cru très fort, à penser qu'il pouvait l'ensorceler loin de tout décor romantique, et voilà quel était le résultat... Ce soir, elle n'avait rien d'une femme envoûtée, mais semblait seulement épuisée, distante, et, comble de malchance, désirable à lui couper le souffle. Il aurait donné n'importe quoi pour un seul petit rayon de lune.

Tendant la main, il retira un copeau de bois de ses cheveux et passa le dos de sa main sur sa joue.

— Tu es fatiguée ?

— Un peu. Je ferais bien de rentrer.

Il mourait d'envie de la prendre dans ses bras. Maudits soient ces leviers stupides ! Qui avait pu inventer une chose pareille ? La Ligue pour la Décence et la Protection des Vierges Américaines ?

— Sarah, murmura-t-il en laissant son doigt se poser sur le coin de sa bouche. Sarah, regarde-moi...

— Il faut que je rentre, répéta-t-elle de la même voix épuisée et monocorde. Si nous attendions demain pour parler ?

Il se pencha vers elle, ignorant la morsure du levier de vitesses dans son flanc, et glissa l'index sous son menton pour ramener son visage vers le sien. Elle avait réellement l'air malade, constata-t-il tout à coup. Quelque chose la faisait souffrir.

— Sarah, ma douce... Dis-moi ce qui ne va pas.

— Il n'y a rien.

Un instant, elle réussit à sortir de son engourdissement. Les coins de sa bouche se retroussèrent, comme un robot qui a reçu l'ordre de sourire. C'était courageux, mais pas très convaincant, et il préférait de loin son abattement.

— Je t'assure, tout va bien. C'est juste que...

Elle avala sa salive et reprit au commencement, avec un sourire un peu plus réussi cette fois.

— J'ai passé une journée merveilleuse, Parker. Je m'amuse toujours quand je suis avec toi. Tout de même, il me semble que nous devrions cesser de nous...

Elle ne put terminer sa phrase. Un grand fracas de verre brisé explosa dans le silence du soir, quelque part derrière la maison. Ensuite, il y eut le bruit sourd d'une course éperdue dans la neige.

— Mon Dieu !

Sarah se retourna d'un bond vers la maison pendant que Parker cherchait instinctivement le fuyard des yeux. Il eut juste le temps de distinguer une silhouette encapuchonnée avant qu'elle ne disparût dans un bosquet.

— Mon oncle !

D'une main, Sarah ouvrait sa portière, de l'autre elle essayait de se débarrasser de sa ceinture de sécurité. Parker pressa le bouton qui la libérait, défit la sienne. Impossible de poursuivre l'inconnu, pensa-t-il avec regret. Il ne pouvait laisser Sarah entrer seule dans la maison, sans savoir ce qu'elle trouverait à l'intérieur. Et puis, l'homme qui s'était enfui n'était peut-être pas seul...

Ils se précipitèrent donc ensemble vers la grande porte d'entrée. Parker composait déjà un numéro sur son portable, Sarah avait sorti sa clé. Malgré son angoisse évidente, elle ouvrit sans tâtonner. Dès que le battant s'écarta, elle cria :

— Oncle Ward ! Oncle Ward ! Tout va bien ? Où es-tu ?

Ils le trouvèrent dans la bibliothèque. Le vent âpre du soir jetait de la poussière de neige par le gros trou en étoile qui crevait le magnifique vitrail. Un peu de poudre blanche adhérait au cuir vert de la table. Ward était étendu sur le tapis d'Orient, couvert de fragments de verre rouge et or. Une mauvaise coupure sur son front saignait lentement, barrant son visage d'un affreux réseau rouge.

Frosty montait la garde près de lui, fidèle à son instinct de chien de garde, mais gémissant et tremblant comme le tout jeune chiot qu'il était. Dès qu'il vit Sarah, il se précipita vers elle. Sans ralentir le pas, elle le ramassa au passage et lui murmura des paroles réconfortantes avant de s'agenouiller près de son oncle.

Parker acheva de donner ses instructions, coupa la communication avec son bureau et composa le numéro du service d'ambulances le plus proche. Tout en expliquant la situation à voix basse, il repéra la grosse pierre sous la table, non loin de la tête de Ward. Des granules de terre gelée y adhéraient encore : elle venait tout juste d'être arrachée, manifestement. De la taille d'un ballon de football américain, elle était enroulée dans une feuille de papier fixée avec un gros élastique. Dès qu'il eut raccroché, il retira ce papier avec précaution et lut : « Dehors, le Grinch ! Laisse notre festival tranquille. »

Il ne se sentit pas surpris, car c'était exactement le genre de réaction qu'il redoutait si Ward s'obstinait à saboter le festival. On n'avait sans doute même pas cherché à l'agresser physiquement ! Le sort avait voulu que cette pierre, jetée à travers le vitrail, vînt avec une précision terrible frapper le vieil homme à la tête, assez violemment pour le faire basculer du fauteuil où il s'était installé pour lire.

Il se pencha vers le corps inerte et lui prit le pouls. Dieu merci, il battait, faible mais perceptible. Agenouillée de l'autre côté, Sarah essuyait le sang pour chercher à évaluer la gravité de la coupure. Il l'entendit inspirer brusquement et comprit que ce devait être profond.

Elle prit la tête de son oncle sur ses genoux en le relevant à demi pour ralentir l'hémorragie, et leva des yeux effrayés vers Parker.

— Il y a des torchons propres dans la cuisine… Tu veux bien aller en chercher ? Il faut arrêter le sang, et je ne veux pas le quitter.

Il sauta sur ses pieds avant même qu'elle n'eût achevé sa phrase.

— Je reviens tout de suite. J'ai appelé les secours. Si tu entends quelqu'un à la porte, ne bouge pas, je les ferai entrer.

Il n'hésitait pas à s'éloigner, quasiment certain qu'aucun intrus ne se trouvait dans la maison. Le trou de la fenêtre était hérissé de tessons, et trop mal placé pour qu'on eût pu entrer par là ; la porte d'entrée était verrouillée à leur arrivée… De plus, son instinct lui disait qu'il ne s'agissait que d'un avertissement. Après avoir expédié ce message anonyme d'une ignoble lâcheté, l'imbécile s'était enfui dans les bois.

Il jeta pourtant un coup d'œil dans chaque pièce en se hâtant vers la cuisine. Tout semblait normal.

Le temps de revenir avec une poignée de torchons, il entendit deux sons très rassurants : la sirène de l'ambulance… et la voix exaspérée de Ward, clamant qu'il allait très bien et exigeant de savoir pourquoi on ne pouvait pas lui ficher la paix !

Il courut ouvrir la porte et entraîna l'équipe médicale vers la bibliothèque. Ward était assis dans le fauteuil le plus proche de la table, et le sang qui gouttait toujours de son front ne l'empêchait pas de paraître aussi énergique et irascible qu'à l'accoutumée. Voyant Parker et l'équipe médicale entrer en masse dans la bibliothèque, il les foudroya du regard.

— Bon sang, ce n'est qu'une éraflure de rien du tout ! Qui s'est permis d'appeler l'armée ?

Sarah posa une main apaisante sur son épaule.

— Calme-toi, enfin... Ils vont seulement t'emmener à l'hôpital...

— Pas question !

Il eut un sursaut pour se lever, mais le choc l'avait affaibli, et Sarah réussit à le retenir.

— Je ne vais nulle part !

Parker lui tendit le torchon propre.

— Ne faites pas l'idiot, Ward, dit-il d'un ton placide. Ou alors, je penserai que votre cerveau est sorti par cette blessure.

Ward eut un petit rire qui lui arracha une grimace de douleur.

— Insulte-moi tant que tu veux, shérif ! Je suis chez moi, et je ne me laisserai pas déloger par un idiot qui lance des cailloux.

La discussion dura longtemps. Les deux camps étaient de force très inégale en apparence, avec Parker, Sarah, l'équipe médicale d'un côté, et Ward tout seul de l'autre, mais pourtant, les premiers durent se contenter d'un compromis. Parker aurait pu le leur prédire. Ward n'irait pas à l'hôpital, on le recoudrait sur place ; il devrait cependant accepter de garder le lit, en suivant à la lettre les recommandations du médecin. Pendant que l'homme de l'art commençait ses sutures, Parker sortit de la pièce pour rappeler Harry. Il lui expliqua ce qui venait de se passer, puis lui donna des instructions très simples : retrouver le coupable, et si possible cette nuit même.

Deux heures plus tard, Ward était enfin au lit. On avait dû lui poser onze points de suture ; il avait également plusieurs ecchymoses, ainsi qu'un coude foulé. Et pourtant, Sarah avait dû user de tout son pouvoir de persuasion pour l'obliger à se coucher, car il semblait décidé à se ruer dehors dans la nuit noire pour retrouver son agresseur.

Sarah l'emporta d'une façon très simple, en déposant Frosty sur la courtepointe. Ward adorait ce chiot, et ce dernier n'eut qu'à se ruer sur lui et frotter son doux museau sur sa joue pour qu'il oublie sa colère. En les regardant jouer tous deux, Sarah comprit que, quoi qu'il pût arriver, Parker n'aurait pas à reprendre l'animal. Heureusement, car il avait déjà assez de soucis avec son propre chiot ! D'ailleurs, après ce qui était arrivé, mieux valait que Ward bénéficiât de la protection d'un chien.

Profitant de ce que Sarah était auprès de Ward à l'étage, Parker ramassa le verre cassé, trouva de grands morceaux de carton épais et les fixa à grand renfort d'adhésif sur la fenêtre crevée. Le voyou qui avait fait ça se rendait-il bien compte de ce que coûtait le remplacement d'un vitrail pareil ? Ce n'était pas la même chose que de défigurer un mur avec un graffiti, qu'on pouvait toujours nettoyer ou poncer. C'était un acte grave de vandalisme, et il allait payer le prix fort.

— Il dort, dit la voix épuisée de Sarah derrière lui.

Avec un soupir, elle se laissa tomber sur le canapé. Il y avait des taches de sang sur son pull blanc et des cernes bleus sous ses yeux.

— Merci, Parker, dit-elle en faisant un effort visible pour lui sourire. Je ne sais pas ce que j'aurais fait si tu n'avais pas été là.

— Je suis content d'avoir pu t'aider, dit-il en venant la rejoindre.

Il défit les boutons du chandail blanc, l'aida à le retirer et le posa de côté en le pliant de façon à cacher les taches. Puis il l'attira dans ses bras et la serra doucement, frottant ses bras pour la réchauffer. La bibliothèque était toujours très froide.

— A toi de te mettre au lit, maintenant, dit-il.

— Je ne peux pas.

Cela montrait son épuisement : elle ne cherchait même pas à se dégager, et pourtant, un instant avant que le bruit ne les alerte, elle était en train de lui dire qu'elle voulait mettre fin à ce qui se développait entre eux.

— Je dois aller le voir toutes les deux heures pour m'assurer qu'il va bien. Le médecin redoute une commotion cérébrale.

— Va dormir. Je m'en occuperai.

Il posa la joue sur ses cheveux ; elle ne résista pas.

— Je comptais passer la nuit ici, de toute façon. Au cas où l'imbécile qui a fait ça aurait d'autres idées du même genre.

Elle secoua faiblement la tête.

— Tu en as déjà fait bien assez.

— C'est mon travail, murmura-t-il. « Protéger et défendre »... Tu connais le slogan. Et puis, j'ai envie de le faire. C'est peut-être ton oncle, mais c'est aussi mon ami.

— Et Caillou, alors ? Il est tout seul chez toi depuis ce matin.

— Mais non. Pendant que tu étais là-haut, j'ai appelé Emma, elle va le ramener chez elle. Elle l'adore, je crois qu'elle aimerait bien me le kidnapper.

— Alors, nous surveillerons oncle Ward ensemble, dit-elle. Je m'installerai en bas aussi, et nous irons le voir tour à tour.

— Il fait trop froid pour toi, avec la fenêtre brisée. Tu ne seras pas bien, tu risques de tomber malade.

— Je ne suis jamais malade, dit-elle d'une voix endormie. Ce sera très bien, comme si on campait. Je pourrais allumer un feu...

Oui, pensa-t-il en baissant les yeux pour contempler son corps gracieux posé contre lui, aussi léger qu'un papillon. Ça, pour allumer un feu...

Résistant à l'envie de poursuivre cette idée, il jeta un coup d'œil autour de lui. Il y avait bien le canapé près de la cheminée. Profond, confortable, il était couvert de coussins et de châles colorés. Il serait possible d'en faire un nid assez douillet. Soupirant, il renonça à l'envoyer au lit. De toute façon, il avait trop envie de la garder auprès de lui.

— Très bien, mais je prends le premier quart. Et là, je ne négocie plus.

Sa tête se frotta doucement contre sa chemise quand elle hocha la tête.

— Oui, shérif...

— Et tu dois me promettre de dormir.

Il n'y eut pas de réponse. Il sentit le corps souple, innocemment blotti contre lui, s'abandonner encore un peu plus. Elle dormait déjà.

Sarah se réveilla lentement, si engourdie que son cerveau ne parvenait pas à interpréter ce que ses sens lui disaient. Cette chaleur mouvante, l'odeur caractéristique d'un feu de cheminée, la lueur des flammes, si proches qu'elle les voyait danser, avec leur teinte rouge et ambre... Elle se trouvait dans la bibliothèque, mais pourquoi faisait-il si frais ? Ses joues et ses oreilles étaient glacées. Elle se nicha plus profondément dans les couvertures qui l'enveloppaient et, pendant de longues secondes, contempla le feu en se demandant vaguement si la chaudière était en panne. Puis tout lui revint d'un seul coup : son oncle, la fenêtre... Parker. Elle se redressa en serrant les couvertures autour d'elle. La lueur du feu lui suffit pour trouver Parker, assoupi dans le grand fauteuil de Ward, ses longues jambes tendues vers le feu. Contrariée, elle se frotta les yeux et les joues pour mieux se réveiller. Depuis combien de temps dormait-elle ? Avait-elle manqué son tour de garde ?

Silencieusement, pour ne pas réveiller Parker, elle se dégagea de son cocon et se leva. Dès qu'elle fit un pas vers la porte, il ouvrit les yeux.

— Tout va bien, dit-il à mi-voix. Je suis allé le voir il y a une heure.

Elle s'immobilisa près de lui.

— Tu es sûr ? Tu l'as réveillé ? Le médecin a dit qu'il fallait s'assurer qu'il était bien lucide, et que ses yeux accommodaient correctement.

Il haussa les sourcils sans se redresser.

— Oh, oui, je l'ai réveillé ! Les deux premières fois, il était presque poli. La dernière fois, il m'a suggéré, de façon parfaitement lucide, d'aller au diable.

Ses paupières retombèrent, et il conclut :

— Tu fais ce que tu veux, mais il m'a prévenu que si on le réveillait une fois de plus, il allait sévir.

Sarah rit à doucement.

— Il ne va pas me manger, tout de même !

— Sait-on jamais ?

Sarah se pencha vers le feu en tendant le poignet pour déchiffrer le cadran de sa montre. 5 heures du matin ! Presque l'aube !

— J'ai raté mon tour plusieurs fois, murmura-t-elle, honteuse. Je suis désolée...

— Pas moi.

Parker rouvrit les yeux et lui jeta un regard scrutateur.

— Tu as l'air beaucoup mieux, maintenant. Tu avais besoin de dormir.

C'était vrai, naturellement. La journée avait été épuisante, la soirée remplie d'émotions fortes, et Heather l'avait prévenue qu'avec le bébé, elle risquait de se fatiguer plus facilement qu'à l'ordinaire. Instinctivement, elle posa la main sur son ventre.

Parker la contemplait toujours, ses yeux indéchiffrables à la lumière étrange des flammes. Gênée tout à coup, elle tira son chemisier plus bas sur son jean, comme si Parker avait pu noter le léger renflement sous sa ceinture. C'était impossible, bien sûr... Elle-même le voyait à peine, et c'était uniquement en palpant son ventre qu'elle percevait un changement. Troublée, elle croisa les bras sur sa poitrine pour se protéger du souffle d'air qui franchissait l'écran de carton.

— Il fera bientôt jour, personne ne viendra plus nous inquiéter maintenant, dit-elle. Tu devrais rentrer et t'accorder quelques heures de vrai sommeil.

La nervosité qui l'envahissait ne semblait avoir aucune prise sur lui. Il la regardait paisiblement, immobile, parfaitement détendu.

— C'est ça que tu veux ? demanda-t-il avec calme. Tu préfères que je m'en aille ?

Il ne mettait aucune insistance dans ces mots, comme s'il était prêt à accepter sa décision, quelle qu'elle fût. Cela semblait bien ingrat de répondre par l'affirmative, après tout ce qu'il avait fait pour elle, mais comment lui expliquer que sa présence ici, juste avant l'aube, à l'heure où l'on a le moins de volonté, faisait monter en elle un véritable sentiment de panique ?

192

— Je veux juste que tu te reposes, bredouilla-t-elle. Ici, ce n'est pas…

— Je n'arriverai pas non plus à dormir chez moi, dit-il avec douceur. Ici ou là-bas, je resterai éveillé, à penser à mon envie de te faire l'amour.

Elle détourna la tête en murmurant :

— Parker, arrête.

— Pourquoi ?

Il tendit la main, captura la sienne et l'attira doucement vers son fauteuil. Elle chercha à se dégager — sans grande conviction. Il n'eut aucune difficulté à la retenir. Tendrement, il lui caressa la main, penchant la tête sur le côté comme pour évaluer sa réaction.

— Je ne comprends pas pourquoi tu tiens tant à résister. Tu sais très bien que tu n'es pas indifférente, toi non plus. Ce serait si terrible, si on se laissait aller ?

Elle respira à fond en s'efforçant d'ignorer la caresse subtile de ses doigts.

— Je te l'ai dit : je ne peux pas m'intéresser à quelqu'un. Il y a un mois, je…

— Je sais, tu étais fiancée à un autre homme. On ne commence pas une nouvelle relation sous le coup d'une déception amoureuse, le moment est très mal choisi, etc. etc. D'accord, admettons que tout cela soit vrai. Mais alors, que veux-tu faire ? T'emballer toi-même sous vide en attendant qu'un délai acceptable soit passé ? Quelle est la période de deuil réglementaire, après une rupture ? Deux mois ? Six mois ? Un an ? Je ne peux pas attendre un an, Sarah. Je *refuse* d'attendre.

— Ce n'est pas seulement la rupture…

Cette fois, elle sentait bien qu'il ne renoncerait pas, qu'il la pousserait jusqu'à l'aveu fatal.

— C'est beaucoup plus compliqué…

— De quelle façon ?

Son regard se fit plus aigu, et il se redressa dans son fauteuil.

— Ne me dis pas que tu es toujours amoureuse de… Comment s'appelait-il, d'ailleurs ? Tu ne me l'as jamais dit…

— Ted, marmonna-t-elle à contrecœur. Il s'appelait Ted McCutcheon.

— Ted, répéta-t-il d'une voix brève. Bien. Tu n'es plus amoureuse de Ted, n'est-ce pas ? Tu ne peux pas l'être. La façon dont tu m'as embrassé…

— Non.

Elle baissa les yeux vers leurs mains jointes et s'aperçut qu'elle s'accrochait à la sienne de toutes ses forces. Qu'il serait facile de se laisser aller à compter sur lui, d'imaginer qu'il pouvait la sauver de tous les dangers ! Mais c'était absurde — puisque c'était précisément *lui*, le danger.

— Non, répéta-t-elle lourdement. Je ne suis plus amoureuse de Ted. Je ne sais même pas si je l'ai jamais été.

Il poussa un énorme soupir.

— Bon. Très bien. Alors, quel que soit le problème, on peut le surmonter, non ?

Il se pencha vers elle, passa sa main libre sur son bras, remonta jusqu'au coude. Elle frémit de tout son corps.

— Ça peut marcher entre nous, Sarah, j'en suis sûr. Il suffit que tu nous donnes notre chance.

— Tu ne comprends pas. Je ne t'ai pas encore dit…

Le regard toujours fixé sur ses longs doigts enroulés autour de son poignet fin, elle reprit :

— Je n'ai sans doute jamais aimé Ted, mais je lui ai fait l'amour, Parker.

Il poussa un grondement sourd.

— Tu crois que je me préoccupe de…

194

— Oui. Je pense que tu vas t'en préoccuper. Parce que j'ai beau ne pas aimer Ted McCutcheon, je vais tout de même avoir son enfant.

Elle leva enfin les yeux vers lui, plongea dans son regard abasourdi.

— C'est vrai, Parker, murmura-t-elle. Je suis enceinte.

12.

La main de Parker resta crispée sur la sienne. Elle était comme une main de cire peinte, très ressemblante, mais le jeu des flammes ne suffisait pas à lui donner l'apparence de la vie. Même la main de Ward, tout à l'heure, quand il gisait assommé et ensanglanté sur le plancher, avait semblé plus vivante.

Sarah se dégagea de ces doigts figés et se détourna. Bien sûr, ce n'était pas de la déception qu'elle ressentait... Elle avait toujours su que les choses se termineraient de cette façon. Maintenant qu'il savait la vérité, Parker ne pouvait plus s'intéresser à elle, et il aurait été stupide d'espérer autre chose.

— A présent, tu vois pourquoi j'ai essayé d'éviter des complications supplémentaires...

Pour ne plus voir son visage tendu, dépourvu de toute expression, elle se mit à replier les châles épars sur le canapé, à tapoter les coussins, à effacer toute trace de sa présence.

— Il est évident, reprit-elle, que je ne peux même pas envisager une nouvelle histoire d'amour. Je dois me concentrer sur le bébé, essayer de remettre de l'ordre dans ma vie.

Ce fut seulement en s'entendant dire ces mots qu'elle comprit à quel point ils étaient pertinents. Il lui fallait un nouveau plan ! Un plan détaillé, pour remplacer celui qui avait fini à la corbeille avec ses tests de grossesse. Voilà la réponse ! Sans plan, elle était comme un navire au gouvernail brisé, ballotté ici et là par tous les vents contraires. La tempête l'avait précipitée sur le chemin de Parker, plein cap sur une collision des cœurs...

— Mais pourquoi n'as-tu jamais rien dit ? demanda tout à coup Parker, d'une voix étrange. Bon sang, Sarah, pourquoi ne pas l'avoir dit tout de suite ?

Elle se retourna pour le regarder en face.

— Parce que je n'étais pas prête à en parler à qui que ce soit, répondit-elle avec raideur. Parce que ça ne te regardait pas.

Un pli vertical se grava entre ses sourcils.

— Ça ne me regardait pas ? répéta-t-il lentement.

— Non, répliqua-t-elle en se redressant de toute sa hauteur.

Face à face dans la grande pièce froide, ils se toisèrent dans un silence assourdissant, aussi déplaisant qu'une dispute violente. Elle sentit qu'une partie perverse de son esprit appelait cette dispute... Au moins, elle pourrait évacuer l'émotion qui lui gonflait la poitrine !

— Je vais jeter un coup d'œil à mon oncle, finit-elle par dire en ramassant son chandail taché de sang. Je te remercie pour tout ce que tu as fait cette nuit, sincèrement. Tu connais le chemin...

C'est alors qu'on frappa des coups violents à la porte d'entrée. Sentant son souffle se bloquer dans sa poitrine, Sarah comprit que les événements de la nuit l'avaient bouleversée encore plus qu'elle ne le pensait. Son oncle avait des ennemis, prêts à passer à l'acte ! Tout à coup, elle prit conscience de l'étrangeté de cette maison immense et de l'isolement profond des Adirondacks en hiver. Si Parker ne s'était pas trouvé dans la pièce avec elle, elle aurait ressenti une véritable terreur.

Honteuse de sa faiblesse, elle voulut cacher ce qu'elle éprouvait. Elle ne voulait pas que Parker la prît pour une lâche ! Levant le menton d'un air de défi, elle se dirigeait vers le hall quand il s'interposa.

— J'y vais, dit-il fermement. Reste ici.

Elle obéit, s'avançant tout de même de quelques pas et tendant le cou pour voir dans le hall. Les pas de Parker résonnèrent dans le grand espace vide et la porte s'ouvrit, révélant son adjoint, Harry Dunbar, accompagné d'une autre silhouette qu'il semblait tenir par la peau du cou. Un adolescent. Sarah se glissa un peu plus près pour mieux le distinguer, et découvrit un garçon au visage franc et ouvert, rouge de honte et très malheureux de se trouver là.

— Le voilà, ton fuyard ! disait Harry Dunbar d'un air de dégoût. Je ne sais pas pourquoi tu as eu besoin de me tirer du lit au milieu de la nuit pour retrouver un petit crétin dans son genre...

Parker secouait la tête, abasourdi.

— Mike ? Je n'arrive pas à le croire. De tous les gens que je me serais attendu à voir...

— Oh, shérif, je suis désolé...

La voix du gamin se brisait, terrifiée. Il ne cessait de se passer les mains dans les cheveux comme s'il cherchait à les arracher.

— Je regrette, je ne voulais pas. Je ne voulais faire de mal à personne, je vous jure. J'ai fait ça pour Justine. Pour son père. Je devais juste faire passer le message.

— Ferme-la, lâcha Parker d'une voix dure. Je ne veux pas entendre tes excuses. Il n'y a aucune excuse possible, et ça n'arrangera pas ton cas de rejeter la responsabilité sur les autres. Cette fois, tu as de sérieux ennuis.

198

— Maintenant que je l'ai rattrapé, j'en fais quoi ?

Harry tenait toujours le jeune homme au collet, l'obligeant à se tenir bizarrement, comme une marionnette aux fils emmêlés.

— Je le prends, dit Parker d'une voix brève.

Il se retourna vers Sarah, toujours plantée sur le seuil de la bibliothèque, incapable de comprendre comment ce jeune garçon à l'air si gentil avait pu déclencher un tel désastre.

— Il faut que je retourne au poste, reprit Parker. Je dois m'occuper de cette histoire, parler aux parents de Mike…

L'intéressé laissa échapper une plainte dont Parker ne tint aucun compte.

— Ça risque de prendre un certain temps. Toi, ça ira ?

— Pas de problème.

Il hésitait encore. Elle devina qu'il aurait aimé en dire plus, mais que la présence de Harry et du garçon l'en empêchait.

— Je t'appellerai, dit-il enfin. Pour prendre des nouvelles de Ward. Et aussi pour… cette autre difficulté.

Cette autre difficulté ! Elle secoua la tête.

— Non, ce n'est pas nécessaire. Tu seras sans doute très occupé. Je crois qu'on a fait le tour de la question.

— Oh, non ! dit-il d'un ton ferme en saisissant le bras du garçon et en l'entraînant vers la porte. Loin de là !

Il ne rappela ni ce jour-là ni le suivant. Pas pour lui parler, en tout cas. Il discuta plusieurs fois avec Ward et le tint au courant de l'enquête sur le pauvre Mike, mais pas une seule fois il ne demanda Sarah. Bien entendu, de son côté, elle n'envisagea pas un seul instant de demander à lui parler. A quoi bon ?

Le plus souvent, elle s'efforçait de ne pas penser à lui, et le plus souvent, elle y parvenait. Heureusement, elle avait beaucoup à faire. La nouvelle de l'agression s'était répandue à la vitesse d'une traînée de poudre, amenant Madeline dès le lever du soleil, effervescente et prête à jouer les infirmières. Ward était un patient épouvantable, et elles n'étaient pas trop de deux pour le distraire et le garder dans son lit.

Il y avait aussi le problème de la fenêtre. Il fallut d'abord trouver un artisan pour poser une vitre temporaire, puis contacter des spécialistes du pays entier pour obtenir des devis pour un nouveau vitrail. Cela se chiffrait en milliers de dollars et, malgré elle, Sarah avait de la peine pour le malheureux garçon coupable d'une si coûteuse erreur.

Le troisième jour, elle trouva un tract avec le courrier de Winter House, invitant toute la population à se rendre à une réunion d'urgence du conseil municipal, le soir même à 19 heures. « Vote définitif au sujet du festival. Annuler ou continuer ? » Il n'y avait pas d'autres détails.

Redoutant qu'il ne décidât de s'y rendre — le médecin lui avait ordonné de rester chez lui pendant une semaine au moins —, Sarah attendit l'heure de la réunion pour montrer ce papier à son oncle. A sa grande surprise, il se contenta de le froisser avant de le lancer adroitement dans la corbeille la plus proche.

— Qu'ils se réunissent si ça les amuse, dit-il en se concentrant de nouveau sur l'échiquier, que Sarah avait monté dans sa chambre. Ces crétins pourront passer tous les décrets qu'ils voudront. S'ils croient que ça va m'arrêter !

Il captura l'un de ses pions et leva les yeux avec un large sourire. Frosty, assis près de lui sur le lit, souriait aussi, la langue joyeusement pendante.

— Je suis bien trop malin et trop retors pour eux, reprit-il en bombant la poitrine avant de se laisser aller en arrière sur

ses oreillers. Je suis un hors-la-loi, désormais, mon enfant !
Comme Zorro, j'applique mon propre code moral.

Pour toute réponse, elle lui prit son fou.

— Et quel code ? demanda-t-elle. On le trouve dans le
Manuel des fauteurs de trouble ou dans le *Guide des tac-
tiques de guérilla* ?

— Pas dans *Persuasion. Faites faire ce que vous voudrez à qui vous voudrez* ! en tout cas, grommela-t-il en se
penchant en avant pour étudier l'échiquier.

Sarah leva les yeux, surprise.

— Là, je t'en bouche un coin, dit-il, l'air très content
de lui.

Son pansement incliné sur l'œil accentuait encore son
charme un peu canaille.

— Toi et ton shérif adoré, vous n'êtes pas aussi malins
que vous le pensiez, hein, petite fille ?

Elle faillit tomber dans le piège et le contredire furieusement — « Ce n'est PAS mon shérif adoré ! » — mais se
retint juste à temps. Ward cherchait sûrement un prétexte pour
aborder ce sujet, et elle ne comptait pas le lui fournir.

— C'est cela, dit-elle d'une voix égale en déplaçant sa reine
de deux cases vers la droite. A moins que tu ne sois moins
malin que tu le croyais. Echec au roi, monsieur Zorro.

Comme il n'aimait pas perdre, Ward renonça à la taquiner
pour se concentrer sur la partie. Il réussit à échapper à son
piège et à regrouper ses forces ; il attaquait à son tour quand
Madeline se montra tout à coup à la porte de la chambre.

— Parker est là pour vous voir, Ward, annonça-t-elle.

En contraste avec la gaieté implacable de ses vêtements — des pivoines roses, aujourd'hui —, elle tordait
nerveusement un torchon entre ses mains.

— Il dit qu'il arrive de la réunion et qu'il a des nouvelles.
Je lui demande de monter ?

Sarah jeta un coup d'œil à son oncle. Parfaitement serein, celui-ci tiraillait les oreilles de Frosty, ce qui mettait le chiot dans une véritable transe de bonheur. Il réfléchit un instant, déplaça son cavalier et répondit :

— Mais oui. Nous avions terminé, de toute façon.

Lançant un sourire suffisant à Sarah, il précisa :

— Echec et mat.

Sarah fit un mouvement pour se lever, mais il la retint d'un geste.

— J'aurai peut-être besoin de toi, gémit-il d'un ton piteux, très mal imité.

D'un geste faible, il palpa son pansement.

— Au cas où je ferais un malaise...

Elle lui lança un regard torve mais reprit tout de même sa place. De toute façon, il était trop tard pour s'échapper, car elle entendait déjà le pas de Parker dans le couloir.

Ward n'eut besoin que d'un coup d'œil au visage du shérif pour deviner le résultat de la réunion.

— Ils continuent, c'est ça ?

Avec un juron sourd, il se laissa retomber contre la tête de son lit, le visage sombre. Parker hocha la tête sans se laisser décontenancer par cet accueil peu conventionnel.

— Bonsoir, Sarah, dit-il poliment avant de se retourner vers son vieil ami. Bien sûr qu'ils continuent, Ward. Le vote a été unanime.

— Ces vendus ! gronda Ward rageusement. Je n'arrive pas à le croire !

Surpris, Frosty leva la tête vers lui en remuant la queue. Sans attendre d'invitation, Parker se laissa tomber dans un fauteuil.

— Vous ne pensiez tout de même pas que quelques farces allaient mettre fin à une tradition aussi ancienne ? Le festival a eu lieu l'année où le printemps est venu si tôt que le palais de glace fondait plus vite qu'ils ne pouvaient le bâtir ; il a eu lieu en 1933, juste après un blizzard qui venait de tuer plus de trente personnes. Il a eu lieu pendant la Dépression et pendant la guerre.

Il sourit affectueusement au vieil homme et acheva avec douceur :

— Vous pensiez vraiment pouvoir l'arrêter ?

Ward ne répondit pas tout de suite. Ses doigts tripotaient le coton égyptien de son drap.

— Où vont-ils mettre le palais ?

— Sur la place. Il sera plus petit, bien sûr. Medford dessine de nouveaux plans cette nuit.

— Le défilé des traîneaux décorés ?

— Ceux qui ont leurs propres traîneaux s'en serviront. Les autres se débrouilleront avec des voitures, des luges, des camions, n'importe quoi.

— Et Bourke Waitely ?

Pour la première fois, Parker hésita.

— Les réservations de l'hôtel ont chuté de moitié. Le conseil municipal n'y peut pas grand-chose. On dirait qu'il va perdre pas mal d'argent.

Ward éclata de rire.

— C'est toujours ça !

— Oui, c'est toujours ça. Vous avez vraiment énervé Bourke, Ward. Mes félicitations ! Ça ne vous aura coûté que... quoi ? Dix mille dollars et un trou dans la tête ?

— De l'argent bien dépensé, répliqua Ward. Ce vieux grigou n'avait qu'à se mêler de ses affaires.

Soupirant comme s'il se lavait les mains de toute l'histoire, Parker se leva.

— Il faut que j'y aille. Sarah, je pourrais te parler une minute ?

Elle regarda son oncle, qui semblait moins troublé par ces nouvelles qu'elle ne s'y attendait. Savait-il depuis le début que le festival résisterait à ses attaques — ou avait-il encore un tour dans son sac ? Quand il parla, sa voix était aussi malicieuse qu'à l'accoutumée :

— Tu n'as pas entendu le shérif, Sarah ? Il veut te parler.

— Il vaut mieux que je reste auprès de toi, dit-elle en lui posant la main sur le front avec une douceur exagérée. Tu sais bien : au cas où tu ferais un malaise.

— Je me sens beaucoup mieux ! protesta-t-il, très agacé, attirant Frosty dans ses bras. Parker, emmène Sarah hors d'ici. Ses sarcasmes maladroits me font mal aux points de suture.

Parker s'effaça pour laisser Sarah le précéder. Elle semblait parfaitement maîtresse d'elle-même, descendant l'escalier devant lui sans se retourner, sa main glissant fermement sur la rampe. Ses cheveux étaient attachés sur la nuque, d'un ruban vert qui s'accordait parfaitement avec sa robe de laine.

Malgré l'absence de tout signe visible, il sentait la nervosité qui la tenaillait. Quelle ironie ! Il la connaissait depuis si peu de temps, et pourtant il n'éprouvait aucune difficulté à déchiffrer ses attitudes... Quelle ironie aussi que cette robe droite toute simple lui semblât plus sexy sur elle que la lingerie la plus coquine sur une autre femme ! Par tant de côtés, elle semblait être la femme parfaite, celle dont il rêvait depuis le fiasco avec Tina...

Entendant Madeline dans la cuisine, Sarah bifurqua vers la gauche, évita le salon et la bibliothèque, et entraîna Parker dans le bureau de Ward, une petite pièce avec un renfoncement formé par l'avancée en demi-lune de la fenêtre. De jour, cette pièce baignait dans une lumière vert et or, filtrée par le vitrail de la fenêtre. De nuit, la seule lumière provenait de petites lampes de lecture.

Il comprit qu'elle n'avait pas choisi cette pièce pour qu'ils puissent parler sans interruption, mais parce qu'elle se trouvait toute proche de la porte d'entrée. Ce serait plus facile de le pousser dehors à la première occasion. Cette discussion allait être délicate, il le sentait. Pourvu qu'il parvînt à trouver les mots justes !

— Mon oncle dit qu'il ne portera pas plainte contre le garçon qui a brisé la fenêtre. Je ne suis pas sûre de comprendre pourquoi...

Elle s'était mise à parler dès le seuil de la pièce, sautant visiblement sur le premier sujet venu.

— Je ne suis pas sûr de comprendre non plus. Mike aurait besoin d'une bonne frayeur. Il dit qu'il a jeté cette pierre pour faire plaisir à sa petite amie. C'est la fille du maire, qui est furieux que Ward ait cherché à saboter le festival. Je suppose qu'il a envie d'agrandir son petit royaume.

Sarah fronça les sourcils.

— Alors Mike a cru... quoi ? Qu'un peu de vandalisme renforcerait sa cote auprès de Justine ?

— Apparemment. Le pire, c'est que je pense qu'il ne se trompait pas.

— A mon avis, Mike ferait bien de changer de petite copine.

— A mon avis aussi, soupira Parker. Cela lui ferait beaucoup de bien de passer devant un juge qui lui expliquerait sa façon de voir. Seulement, Ward aime bien Mike. Tout le monde l'aime bien, d'ailleurs. On a tendance à tout lui passer...

Il haussa les épaules.

— Ward a tout de même l'intention de le faire travailler pour payer la fenêtre, mais il n'aura pas de casier judiciaire.

Elle hocha la tête, puis resta plantée près du gros globe terrestre de son oncle, à court de paroles, l'air très mal à l'aise. Parker songea qu'elle aurait sans doute préféré se trouver n'importe où à la surface de ce globe qu'avec lui dans cette pièce. Après un silence, elle sembla prendre son courage à deux mains et reprit :

— Bon... Tu voulais que nous parlions... Je ferais peut-être bien de commencer. Je veux que tu saches que tu n'as aucune raison de te sentir mal à l'aise en ma présence. Je me doute bien que tu n'as pas l'intention de t'impliquer dans une situation pareille, et je n'ai jamais attendu ça de toi. Inutile de chercher une façon de me l'expliquer en douceur, je comprends déjà et je t'assure, conclut-elle avec un sourire, qu'il n'y a pas de problème de mon côté.

Il la contempla, pris dans un affreux tourbillon intérieur. Il suffisait de hocher la tête et de quitter cette pièce, et la question serait réglée une fois pour toutes... Il venait d'ailleurs de passer deux jours à tenter de se convaincre de renoncer. Sarah Lennox n'était pas la femme parfaite, elle en était même très loin, et il savait d'expérience combien deux partenaires mal assortis peuvent se faire souffrir mutuellement. Une fois le brouillard d'attirance sexuelle dissipé, chaque petite difficulté se transformait en montagne. Il préférait rester seul à tout jamais plutôt que de reprendre ce chemin. Et pourtant, il ne pouvait pas non plus sortir d'ici pour ne jamais revenir.

Sans qu'il pût l'expliquer, quelque chose en Sarah lui parlait à un niveau profond. Peut-être son beau visage et son corps fabuleux, la passion qu'elle mettait à prendre la défense des victimes, ou sa loyauté têtue envers son oncle ? Ou encore sa façon de se faire des amis partout, qu'elle fréquente des bûcherons fêtards, des dames distinguées ou son insupportable sœur ? Peut-être sa grâce de madone, quand elle berçait un chiot endormi, ou sa maladresse de clown sur la glace ?

Au fond, tout cela revenait à dire que Sarah rayonnait d'amour et de vie. Etait-il si surprenant que cette vitalité stupéfiante eût trouvé une expression physique ? Une femme pareille devait nécessairement créer la vie...

— Il faut que je te pose deux questions, dit-il. Si tu ne veux pas répondre, rien ne t'y oblige. Mais moi, je dois te le demander.

Elle leva vers lui ses yeux noisette, le contempla un instant, puis hocha la tête.

— D'accord.

— Tu aimes toujours le père de cet enfant ?

Elle secoua la tête d'un air de défi.

— Non. Je te l'ai déjà dit. *Non.*

Il respira à fond.

— Bien. L'autre question, alors. Est-ce que, même sans amour, tu envisagerais de retourner un jour auprès de lui ? Pour le bébé ?

Il était terrible pour lui de devoir demander cela, et Parker ne manqua pas la lueur de chagrin dans son regard.

— Non, répondit-elle à voix basse. J'aurais peut-être essayé. Peut-être... Parce que je tenterais n'importe quoi pour offrir une vie convenable à mon enfant. Mais ça n'intéresse pas du tout Ted, il me l'a expliqué très clairement.

Quel soulagement ! Parker aurait préféré ne pas placer ses désirs personnels avant les besoins de cette vie innocente — mais il redoutait tant qu'elle lui fît une autre réponse !

— Alors, je ne peux pas renoncer, dit-il. Je ne peux pas cesser d'avoir envie de te voir.

— Mais, Parker, nous...

Il ne fallait pas qu'elle réponde, pas encore. Pas avant qu'il eût pu plaider sa cause.

— Je sais bien que ça ne tient pas debout, coupa-t-il, mais je ne peux pas tirer un trait sur nous. Il faut essayer. Tu te rends bien compte que ce n'est pas courant, ce qui nous arrive ?

Elle secouait la tête, désemparée. Il fit un pas vers elle et elle recula, se heurtant au fauteuil de Ward.

— Tu ne sais pas ce qui peut se passer, insista-t-il. Pourquoi décider que c'est perdu d'avance ? Regarde-nous ! Il y a bien quelque chose entre nous, quelque chose de puissant.

— Oui, dit-elle. Ça s'appelle le sexe. Nous sommes attirés l'un par l'autre. Ce serait bien, si je pouvais cesser d'être une femme simplement parce que je vais être mère, mais ce n'est pas le cas. Quand tu m'embrasses, je…

Elle détourna la tête et sa voix s'éteignit dans un soupir.

— Tu te trompes, s'exclama-t-il. C'est sexuel, bien sûr, mais il y a aussi autre chose. Tu peux me croire, j'ai déjà vécu une relation qui n'existait que sur ce registre. Toi et moi, ce n'est pas du tout la même chose.

Elle ne pouvait plus reculer devant lui, mais elle détournait toujours la tête. La lumière couleur libellule de la lampe coulait sur ses cheveux et sa joue, tandis que sa poitrine se soulevait par à-coups sous sa robe de laine.

— Tu veux la femme parfaite, la famille parfaite, dit-elle d'une voix enrouée et tremblante. Et pourquoi pas ? C'est ce que je voulais aussi, c'est ce que nous voulons tous. Mais ce n'est pas moi, Parker.

— Alors, je ne veux plus d'elle, quelle qu'elle soit. Je te veux, *toi*, j'ai besoin de toi.

Lui effleurant la joue, il murmura :

— Donne-moi une chance de savoir si je peux être ce que tu veux.

Elle se tourna vers lui, ses yeux lumineux noyés de larmes.

— Je ne sais plus du tout où j'en suis. Oui, je suis attirée vers toi, mais... si c'était juste parce que je me sens vulnérable ? Ou juste une lâcheté de ma part ? J'essaie peut-être de te piéger, de te manipuler pour que mon bébé ait un père.

Malgré son angoisse, il ne put s'empêcher de sourire.

— Tu n'es pas lâche.

— Mais si ! J'ai peur, Parker. A certains moments, j'ai si peur que ça me coupe le souffle.

— C'est normal, murmura-t-il, submergé par le besoin de la réconforter. En tout cas, tu n'essaies certainement pas de me piéger. Regarde-toi ! Depuis des semaines, tu fais tout ton possible pour me tenir à distance — et pourtant, tu n'y arrives pas ! Tu ne vois pas ce que ça veut dire ?

— Si. Ça veut dire que je suis en danger. Ça veut dire que ça pourrait mal tourner pour moi...

— Pour moi aussi, dit-il avec simplicité.

Posant les mains sur ses épaules, il plongea son regard dans le sien en lui ouvrant son cœur, refusant de penser à ce qu'il ferait si elle ne cédait pas.

— C'est un risque, dit-il, un grand risque et en fait, je n'ai aucun droit de te demander de le courir. Pourtant, je te le demande. Je ne sais pas ce qui nous attend, je ne sais pas si ce que nous ressentons va... suffire, mais je veux le découvrir. Je veux continuer à te voir, même en sachant que l'un de nous pourrait en souffrir. Tu veux bien courir ce risque avec moi ?

De longues secondes, ses yeux élargis restèrent braqués sur les siens. Elle ne répondait pas, et il sentait toutes ses questions flotter entre eux, suspendues dans l'air immobile de la petite pièce. S'interdisant de rien ajouter, il attendit en retenant son souffle.

Elle scruta son visage, et hocha lentement la tête.

— Oui, dit-elle en relevant le menton, avec ce mouvement qui rappelait tant son oncle. Je le veux.

13.

A la réunion du conseil municipal, les citoyens de Firefly Glen jurèrent solennellement que le Festival des Glaces aurait lieu, quoi qu'il pût arriver. Dès le lendemain, ils jetèrent toutes leurs énergies dans sa préparation.

Dans les rues tout à coup envahies de gens très affairés, des affiches annonçant l'événement apparurent dans chaque vitrine. Des urnes pour l'élection du roi Frosty et de sa Reine des Neiges se dressèrent à chaque carrefour, éclipsant largement le duel Parker-Harry. Du jour au lendemain, tout vira au blanc. Des guirlandes immaculées remplacèrent les décorations vertes de Noël pour draper les réverbères et les vitrines. Les Grenouilles, la Mode pour les Enfants présenta un assortiment absolument enchanteur de petites robes et de petits complets de velours blanc, de chapeaux ivoire, de manchons d'albâtre, en un tourbillon de flocons immaculés.

A deux semaines du bal costumé, le magasin de tissus fut pris d'assaut, et on ne trouva plus nulle part de paillettes ou de perles. Les machines à coudre du bourg se mirent à vrombir, créant une multitude de tenues de bonshommes de neige, de reine des neiges, de fée des glaces ou d'ours polaire.

En bruit de fond, de l'aube au crépuscule — et parfois jusqu'à une heure tardive de la nuit, sous les feux des projecteurs —, on entendait battre les marteaux qui assemblaient en hâte la structure du nouveau palais des glaces du roi Frosty. Ward refusait toujours de s'avouer vaincu, mais Sarah pensait désormais avec Parker que plus rien ne pourrait empêcher la tenue du festival.

D'ici là, ils avaient leur propre serment à respecter : celui de laisser sa chance à ce qui naissait entre eux, et qu'ils ne savaient pas encore nommer. Pendant ces quatorze jours, ils tinrent parole. *Se laisser leur chance...* Tout se passa comme s'ils étaient tombés sur la phrase magique capable de dissoudre le mur qui les séparait. Ils hésitèrent, se sourirent, se touchèrent... et s'abandonnèrent à la joie immense d'être ensemble.

Pendant ces quatorze jours, ils ne dormirent guère, comme si chaque heure passée loin l'un de l'autre leur pesait. Ils déjeunaient au Candlelight Café en se tenant la main, ils empruntaient le traîneau vert et partaient dans les bois à la recherche de biches aux grands yeux, ils jouaient aux échecs avec Ward, mais même en unissant leurs forces, ils perdaient systématiquement, faute de parvenir à se concentrer. Un après-midi, Parker décrocha des stalactites de glace du toit et ils les mangèrent comme des enfants, avant de tomber en riant dans la neige pour dessiner des anges.

Il essaya même de lui apprendre à patiner, mais comme c'était sans espoir, il préféra s'asseoir avec elle sur le banc pour l'embrasser, jusqu'à ce que la chaleur générée menaçât de faire fondre la neige autour d'eux.

Et ils parlaient... De tout, du travail et de la famille, d'amitié et de gastronomie, de politique, de pirates et de hérissons — de tout, sauf du lendemain. Sur sa commode, à Winter House, Sarah avait toujours son billet de retour pour la Floride. Le départ était fixé au lendemain de la fin du festival. Parker était au courant, mais ils n'y faisaient jamais aucune allusion.

Même pendant cette période bénie, Parker était parfois obligé de travailler. Alors, un peu coupable, Sarah passait quelques heures tranquilles avec son oncle ou allait retrouver ses deux amies. Elles n'allaient plus guère au cours de gymnastique, car il faisait trop froid, et chacune se sentait trop engourdie pour faire de pareils efforts. Le plus souvent, les trois amies se retrouvaient pour déjeuner au Candlelight Café, où elles se sentaient de moins en moins stoïques devant les douceurs du menu.

— Eh bien, quel honneur tu nous fais là ! déclara Emma en souriant, quand Sarah s'assit en face d'elle, ce jeudi-là, le dernier jour avant l'ouverture officielle du festival.

Puis, soulevant la main gauche de Sarah, elle lança à Heather :

— Regarde, c'est un miracle de la médecine moderne ! La chirurgie a réussi à dessouder la main de Parker de celle de Sarah !

Heather eut un petit rire.

— Emma, laisse-la tranquille... Bonjour, Sarah ! Nous étions juste en train de dire à quel point ça fait plaisir, de voir une aventure amoureuse qui se passe bien.

Elle brandit son verre d'eau à sa santé.

— Je suis contente de te voir, Sarah. Tu nous as manqué.

Sarah songea que si Heather faisait ce genre de remarque, c'est que les choses ne s'arrangeaient pas entre les époux Dunbar. Elle pressa la main d'Emma en s'installant puis, tout en dépliant sa serviette, elle scruta rapidement le visage de celle-ci. Emma avait maigri, et l'éclat de ses yeux bleus s'était beaucoup terni.

— Si je comprends bien, Harry n'est pas revenu ? demanda-t-elle à mi-voix.

Son amie secoua la tête.

— C'est l'homme le plus buté que j'aie jamais rencontré ! J'ai envie d'aller tout droit dans sa stupide chambre de motel, pour le kidnapper et l'enfermer dans notre cave jusqu'à ce qu'il reprenne ses esprits...

Théo s'immobilisa près de leur table et Sarah passa sa commande habituelle. Quand elles se retrouvèrent seules, elle se pencha vers Emma :

— Je sais que ça ne me regarde pas, mais... y a-t-il quelque chose, n'importe quoi, que je puisse faire ?

— Non, répondit Emma d'une voix dure qui ne lui ressemblait guère. *Non.*

Elle vida son verre, poussa un énorme soupir et leva vers elle un visage tendu et tiré.

— A moins que tu ne saches convaincre ce pauvre crétin qu'une femme épouse un homme, pas une usine à spermatozoïdes.

Les yeux de Heather s'écarquillèrent un instant.

— Bravo, murmura-t-elle. Voilà qui est clair et net. Maintenant, voyons si on peut trouver quelques euphémismes civilisés, Em. Au cas où les clients des tables voisines n'auraient pas tout à fait perdu l'appétit.

Sans tenir compte de ses paroles, Sarah gardait les yeux braqués sur ceux d'Emma.

— Tu veux dire que Harry et toi... vous ne pouvez pas avoir d'enfants ? C'est ça, le problème ?

— Je veux dire que Harry *ne peut pas*. Et comme il ne cesse de me le répéter : moi, je pourrais, avec quelqu'un d'autre.

Elle renversa la tête en arrière, tout en respirant profondément.

214

— Le seul problème, c'est que je ne veux pas ! Pas avec quelqu'un d'autre.

Sarah ne trouva rien à dire. Le problème était plus grave qu'elle ne l'imaginait, bien trop grave pour un simple conseil amical. Elle sentait pourtant l'ironie de leurs situations respectives ! Pour elle, l'enfant qu'elle portait représentait l'obstacle majeur dans sa vie amoureuse, mais c'était le manque d'enfant qui provoquait le naufrage du couple d'Emma. Elle s'efforçait d'accepter le fait qu'elle allait être mère trop tôt et, en face d'elle, Emma affrontait la perspective de ne jamais être mère. Muette et troublée, Sarah croisa le regard ému de Heather et comprit que celle-ci pensait à la même chose. La vie avait parfois de ces ironies…

— Emma, dit la jeune gynécologue, il serait peut-être temps de passer à l'acte. Finies, les menaces ! Va vraiment kidnapper ton beau mari et une fois que tu le tiens, contente-toi de lui répéter un mot, autant de fois qu'il le faudra.

— Ah ? Et quel mot ? « Homicide » ?

— Non, répliqua Heather avec un sourire. « Adoption » !

— J'ai dû le lui dire un bon million de fois. Franchement, « homicide » me paraît plus approprié.

— Bonjour, mesdames… Désolé de vous interrompre, surtout quand ça devient si intéressant. Qui comptez-vous donc assassiner ?

Sarah sentit un petit soleil de joie éclater en elle lorsqu'elle entendit la voix de Parker. Trop absorbée par la discussion, elle ne l'avait pas vu entrer, ni se frayer un chemin à travers le café bondé.

— Oh, non ! s'exclama Emma en levant les mains au ciel. Je croyais qu'on était enfin débarrassées de toi !

— J'en ai pour une minute, dit-il sans la regarder, son regard souriant plongé dans celui de Sarah. Je crois que j'ai oublié quelque chose ici.

— Quoi donc ? Prends-le et file, on a envie d'être entre filles.

— Qu'est-ce que tu as laissé ? demanda Sarah.

— Ça...

Se penchant vers elle, il l'embrassa : un bref baiser, chaud et voluptueux, qui coula dans ses veines comme un vin des plus rares.

— Pour l'amour du ciel ! Heather, tu as déjà vu un type aussi effroyablement sentimental ?

Parker se contenta d'embrasser Sarah une deuxième fois, agitant simplement la main pour faire taire sa sœur. Sarah entendit ses deux amies se mettre à pouffer, mais elle ne s'écarta pas pour autant. Cela faisait des heures qu'elle n'avait plus embrassé Parker !

Une voix d'homme éclata tout à coup derrière eux :

— Bon sang, shérif, je vous ai cherché partout ! Vous jouez à quoi ? Vous êtes censé être de service, non ?

A contrecœur, Parker la lâcha. Quand il se retourna, Sarah vit l'homme qui s'adressait à lui avec tant de grossièreté. Un petit homme de soixante-dix ans environ, avec quelques mèches blanches soigneusement peignées en travers de son crâne rose. Il ressemblait à un pékinois, avec son nez aplati et ses petits yeux noirs et brillants. Sous l'effet de la colère, ses joues avaient viré au rouge.

— Bonjour, Bourke, dit tranquillement Parker. Comme vous le voyez, je suis en train de déjeuner. Si vous avez une urgence, allez voir Dunbar.

C'était donc le fameux Bourke Waitely, dont elle avait tant entendu parler ! Son oncle ne pouvait prononcer son nom sans se mettre en rage, et Parker lui avait dit que les deux hommes étaient ennemis depuis si longtemps que plus personne ne se souvenait de la brouille initiale. La tradition voulait qu'ils eussent été rivaux pour conquérir le cœur de Roberta.

Sarah s'aperçut alors qu'elle avait déjà vu ce visage. Le jour de son arrivée à Firefly Glen, dans le magasin de vêtements de sport, il parlait à Parker, et lui ordonnait de trouver un moyen de contrôler Ward.

— C'est à vous que je parle, Tremaine. J'exige que vous fassiez quelque chose pour empêcher Winters de nuire, une fois pour toutes. C'est criminel, les ennuis qu'il nous cause ! Tout ça pour me faire du tort ! Vous savez ce qui travaille ce vieux fou, n'est-ce pas ?

Parker le toisa, sans expression aucune.

— Si vous me le disiez, Bourke ?

— C'est son premier festival sans Roberta, voilà ce qu'il a ! Il ne supporte pas cette idée. Il ne la supporte pas, parce que la culpabilité le rend dingue. Il sait bien qu'il l'a tuée !

Sarah sauta sur ses pieds, si brusquement qu'elle manqua renverser son verre. Sans la regarder, Parker posa la main sur son épaule.

— De quoi parlez-vous, Bourke ? Roberta Winters est morte d'une pneumonie, vous le savez très bien.

Le visage du petit homme virait au violet. Sa couleur devenait si inquiétante que Sarah se demanda confusément s'il allait faire une attaque devant eux.

— Je sais ce que dit le certificat de décès, mais Ward est bien responsable, ne vous y trompez pas. S'il n'avait pas flanqué leur voiture dans un fossé, cette nuit-là, elle ne se serait pas brisé la hanche. Et si elle ne s'était pas brisé la hanche…

Il prit plusieurs respirations profondes, comme s'il devait ravaler son émotion avant de continuer.

— Oh, oui, il l'a tuée ! Et je le lui ai dit.

— Quand ?

— Un peu avant Noël. Il s'était mis à se vanter, comme il le faisait toujours, comme s'ils avaient eu le monopole de la vie à deux… Eh bien, voilà, j'ai eu envie de mettre les choses au point. Et depuis ce jour-là, il en a après moi. Toute cette histoire autour du festival, c'est de ça qu'il s'agit, rien d'autre ! Je lui ai dit la vérité et maintenant il cherche à se venger.

Sarah, debout, tremblait comme une feuille.

— Je veux être sûr de comprendre, dit Parker d'une voix durement contrôlée. Vous êtes allé dire à Ward Winters qu'il avait tué sa femme ?

L'autre hocha vigoureusement la tête en sortant un mouchoir pour essuyer la sueur qui perlait sur sa grosse tête ronde.

— Oui ! clama-t-il, agressif. C'est exactement ce que j'ai fait !

Parker et Sarah échangèrent un regard. A tâtons, elle trouva son sac et posa la main sur son bras.

— J'y vais tout de suite, dit-elle. Ça ira.

Debout devant une grande fenêtre à l'étage, son oncle contemplait les montagnes qui barraient l'horizon. Il recommençait à neiger, de petits flocons fins et pressés qui tourbillonnaient contre les vitres.

Sarah entra sans bruit. Pendant le trajet du retour, elle avait cherché ce qu'elle pourrait dire, sans rien trouver de bien utile. Il ne se retourna pas en l'entendant entrer.

— Tu es là, petite fille ? Tu as fini de fraterniser avec l'ennemi ?

Elle posa son sac sur une table à plateau de marbre et répondit :

— Je déjeunais avec Emma et Heather. Puis Bourke Waitely est arrivé.

Elle vit la tête de son oncle se tourner à demi, puis se remettre à contempler le paysage.

— Je suppose que ça a suffi à te couper l'appétit.

— Il était dans tous ses états. Il a dit des choses... ridicules.

Il poussa un petit grognement de dérision.

— Ce n'est pas nouveau. Chaque fois qu'il ouvre la bouche, il en sort quelque chose de ridicule.

Elle vint se placer derrière lui et posa la main sur son épaule.

— Tu sais très bien ce que je veux dire. Il parlait de tante Roberta... Et de toi.

— Je pourrais fort bien le traîner en justice. Tiens, ce serait même une bonne idée ! Je lui ferais cracher tout ce qu'il possède en dommages et intérêts. Ce serait amusant, non ?

Le cœur de Sarah se serra douloureusement.

— Tu n'as pas besoin de ça, murmura-t-elle. Tout le monde sait qu'il dit n'importe quoi.

Doucement, elle lui tapota l'épaule.

— Parker m'a dit que ce type était amoureux de Roberta, mais c'est toi qu'elle a épousé. Tout ce qu'il peut dire maintenant... Ce sont juste des mensonges, parce qu'il est resté amer et jaloux. C'est évident !

Ward ne répondit pas tout de suite. Sans se retourner, il leva la main et tapota celle de Sarah.

— Il était jaloux, oui, le pauvre imbécile. Il a failli perdre la tête quand elle n'a pas voulu de lui.

Il secoua très légèrement la tête.

— Je ne lui en veux pas pour ça. Moi aussi, je serais devenu fou si elle l'avait choisi.

— Elle ne l'a pas fait. C'est toi qu'elle a voulu, et elle n'a jamais regretté son choix. Jamais.

— Non, ça, je le crois vraiment, petite fille. Je crois qu'elle a été heureuse avec moi.

Il prit une respiration tourmentée et enchaîna très vite :

— Mais rien n'a plus de sens si, en fin de compte, je l'ai tuée. Si elle est morte parce que j'ai fait une erreur stupide au volant...

Sarah luttait contre ses larmes. Il y avait tant de souffrance dans cette question ! Que pouvait-elle répondre ? Elle ne savait rien de l'accident, sinon qu'il s'était produit l'hiver précédent, la dernière nuit du festival, et que Ward était au volant. Il est toujours risqué de prendre la route en hiver dans ces régions...

— Et elle, qu'est-ce qu'elle a dit ? hasarda-t-elle.

Si seulement son oncle avait bien voulu se retourner ! Si elle avait pu voir ses yeux, il lui aurait été plus facile de juger de ce qu'il fallait dire.

— Elle te tenait pour responsable, elle ?

Il eut un rire rauque.

— Bien sûr que non ! Ta tante était incapable du moindre ressentiment. Elle n'a jamais dit un mot.

Malgré sa détresse, Sarah sourit en se souvenant de la chaleur et de la finesse dont sa tante faisait preuve dans ses contacts avec chacun — y compris sa petite-nièce de treize ans, si morose et peu aimable cet été-là.

— Si elle ne voulait pas te voir malheureux, si elle ne voulait pas que tu te sentes coupable, tu ne crois pas que tu lui dois d'être heureux ? demanda-t-elle alors. Dans un sens, je trouve que tu n'es pas fidèle à son souvenir... Tu souffres trop.

Il se retourna enfin. Ses sourcils broussailleux se fronçaient durement sur ses yeux perçants.

— Coup bas, petite fille. Est-ce que par hasard tu chercherais à manipuler un vieux bonhomme ?

Elle lui sourit avec tendresse.

— J'ai trouvé ça au chapitre 12 de *Faites faire ce que vous voudrez à qui vous voudrez !* Comment amener votre grand-oncle à lâcher un lourd fardeau de culpabilité déplacée et se décider à être heureux, comme sa femme aurait voulu qu'il le soit. Elle qui a passé sa vie entière à chercher à le rendre heureux...

Les yeux de Ward se mouillèrent tout à coup. Saisie, incrédule, Sarah retint son souffle. Jamais elle ne l'avait vu verser une larme... et apparemment, ce jour n'était pas encore arrivé, car il se maîtrisa par la seule force de sa volonté. Ses yeux reprirent leur éclat, il s'éclaircit la gorge et la foudroya du regard à sa façon habituelle.

— Je m'en doutais. Jette ce livre grotesque, petite fille, je t'ai déjà dit qu'il ne valait rien.

Elle soutint son regard et fut soulagée d'y retrouver son humour habituel.

— Oui, chef, murmura-t-elle d'un air soumis. Tu as sûrement raison.

Il grogna quelque chose qu'elle ne comprit pas. Mieux valait, peut-être, ne pas avoir saisi ! De toute façon, les mots n'avaient aucune importance, car elle savait que tout irait bien, maintenant. Posant un baiser rapide sur sa joue, elle déclara :

— Je ferais bien de retourner travailler ! J'ai encore deux costumes de flocon à terminer.

Il hocha machinalement la tête. Elle avait presque atteint la porte quand il lança tout à coup, de sa voix la plus bourrue :

— Petite fille ?

— Oui ?

— Je me demandais : pourquoi ne resterais-tu pas ?

Il posa la question d'un air si désinvolte qu'elle ne comprit pas tout de suite.

— Si tu leur disais, en Floride, de garder leur poste d'enseignante et d'en faire des confettis ? Fais ton bébé ici, à Winter House. On aurait besoin d'un peu de sang neuf, dans ce trou gelé.

Elle se sentit incapable de répondre. Tout restait bloqué au fond de sa gorge, comme un barrage de feuilles mortes peut bloquer le cours d'un ruisseau. Paralysée, elle le regarda, tandis qu'une douleur s'enflait dans sa poitrine. Il ne fallait pas laisser voir ce qu'elle ressentait, car alors, il lirait sur son visage à quel point elle avait envie de dire oui.

— Pourquoi pas ? répéta-t-il en haussant les épaules. Je veux dire : qu'est-ce que ça t'apporterait, de retourner là-bas ? Tu risques même de rencontrer un autre épouvantail comme ton Ted ! Non, non, tu es bien plus à ta place ici. Tu ne le sens pas d'instinct ?

— Ici ? chuchota une voix qu'elle ne reconnut pas. Ici, à Firefly Glen ?

— C'est ça.

Son ton brusque et dépourvu de toute sentimentalité l'aida à maîtriser sa propre émotion.

— C'est tout petit, il y fait plus froid que dans la cave du Bon Dieu, reprit-il, mais au moins on ne s'y ennuie jamais. Tu pourrais vivre ici avec moi. C'est une maison bizarre, mais elle a vu beaucoup d'amour, à ses heures. De toute façon, un jour ou l'autre, elle sera à toi. Dans ces conditions,

222

pourquoi attendre que je sois mort ? En ce qui me concerne, c'est ton foyer et celui de ton bébé, si tu le veux.

Ton foyer... Elle retint une petite plainte étranglée. Se doutait-il un seul instant du pouvoir quasi mystique que ce mot revêtait pour elle ? Savait-il depuis combien d'années elle désirait trouver un lieu qui pût mériter ce nom béni ? Pendant toutes ces terribles années d'enfance, quand sa mère la traînait d'une maison à l'autre, de mari en mari et de famille en famille, elle avait cherché en vain ce foyer — ce paradis que les autres considèrent comme allant presque de soi.

— Alors, petite fille, qu'est-ce que tu en dis ? reprit son oncle. Ne réponds pas tout de suite, mais dis-moi que tu vas au moins y réfléchir.

— Je te remercie du fond du cœur, mais...

Elle se tut, prit une grande inspiration, et répondit au bout de quelques secondes :

— D'accord, dit-elle. Je vais y réfléchir.

Le matin de l'ouverture du festival, la neige cessa à 8 heures, comme sur ordre du conseil municipal. Le temps trouva un équilibre miraculeux, avec un soleil radieux, un froid relativement clément, un ciel d'un bleu très pur et un petit vent vivifiant.

Courageusement, Sarah proposa de rester à la maison avec son oncle, mais il la chassa en clamant que Parker ne lui pardonnerait jamais si, par sa faute, elle ratait une seule minute de l'événement. Elle ne manqua donc rien et s'amusa énormément, se cassant la voix à force d'acclamer l'équipe de Parker, qui remporta le match de hockey sur glace, et le traîneau vert de Autumn House, qui décrocha le prix du défilé, talonné de près par la Camaro de Théo Burke. Elle découvrit aussi le palais des glaces, enfin terminé — une grande enceinte carrée avec une tour à chaque angle, et des parois translucides qui renvoyaient les rayons du soleil en milliers d'arcs-en-ciel. A l'extérieur, la structure entière étincelait, aveuglante ; à l'intérieur, les murs figés luisaient doucement comme du nacre.

Le lendemain était le jour le plus important du festival. Ce matin-là, elle s'éveilla dans une bulle de bonheur que rien ne pouvait ternir, même le fait de savoir qu'à force de travailler d'arrache-pied à créer des costumes pour les Lucioles, elle n'avait rien prévu pour elle-même. Elle n'aurait rien à se mettre pour le bal du soir !

Quand son oncle la rejoignit à la table du petit déjeuner, Frosty trottant sur ses talons, il portait une grande boîte plate de carton blanc.

— De la part de ta tante, dit-il d'un ton bref en la posant près d'elle.

Puis il s'installa à son tour et se plongea dans son journal et son porridge. Lentement, elle souleva le couvercle. A l'intérieur, luisant comme des cristaux de glace, se trouvait la robe la plus merveilleuse qu'elle eût jamais vue. Un long fourreau tout simple, avec un décolleté rond bordé d'hermine et de longues manches étroites, le tout fait de velours blanc semé de perles, certaines blanches, d'autres transparentes. Elle en resta muette d'admiration.

— Elle l'a portée il y a des années de ça, quand elle n'était guère plus âgée que toi, dit son oncle sans lever les yeux de la page des sports. C'est censé être un ange de glace. Je crois qu'elle devrait t'aller. Vous êtes à peu près bâties sur le même modèle.

Il lui jeta un regard désapprobateur et ajouta :

— Bien sûr, elle n'était pas enceinte, elle...

Eclatant de rire, Sarah sortit la robe de la boîte et la tint contre sa poitrine, soulevée par un sentiment de joie profonde. Elle imaginait facilement à quel point sa tante devait être belle, et combien les yeux de son oncle devaient briller de bonheur et de fierté en la regardant.

Avec douceur, elle alla l'embrasser.

— Elle est parfaite...

Il se secoua, comme si son baiser l'agaçait.

— Il y a un manteau de fourrure blanc dans son placard, à l'étage. Je l'ai fait nettoyer. Et elle avait fait quelque chose à ses cheveux...

Vaguement, il agita la main autour de sa tête.

— Tu vois ce que je veux dire, elle l'avait poudrée, ou mis des paillettes...

Il fronça les sourcils, très mal à l'aise dans ces considérations peu masculines.

— Ecoute, je n'ai aucune idée de la façon dont vous faites ça, vous autres, mais tout ce que je sais, c'est que ta tante était belle à tomber à genoux.

A partir de cet instant, Sarah compta les minutes interminables qui la séparaient de 9 heures, quand Parker viendrait la chercher pour l'emmener au bal du roi Frosty. C'était le meilleur moment de tout le festival, car on danserait à l'intérieur du palais de glace illuminé.

La journée passa très lentement, mais elle passa. Sarah accompagna les Lucioles tout au long du défilé costumé des enfants, puis, pendant plusieurs heures, assura la permanence au grand toboggan de neige, jusqu'à ce que ses oreilles tintent sous le coup des hurlements aigus de joie et de terreur. Enfin, la nuit tomba. Toujours portée par cette bulle de joyeuse excitation, elle rentra, prit un bain et s'habilla. Le léger renflement sous sa ceinture ne l'empêchait pas d'enfiler la robe d'ange. Pour terminer, elle fouilla dans les chutes des costumes de flocon, y trouvant de minuscules paillettes argentées qu'elle sema dans ses cheveux poudrés.

Son oncle s'arrêta net quand il la vit.

— Je ne dirai pas que tu es plus belle que Roberta, déclara-t-il.

Il se tut, s'éclaircit brutalement la gorge et reprit :

— Mais tu la rejoins presque, petite fille. Tu es à deux doigts de l'égaler.

S'il lui était resté quelques doutes, la réaction de Parker aurait suffi à les balayer. Ce n'était pas celle qu'elle attendait : il ne fondit pas dans un sourire ému, ne se répandit pas en compliments, ne bomba pas le torse. Non : en la regardant, sa bouche se crispa avec férocité, ses yeux étincelèrent, et son visage prit une expression intensément virile et affamée.

— Je ne te quitterai pas des yeux de toute la soirée, dit-il en lui ouvrant la portière de sa voiture. Tu es un danger public, ce soir.

Elle sourit. Il était assez stupéfiant, lui aussi, même si, à proprement parler, il ne portait pas un vrai costume. Emma l'avait prévenue que la plupart des hommes tendaient à se défiler, se déguisant par exemple en bûcherons, ce qui leur permettait de porter des vêtements de tous les jours comme des jeans et des chemises à carreaux. Parker avait opté pour un épais pull blanc irlandais avec un pantalon noir, et l'effet était incroyablement sexy.

— Tu seras peut-être obligé de me quitter des yeux, dit-elle. Si tu es élu roi, par exemple... Tu seras obligé de monter sur le trône avec ta reine, et moi, je danserai avec je ne sais qui... Le premier qui aura pitié de moi.

— Tu ne danseras avec personne d'autre que moi, gronda-t-il en la prenant dans ses bras.

— Mais j'ai entendu les gens parler. Ils pensent que tu seras le roi, et ensuite…

Il secoua la tête.

— Non, pas moi.

— Comment peux-tu en être aussi…

— Fais-moi confiance, dit-il en posant un doigt sur ses lèvres. Ce ne sera pas moi. Et même si c'était, j'abdiquerais sans monter sur le trône. Je ne te quitterai pas, Sarah. Comment pourrais-je te quitter ?

Il était si proche que le petit nuage blanc de son souffle vint se poser sur sa bouche, un instant avant ses lèvres. Elle se sentit fondre contre sa poitrine. La température avait beau être glaciale, elle était en train de prendre feu ! Pourtant, le bal allait commencer, et on les attendait sur la place. Au prix d'un effort, ils s'arrachèrent l'un à l'autre et Parker démarra.

Ils arrivèrent à temps pour l'assaut traditionnel du palais, mené par le nouveau roi et son armée. C'était un combat pour rire, à coups de boules de neige et de feux d'artifice. Il y avait même un canon de fortune qui tirait des boulets de neige contre les murs du château.

Des centaines de spectateurs, dont certains venaient de très loin, s'étaient rassemblés pour assister au spectacle. Emma se précipita vers eux à l'instant où le maire s'avançait pour annoncer les nouveaux souverains.

— Je vous ai trouvés ! s'écria-t-elle triomphalement.

Elle était merveilleuse, dans son costume bleu et argent de reine de la lune. Serrant joyeusement Sarah dans ses bras, elle s'exclama :

— Je croyais que tu ne devais pas avoir de costume ! C'est affreux, c'était mon seul espoir de t'éclipser…

Puis, lançant une bourrade pour rire à son frère :

— Salut, toi ! J'adore ton déguisement : on dirait un homme d'affaires qui croit s'habiller décontracté !

Parker lui fit signe de baisser la voix.

— Ils vont couronner la reine. Un peu de respect !

— Désolée, répliqua-t-elle avec une grimace. Pas pour cette reine-là.

On annonça au micro le nom de l'heureuse élue : c'était Justine Miller. Fronçant le nez d'un air de dégoût, Emma regarda la fille du maire, rayonnante, accepter sa couronne avec une expression assez peu convaincante de surprise émue. Sarah, qui la voyait pour la première fois, la trouva très jolie, et eut une pensée de compassion pour Mike Frome, à qui elle allait certainement briser le cœur.

Le maire reprit le micro pour clamer le nom du roi. Harry Dunbar ! Surprise mais enchantée, applaudissant de toutes ses forces, Sarah se retourna à demi pour échanger un sourire avec Emma, qui trépignait de joie.

En contraste total avec Justine, Harry semblait sincèrement stupéfait, se retournant vers ses voisins comme pour dire qu'il devait y avoir une erreur... On le poussa en avant, et il monta sur la tribune. Un enfant en costume de bouffon, monté sur un escabeau, posa la couronne sur sa tête, et on lui demanda de donner le signal de l'assaut.

Sans cesser d'applaudir le déferlement de la joyeuse armée, Sarah leva la tête vers Parker. Cela l'ennuyait-il de voir le bourg choisir Harry ? Il ne semblait pas contrarié, bien au contraire : sans se préoccuper des clowneries des attaquants, il regardait sa sœur. Celle-ci contemplait son mari avec un sourire de fierté un peu amère.

— Tu savais..., lui dit Sarah dans un souffle. Tu savais que ce serait Harry.

Emma tourna vers elle des yeux humides et rayonnants.

— Ça s'appelle manipuler le vote. Une vieille tradition, à Firefly Glen.

Un instant, elle posa sa tête sur l'épaule de son frère.

— De toute façon, c'est Parker qui aurait gagné, et il n'aurait pas accepté. Alors…

Levant les yeux vers lui, elle murmura :

— Merci, frérot.

— Pas de problème, frangine, répliqua-t-il d'un ton léger. Maintenant, si tu allais traîner ailleurs ? Il y a là une fille sublime qui voudrait passer quelques instants seule avec moi.

Emma partie, Parker entoura Sarah de son bras et l'attira contre lui pour la réchauffer. Ensemble, ils contemplèrent la bataille pour rire qui faisait rage autour du palais. Les défenseurs, sur le rempart, commençaient à se trouver à court de munitions. C'était la première fois que Sarah découvrait le palais de nuit. Il semblait sortir d'un rêve. Son profil de glace se faisait romantique et mystérieux au clair de lune. Ses tourelles se dressaient dans la nuit étoilée comme des lames de cristal, ses parois figées renvoyaient les couleurs mouvantes des projecteurs.

Quand le feu d'artifice éclata, annonçant la victoire du roi, la foule clama son approbation. Le roi Harry franchit la grande porte à la tête de ses hommes, et des centaines de fées et de princesses le suivirent, chacune escortée par un bûcheron ou un prince vêtu de velours blanc. Le bal costumé venait officiellement de commencer.

Sarah et Parker dansèrent pendant des heures sous les rubans argentés et les ballons blanc nacré. Comme il l'avait promis, il ne s'éloigna pas d'elle un seul instant. Ils bavardèrent avec des amis, goûtèrent aux friandises du merveilleux buffet, burent du champagne et admirèrent les sculptures de glace très sophistiquées créées pour l'occasion

— sans jamais s'écarter l'un de l'autre de plus de quelques centimètres.

A mesure que la nuit avançait, Sarah comprit que Parker était en train de la séduire en se servant de la musique, de leurs mouvements, de son propre corps tiède et solide. A chaque nouvelle danse, il la serrait un peu plus étroitement, sa joue effleurait la sienne, s'éloignait, revenait ; sa main dérivait plus bas, ses doigts cherchaient les courbes si sensibles de son dos. Elle poussa un soupir qui était presque une plainte, mais il ne recula pas. Au contraire, ses mains se resserrèrent, il embrassa son oreille, son cou nu, son épaule... Rivés l'un à l'autre, ils dansaient au son d'une musique qu'elle entendait à peine. Elle ne pouvait plus soulever sa tête de son épaule.

Bientôt, elle fut entre ses mains comme une braise. Elle ne voyait plus que lui, ne voulait plus que lui ; sa peau lui semblait trop étroite pour contenir le désir étincelant qui l'emplissait. D'un instant à l'autre, elle allait exploser entre ses bras dans une gerbe de confettis argentés...

— Sarah, murmura-t-il. C'est le moment.

Elle dut inspirer longuement pour trouver assez de souffle pour lui répondre.

— Le moment ? Je ne...

— Oh, si...

Il s'écarta un peu d'elle et sourit, le regard plongé dans le sien. Ce sourire, à lui seul, aurait suffi à faire ployer ses genoux. Elle sentit ses jambes se mettre à trembler et se raccrocha à lui.

— Tu vois ? Ton corps te dit la même chose. Nous avons attendu aussi longtemps que nous avons pu, mon amour. Il est temps de prendre un nouveau risque.

230

14.

Ils allèrent chercher le manteau de Sarah et retournèrent à la jeep sans parler. Il devait faire très froid, mais elle se sentait brûler de fièvre — brûler et frissonner en même temps.

Les voitures garées s'alignaient à perte de vue, et cela allait prendre une heure de se dégager ! Parker n'essaya même pas. Au lieu de tenter de manœuvrer entre les autres véhicules, il fit monter la jeep sur le trottoir, s'engagea dans la neige profonde de la pelouse et coupa à travers la place. Quand il redescendit du trottoir dans une série de cahots, la voie était libre.

En remontant la rue principale illuminée mais déserte, il prit la main de Sarah et la serra dans la sienne, caressant sa paume lentement, délibérément. Elle ferma les yeux et laissa le rythme de sa caresse l'envahir.

Ils roulaient depuis plusieurs minutes, suivant la courbe du lac inondé de lune, quand elle parla enfin :

— Où allons-nous ?

— Je pensais t'emmener chez moi, dit-il en tournant vers elle ses yeux qui étincelaient dans la pénombre. Qu'en dis-tu ?

— Je dis oui, répondit-elle simplement.

C'était la première fois qu'il lui proposait de venir chez lui ; ils avaient en effet préféré, jusqu'alors, ne pas précipiter les choses. Leur volonté ayant tout de même des limites, ils s'étaient imposé de se voir dans des endroits publics, au vu et au su de tout le monde. Même à Winter House, il se trouvait toujours quelqu'un à proximité pour les empêcher de prendre ce dernier risque, le plus grand...

Quand ils remontèrent l'allée vers la maison silencieuse, Sarah eut un véritable coup de foudre pour ce grand chalet moderne, qui reprenait la forme des cabanes de rondins traditionnelles tout en simplifiant les lignes. Bâti de troncs de pin rouge, lisses et symétriques, il se dressait dans les bois, et le lac s'étendait sous les fenêtres. Une lampe unique, dorée et accueillante, brillait sous la véranda de bois luisant. Derrière une fenêtre, à l'étage, une autre lumière vernissait le rideau.

Ici, le silence était tel qu'on entendait le vent fouiller les aiguilles de pin enrobées de glace. C'était un son que Sarah entendrait dans ses rêves, à l'avenir, chaque fois qu'elle rêverait de Parker.

Il ouvrit la porte, puis alluma quelques lumières. Le rez-de-chaussée entier semblait constitué d'un espace unique — une pièce entièrement boisée de pin rouge, avec des accents verts : un canapé de cuir vert était placé devant la cheminée de pierre, un tapis vert et rouge s'étalait sur le dallage, un philodendron vigoureux jaillissait en une cascade de feuilles brillantes d'une bibliothèque encastrée. Une paroi était entièrement vitrée ; sur toute la hauteur de la maison, il n'y avait qu'une immense baie donnant sur le lac.

— C'est merveilleux, dit-elle.

Si elle avait trouvé les mots, elle aurait dit que c'était la pièce la plus paisible qu'elle eût jamais vue.

— On oublie, à vivre à Winter House, qu'une telle simplicité puisse exister...

Il sourit sans répondre, lui prit son manteau et l'accrocha, puis se dirigea vers la cheminée. Les bûches étant déjà en place, il n'eut qu'à tirer une allumette extra-longue d'une boîte et la frotter contre la pierre de la cheminée. Le feu jaillit très vite et son odeur douce prit possession de la pièce.

— Si j'avais les revenus de ton oncle et ses employés de maison, j'achèterais peut-être plus de bibelots, dit-il. Avec mon salaire de shérif, je préfère limiter le ménage au minimum.

Elle secoua la tête.

— Tu n'as pas fait tout ça sur un salaire de shérif.

— Tu serais étonnée de savoir combien la municipalité paie ses employés, répliqua-t-il d'un ton léger. Il y a tant de gens riches, ici, qu'ils ont oublié le montant du salaire minimum. Mais en fait, tu as raison. J'ai été avocat pendant plusieurs années, et j'ai aussi travaillé pour le gouvernement à Washington. J'ai pu faire des économies. Ensuite, j'ai eu beaucoup de chance : j'ai hérité. De quoi vivre tout à fait confortablement...

Cette version était beaucoup plus vraisemblable. Cette pièce sophistiquée, avec son équilibre délicat entre le confort et l'élégance, ne pouvait être que la création d'un œil exercé. Pour la réaliser, il fallait un être ayant l'habitude de la qualité et de la beauté.

— Tu te donnes tant de mal, alors que tu n'as même pas besoin de travailler ?

Quand elle pensait aux tracas incessants que lui causaient les gens du Glen, les heures interminables, les confrontations nocturnes avec des coyotes dans des cuisines rurales...

— Je travaille parce qu'on m'a appris à respecter le travail, dit-il en haussant les épaules. Sans doute parce que je le respecte aussi. Et puis, je suis incapable de faire les mots croisés et je déteste la pêche à la ligne. Qu'est-ce que je ferais de mon temps ?

Ils parlaient surtout pour apaiser la tension. Mais tout à coup, avec cette question innocente, la flamme jaillit de nouveau. Il la regarda, puis marcha vers elle en déclarant :

— Bien sûr, maintenant que je t'ai trouvée, il me vient quelques idées.

Glissant l'index sous son menton, il haussa sa bouche vers la sienne. Une paillette tomba de ses cheveux, étincelant dans sa chute.

— Je devrais peut-être abandonner l'emploi de shérif à Harry. Il en a tellement envie... Et puis, brusquement, je m'imagine très bien passer mes journées, *toutes mes journées*, à ne rien faire.

Il lui sourit et murmura :

— Rien que te toucher. Rien que te regarder.

Elle laissa retomber ses paupières, savourant chaque inflexion de sa voix.

— Et te faire l'amour...

Il respira à fond et lança soudain :

— Mon Dieu, Sarah, je suis en train de tomber amoureux de toi ! Tu le sais, ça ?

Elle ouvrit les yeux et plongea son regard dans le sien.

— Oui. Je le sais.

— Et tu es en train de tomber amoureuse de moi. Tu le sais aussi ?

Elle hocha la tête avec précaution. Elle avait l'impression de plonger en chute libre dans un espace terrifiant, un gouffre sans fond, et pourtant, elle n'avait pas bougé d'un millimètre.

— Oui, dit-elle. Je le sais aussi.

— Alors c'est bien, reprit-il. Tout va se passer merveilleusement bien. Je veux que tu le croies ; je veux que tu cesses d'avoir peur.

— Je vais essayer, murmura-t-elle, à demi suffoquée par la violence des battements de son cœur.

Sans lâcher son menton, il glissa la main derrière elle et fit descendre la longue fermeture Eclair de son costume. Elle sentit le velours s'écarter, de ses épaules à ses cuisses, exposant son dos nu à la lune froide qui entrait à flots par la grande baie.

Il repoussa l'étoffe de ses épaules et la robe glissa sur sa peau, tomba sur le plancher dans un miroitement de reflets tendres, les perles renvoyant les lueurs du feu. Elle se retrouva presque nue... et terriblement vulnérable, car elle ne connaissait plus son propre corps, que la grossesse avait enfin commencé à modifier. C'était encore subtil, mais on ne pouvait s'y tromper. Ces nouveaux contours la rendraient-ils moins désirable ?

Non, le visage de Parker restait aussi tendu, aussi concentré et affamé. Il acheva de la déshabiller et l'allongea sur le tapis, dans la chaleur du feu qui caressait sa peau.

Le tapis était épais, un peu rugueux contre son dos. Fermant les yeux, elle posa une main sur son ventre, l'autre sur le renflement nouveau de ses seins. Elle l'entendait retirer ses propres vêtements, mais se sentait incapable de le regarder. Aussi impossible que cela pût paraître, il lui semblait déjà sentir les spasmes profonds du plaisir se rassembler en elle, comme les premiers frémissements d'un séisme. Si elle le regardait maintenant, elle ne pourrait peut-être plus attendre.

Il s'allongea contre elle d'un mouvement lent et souple. Enfin, elle ouvrit les yeux, vit son visage grave et tendre, ses muscles bien découpés, sa peau lisse et rayonnante de santé. Qu'il était beau ! De lui-même, son corps se souleva pour se presser contre lui.

Une à la fois, il retira ses mains.

— Tu n'as rien à cacher, dit-il en se penchant pour poser les lèvres sur sa peau. Chaque centimètre de toi est parfait, Sarah. Je n'ai jamais désiré une femme comme je te désire maintenant.

Il passa la main sur le petit renflement dur de son ventre, comme pour apprendre à le connaître, ou à l'aimer. Il déposa des baisers tendres sur ses seins et elle gémit, luttant contre le plaisir qui montait en elle, menaçant de l'engloutir. C'était trop tôt, trop tôt... Elle voulait que cela vienne lentement, et dure à tout jamais.

Sentant la tension qui envahissait ses membres, il s'immobilisa.

— Regarde-moi, mon amour. Quelque chose ne va pas ? Tu as encore peur ?

— Pas de toi, balbutia-t-elle en essayant de sourire. J'ai un peu peur de tout gâcher. Je...

Ses poumons n'arrivaient plus à s'emplir, elle n'avait plus de souffle pour parler.

— Tout se passe très vite. Je ne pourrai peut-être pas attendre que tu... que tu...

Il eut un petit rire très doux.

— Alors n'attends pas, murmura-t-il en posant ses lèvres sur son sein douloureux. Laisse venir...

Elle ne pouvait plus penser. Il laissa sa main dériver vers le bas et elle s'enfonça dans des ténèbres tourbillonnantes, dans les vagues qui se précipitaient, de plus en plus proches.

— Mais je... nous..., gémit-elle, désorientée.

— On le fera. C'est promis.

Il glissa la main entre ses jambes et son corps se convulsa. La marée l'avait rattrapée, elle se dissolvait. A travers l'explosion, elle entendit sa voix :

— Ce n'est que la première fois que tu ressentiras cela cette nuit, mon amour. Pas la dernière.

L'aube couleur de pêche se déversait sur l'oreiller, se glissait dans les mèches d'or des cheveux de Sarah. A contre cœur, Parker la réveilla d'un baiser.

L'idée de se séparer d'elle, même de quelques centaines de mètres, était presque insupportable, mais il devait tout de même la ramener à Winter House. Il ne voulait plus jamais ouvrir les yeux le matin sans la trouver allongée près de lui, il ne voulait plus jamais respirer sans sentir la fleur discrète de son parfum, mais elle devait pourtant rentrer. Son oncle allait s'inquiéter et, même s'il se moquait royalement des ragots du bourg, Sarah n'était pas prête à affronter ce qui se passerait quand on saurait que tout avait changé entre eux.

Jamais elle n'avait vécu dans un village. Elle ne pouvait imaginer à quel point chacun se sentait relié aux autres, à quel point les vies s'entremêlaient... à quel point il était impossible, en un mot, de garder un secret.

Il savait, lui. Il avait vécu ici trop longtemps pour se méprendre sur ce qui allait se passer maintenant. Comme le disait son grand-père, au Glen, on s'usait les lèvres sur des ragots. Dès qu'on saurait que Sarah était son amante — et cela se saurait obligatoirement —, les ragots commenceraient. Et quand on apprendrait, en plus, qu'elle était déjà enceinte, et d'un autre homme...

Même lui, il imaginait mal les réactions. Il savait seulement qu'il s'en moquait. Sarah avait ramené le bonheur dans sa vie. Cette douceur qu'elle lui offrait, il n'y croyait plus, il ne pensait même plus qu'une telle chose pût exister. Il voulait Sarah dans sa vie, et personne ne pourrait l'empêcher de l'avoir. Il était prêt à escalader le clocher de l'église pour l'annoncer au monde entier.

Malheureusement, ce n'était pas si simple. Sarah menait sa propre existence en Floride, et il restait le problème de ce satané billet de retour, pour le lendemain.

Demain...

Ce fut comme un choc électrique. Elle prévoyait de repartir le lendemain. Quel idiot il était ! Depuis deux semaines, ils vivaient dans un fantasme, dans leur petit royaume secret, sans prise directe sur le monde réel. Il n'était plus temps de flotter dans ce brouillard délicieux de satisfaction sexuelle. L'heure était venue des grandes discussions, des grandes décisions.

— Sarah, il faut que nous parlions, dit-il alors.

Il avait eu beau conduire le plus lentement possible, ils étaient déjà arrivés à Winter House. Blottie tout contre son épaule, elle hocha la tête, encore à demi endormie.

— Je sais, répondit-elle en se frottant les yeux. Mais pas tout de suite. Il faut que je voie mon oncle, que je lui dise que tout va bien. Il doit déjà être réveillé, et j'espère qu'il ne s'est pas inquiété.

— Il savait que tu étais avec moi. Il n'a pas oublié ce que c'est d'être jeune.

Elle lui fit un sourire adorable et murmura :

— Tout de même...

Elle passa les doigts dans ses cheveux pour les peigner, et quelques dernières paillettes tombèrent sur le cuir noir du siège.

— J'ai besoin de dormir un peu, de prendre un bain, et je veux aussi réfléchir. Cette nuit, c'était...

238

— Stupéfiant.

— Oui.

Elle se frotta les bras comme si le seul souvenir lui donnait la chair de poule. Il hocha la tête avec conviction, car il en allait de même pour lui.

— Mais je veux aussi y voir clair, reprit-elle. Faire l'amour, ça a tendance à brouiller les perspectives plutôt qu'à les éclaircir. Il nous faut quelques heures pour refaire surface avant de parler sérieusement.

— Faire l'amour, c'est sérieux, dit-il. Du moins comme nous l'avons fait cette nuit.

Elle lui adressa un nouveau sourire.

— Tu m'accordes six heures ? Jusqu'à midi ? Je te promets que nous parlerons à ce moment-là.

Il ne pouvait rien lui refuser quand elle lui souriait de cette façon. D'ailleurs, il ne pourrait jamais *rien* lui refuser.

— D'accord, dit-il en lui prenant un dernier baiser en guise de paiement.

Il s'attarda sur ses lèvres, l'entendit pousser un soupir qui était presque un gémissement. Elle prenait feu si facilement ! Il en fut tout heureux : s'il devait souffrir dans l'attente, il fallait qu'elle souffre aussi ! Cela la ramènerait plus vite dans ses bras.

— Attends de voir, chuchota-t-il en s'écartant. Tu vas découvrir à quel point six heures peuvent être longues.

En fait, il n'y eut que deux heures de répit. Deux heures avant que tout ne lui explosât au visage, comme si le destin avait enfoui les restes du feu d'artifice de cette nuit au beau milieu de ses naïfs projets de bonheur.

Il alla chercher son chiot chez Suzie, qui avait accepté de le garder chez elle pendant les vingt-quatre heures de service non-stop qu'il assurait pour le festival. Puis il rentra, se doucha, se rhabilla et s'endormit comme une masse sur le canapé.

Le téléphone devait sonner depuis longtemps quand il l'entendit enfin. Le chiot, dressé sur ses pattes arrière contre le canapé, gémissait pour attirer son attention. Il posa une main sur la petite tête pelucheuse et, de l'autre, décrocha l'appareil à tâtons.

C'était Sarah.

— Bonjour ! dit-elle d'un ton trop joyeux. Je suis désolée de te réveiller. Je voulais juste te dire qu'il y a un petit contretemps. Je ne pourrai pas te retrouver à midi.

Il ne devrait jamais dormir dans la journée, pensa-t-il confusément, car il n'arrivait plus à réfléchir. Il sentait une catastrophe suspendue au-dessus de sa tête, sans parvenir à l'identifier.

— Pourquoi ? demanda-t-il en se redressant à demi. Tout va bien ?

Elle hésita et, dans ce tout petit silence, il sentit ses signaux d'alarme se déclencher pour de bon. Tout n'allait pas bien.

— Oh, oui, dit-elle d'un ton qui n'avait rien de convaincant. C'est juste que...

Encore un silence. « Elle ne sait pas mentir, pensa-t-il. Encore quelques secondes, et elle va me dire... »

— Ted m'a contactée, avoua-t-elle d'une voix tendue et troublée. Il est ici. Il veut me voir. Il veut qu'on parle du bébé.

240

15.

— Pour l'amour du ciel, Griffin, c'est tout ce que tu sais faire ? Tu ne pourrais pas être un peu plus convaincant ?

S'arrachant furieusement à son étreinte, Emma foudroya du regard le très séduisant mâle assis près d'elle sur le rebord de la vitrine de La Maison de Papier.

— Ne me dis pas qu'avec ta réputation… Toute ma vie, j'ai entendu des filles se pâmer en racontant les exploits de l'Irrésistible Cahill. Mets-y un peu du tien !

L'élégant Griffin Cahill prit une expression blessée.

— Je n'ai pas l'habitude de faire semblant de séduire les femmes, Emma. Il me semble que la sincérité est un ingrédient indispensable…

— Griffin, soupira-t-elle, tu n'as pas dit un mot sincère à une femme depuis dix ans au moins ! Essaie de faire comme si j'étais l'une de ces têtes de linotte que tu sors tous les week-ends.

Il ne perdit pas son calme pour autant, expliquant avec patience :

— Ces têtes de linotte ne sont pas mariées, et nous ne cherchons pas délibérément à mettre leur mari dans une rage meurtrière.

Jetant un bref regard par la vitrine, il fit remarquer :

— Tu sais, j'ai quelques doutes au sujet de ton plan... Si je me souviens bien, ton mari porte une arme ?

— Quoi, tu as peur d'un tout petit pistolet ?

— Eh bien, oui, je l'avoue. J'ai oublié de mettre mon caleçon à l'épreuve des balles, ce matin.

Cette fois, elle ne put s'empêcher d'éclater de rire. Griffin avait raison ! Elle lui demandait beaucoup, mais il était le plus bel homme du bourg, avec ses cheveux blonds, ses yeux bleus et ses dents très blanches. L'un des plus riches, également. Depuis l'enfance, Harry était un peu jaloux de lui, et Emma comptait exploiter cette jalousie au maximum. Quand on entre en guerre, tous les coups sont permis.

— Ecoute, il ne va pas te tirer dessus ! Il cherchera peut-être à placer un ou deux coups de poing mais...

— Emma, interrompit Griffin en levant une de ses mains bien soignées. Si nous devons le faire, faisons-le bien. Tu dis qu'il sera là à midi, alors si tu ne veux pas qu'il nous trouve en train de discuter...

— Tu as raison, dit-elle en se positionnant dans ses bras. Allons-y.

Cette fois, ce fut nettement plus spectaculaire, et Emma fut affreusement déçue quand la première personne à pousser la porte fut non pas Harry mais Jocelyn Waitely.

Découvrant Emma Dunbar dans les bras de Griffin Cahill, cette dame fut choquée jusqu'à la racine de ses cheveux permanentés.

— Oh !

Partagée entre la confusion et l'agacement, Emma constata pourtant que le choc semblait la laisser muette. Une grande première !

— C'est fermé, Jocelyn, dit-elle froidement. J'ai oublié de retourner le panneau, mais c'est l'heure du déjeuner.

Pas besoin de le lui dire deux fois ! Les yeux brillant d'une lueur déplaisante, elle tourna les talons sans commentaire. Visiblement, elle mourait d'envie de répandre la bonne nouvelle !

Griffin la regarda sortir avec un soupir.

— Ce n'est pas que je me plaigne, Emma, mais combien de prises crois-tu qu'il faudra encore pour notre petite scène ?

— Une seule, c'est promis. Rien qu'une.

Elle l'espérait, en tout cas. Dans un sens, la venue de Jocelyn était peut-être providentielle : si, pour une raison quelconque, Théo oubliait d'envoyer Harry à La Maison de Papier à midi comme prévu, Jocelyn s'en chargerait. En ce moment même, elle fonçait probablement vers le bureau du shérif.

Cinq minutes plus tard, la porte s'ouvrit de nouveau. Griffin, dont l'ouïe devait être très fine, la fit basculer dans ses bras juste à temps, et se mit à l'embrasser si passionnément qu'elle crut que ses cils allaient prendre feu. Une seule pensée claire surnagea dans son esprit — une pensée stupide : *Waouh !*

Puis les événements se précipitèrent. La porte claqua, quelqu'un poussa un juron furieux et Griffin fut arraché à ses bras et jeté de côté. Emma manqua tomber. Quand elle réussit à reprendre son équilibre, Harry se dressait entre eux, l'air menaçant.

— Lâche ma femme, espèce d'ordure !

Son visage furieux se retourna vers Emma.

— Et toi, à quoi est-ce que tu joues ?

— Tu vois, dit-elle calmement. Je fais exactement ce que tu m'as dit de faire.

— Moi !

Griffin s'était redressé, et les écoutait avec un aplomb superbe. Son expression était parfaite : poliment attentif, il semblait juste assez content de lui pour pousser Harry à bout. Emma se félicita d'avoir choisi un homme aussi intelligent, car ses dialogues préparés n'iraient pas très loin, et tôt ou tard, il devrait improviser.

— Dis-moi, Dunbar, tu parles toujours sur ce ton à ta femme ? s'enquit-il.

Les poings de Harry se fermèrent.

— Toi, tu n'as rien à me dire sur ce que je fais avec ma femme.

Il tapota d'un index agressif l'exquise chemise de Griffin.

— *Ma* femme, tu m'entends ? Ma femme !

— Alors, essaie de la traiter comme ta femme. D'après ce que j'ai pu voir — et j'en ai vu beaucoup — les femmes dont on s'occupe correctement ne s'amusent pas à chercher ailleurs.

Emma l'aurait volontiers embrassé ! Oui, bien sûr, elle venait de le faire, mais cette fois, ce serait sincère. C'était exactement ce qu'il fallait dire, car Harry ne supporterait pas l'idée que Griffin Cahill le prît pour un amant minable. C'était une réaction stupide, un réflexe sorti tout droit des vestiaires du stade, mais tous les hommes sont soumis à ces automatismes puérils — surtout son cher Harry.

— Va-t'en ! Griffin, lâcha Harry, les dents serrées. Il faut que je parle à ma femme. Et sans toi.

Griffin se retourna tranquillement pour consulter Emma du regard. Cet homme méritait un Oscar ! Alors qu'il n'avait qu'une hâte – échapper à cette situation grotesque –, il trouva pourtant moyen d'hésiter en assumant une expression tendrement protectrice.

— Emma ? Qu'est-ce que tu en dis ? Il a le droit de me dire de partir ?

Elle réfléchit un instant, puis fit face à Harry, les mains sur les hanches. Elle se savait en beauté dans sa robe neuve, choisie pour l'occasion. De plus, elle devait avoir les lèvres gonflées, les cheveux en désordre, et un air sexy en diable. Le visage de Harry commençait à changer : elle y voyait poindre cette expression qu'elle connaissait bien. Au fond, cela le rendait fou de la voir ainsi...

« Merci, Griffin », pensa-t-elle en lui lançant mentalement un baiser de gratitude. Il embrassait si diaboliquement bien que ce serait sans doute une grave erreur de le remercier d'une façon plus concrète !

— Je ne sais pas, dit-elle. Tu en as le droit, Harry ? Un mari qui aime sa femme, qui vit sous le même toit, a le droit de lui dire de ne pas embrasser un autre homme. Un mari qui habite à Firefly Suites n'a aucun droit.

Elle se tut un instant, puis ajouta :

— En tout cas, c'est comme ça que je vois les choses. Qu'en dis-tu, Griffin ?

— C'est tout à fait logique, répondit paisiblement celui-ci. En même temps, on pourrait aussi argumenter...

— La ferme, Cahill.

Le regard de Harry restait braqué sur Emma. Elle eut le sentiment qu'il commençait à soupçonner sa manœuvre... mais quelle importance ! Il venait tout de même de découvrir à quel point il détestait la voir embrasser Griffin, et il savait qu'il ne voulait plus jamais assister à une chose pareille.

— Je ne te le répéterai plus. Dehors.

Griffin — bénie soit son âme chevaleresque — hésita une dernière fois.

— Emma ?

Elle sourit. A son avis, c'était son jour de chance !

— Vas-y, Griffin, répondit-elle sans lâcher le regard de Harry. Et ferme bien la porte en sortant, tu veux ? Harry et moi, nous ne voulons pas être dérangés.

Sarah mit dix minutes à trouver une place pour se garer. En ce dernier jour du festival, une foule compacte se pressait pour assister aux derniers événements : les juges se préparaient à couronner les lauréats du concours de sculpture, le tournoi de balai-ball battait son plein, le grand chamboule-tout des ours polaires commencerait dans une petite heure. La place était noire de monde et les rues congestionnées par la circulation.

Le temps de verrouiller sa voiture et de remonter Main Street à pied jusqu'au motel, elle était en retard. Elle n'avait pas oublié à quel point Ted détestait cela ! Elle sentit son cœur se serrer. Qui aurait cru qu'elle redouterait autant cette rencontre ?

— Sarah ! Sarah, attends.

Parker sortit de la foule et se mit à marcher à son côté, le souffle court, comme s'il avait couru pour la rattraper. Sans doute l'avait-il vue par la fenêtre du poste de police, qui donnait sur le parking municipal.

— Viens. Il faut que je te parle.

Lui prenant le coude, il l'entraîna vers le passage étroit et discret entre le café de Théo et le Bazar Griswold. Un peu affolée, elle regarda sa montre.

— Parker, je n'ai pas le temps de…

Quinze minutes de retard ! Ted serait furieux.

— Je sais.

Il avait les traits tirés ; elle se demanda si elle avait l'air aussi fatiguée que lui.

246

— J'ai téléphoné à Winter House, mais Ward a dit que tu étais déjà partie. Je voulais te dire...

Il secoua la tête, la bouche crispée et sévère.

— Bon sang, Sarah, n'y va pas ! finit-il par s'exclamer.

— Tu sais bien que je ne peux pas faire autrement...

— Pourquoi faut-il que tu le voies ? Il n'a pas le droit de revenir maintenant, ni d'exiger de te voir. Je ne veux pas que tu y ailles.

Sa tension était si intense qu'elle vibrait entre eux, presque palpable. Elle chercha à sourire, espérant qu'il s'apaiserait si elle semblait n'attacher aucune importance à cette rencontre.

— Ce n'est pas une telle histoire, dit-elle aussi tranquillement qu'elle le put. Et puis, tu sais bien de quel droit il peut demander à me voir : il est le père du bébé. Ça ne me plaît pas non plus, mais je ne peux pas faire comme s'il n'existait pas.

— Si, tu peux ! s'écria-t-il. Il l'a bien fait, lui.

— Je dois y aller, répéta-t-elle en sentant sa main se resserrer autour de son bras. Essaie de comprendre, c'est son bébé à lui aussi. J'ai essayé de fuir cette idée, mais il est stupide de chercher à se voiler la face. Il faut affronter la réalité.

— Alors, laisse-moi venir avec toi. Je lui expliquerai la situation, je lui dirai que toi et moi...

Elle secoua la tête. Surtout pas ! Si Ted rencontrait Parker, il ferait une crise de jalousie, elle en était sûre. Il était ainsi : même s'il ne voulait pas d'elle, il avait besoin de se prouver sa propre valeur en délimitant son territoire ; il se sentirait lésé si quelqu'un d'autre la lui « prenait ». Rancunier comme il l'était, il pouvait parfaitement se servir de ses privilèges de père pour leur gâcher l'existence.

— Ce sera plus simple si j'y vais seule. Je t'assure.

Parker recula de deux pas en ouvrant les mains.

— Alors, que veux-tu que je fasse ? Que je joue les héros ? Que je reste poliment en retrait pendant que ce type vient piétiner notre avenir ? Cette nuit...

Il se tut un instant et s'éclaircit la gorge.

— Nous avons fait l'amour et...

— Je sais, interrompit-elle avec douceur. Mais le fait que tu sois devenu mon amour ne fait pas de toi le père du bébé. Tu le sais. Il a des droits, Parker. Légalement, moralement, biologiquement... Je ne peux pas fermer les yeux et espérer qu'il ne donnera plus jamais signe de vie, pendant que toi et moi nous faisons l'amour pendant le restant de nos jours.

Il se tut. Le cœur serré, elle suivit les expressions qui se succédaient sur son visage. Elle avait toujours su que ce serait terrible pour lui de ne pas être le premier, l'unique. Cette fois, elle comprit qu'il n'avait pas encore affronté les aspects les plus déplaisants de cette grossesse, se contentant de créer un scénario simple dans lequel, au nom de l'amour, il pourrait prendre sa place auprès d'elle et du bébé.

Le retour de Ted sur le devant de la scène constituait un réveil brutal.

Pire encore, c'était l'instant qu'elle redoutait depuis leur premier baiser : le moment où il comprendrait que le fait d'aimer une femme qui allait porter l'enfant d'un autre homme s'avérait trop douloureux et compliqué. Insoutenable.

— Tu sais ce que je pense, Sarah ? Je crois que tu as envie de le voir.

Sa voix se faisait dure, ses yeux s'assombrissaient. Sarah ne put retenir un mouvement de recul. Il ne pouvait pas penser cela, c'était impossible... Seules sa souffrance et sa jalousie parlaient, en cet instant.

— Dans un sens, oui, dit-elle en choisissant ses mots avec soin. Je veux l'affronter parce que je dois le faire. Je veux savoir à quoi m'attendre pour pouvoir échafauder ma nouvelle vie. Il n'y a rien de plus.

— Il va vouloir que tu reviennes. Il voudra son enfant.

Il secoua la tête, un pli profond de souffrance et de colère creusé entre ses sourcils.

— Quel homme n'en voudrait pas !

Elle en eut le cœur serré de tendresse. Quelle innocence, quelle bonté il possédait pour croire une chose pareille !

— Ted n'est pas comme ça, Parker. Sa première réaction aura été de me dire de m'en débarrasser.

— Il a eu le temps de réfléchir, de retrouver son bon sens... Il va vouloir son enfant.

Il passa la main sur ses yeux comme pour effacer une vision insupportable.

— Et toi, tu vas dire oui, c'est ça ? Pour le bien du petit, sinon pour le tien. Tu diras oui, et tous les trois, vous filerez la parfaite petite vie de famille.

Elle serra les poings. « Pour l'amour du ciel, Parker, pensa-t-elle, ne fais pas ça ! » La gorge serrée, elle se détourna en murmurant :

— La parfaite petite famille, c'est ton fantasme, Parker. Pas le mien.

Dès qu'elle repéra Ted, debout près du bar, tout ce qui touchait à cette rencontre redoutable devint tout à coup d'une simplicité limpide.

Son dilemme s'évapora. Inutile de débattre de ce qu'elle ferait si, comme Parker le craignait, il venait pour tenter de la reconquérir ; inutile de lutter avec sa conscience, de peser ses propres désirs et les besoins du bébé. Inutile de fouiller son âme pour déterminer si, en repoussant Ted, elle ferait payer à son enfant le prix de sa propre faute. Il n'y avait plus de difficulté parce qu'il n'y avait plus de question.

Jamais elle ne pourrait retourner auprès de lui ! Ce n'était même pas parce qu'elle aimait un homme qui valait mille fois mieux que lui. Même si elle n'avait jamais rencontré Parker, elle n'aurait pas pu renouer la misérable relation à sens unique qu'elle endurait auprès de lui.

Ces quelques semaines l'avaient changée en profondeur. Elle avait mûri, appris beaucoup de choses sur elle-même, et beaucoup de choses sur l'amour. Elle n'aimait pas Ted, et une famille sans amour serait la pire chose qu'une mère pût offrir à son enfant. Ted le mesquin, l'orgueilleux, le tyrannique serait le pire des pères, bien pire qu'un père tout simplement absent.

Du coup, la raison pour laquelle il venait la voir n'avait plus aucune importance. Elle ne risquait plus de céder.

Avec l'impression qu'un gros fardeau venait d'être retiré de ses épaules, elle se dirigea vers lui, presque sereine.

— Bonjour, dit-elle poliment. Je suis désolée d'arriver en retard.

— Mais enfin, Sarah !

Ted contemplait sa montre comme s'il ne parvenait pas à croire ce que les aiguilles lui indiquaient.

— J'ai un avion à prendre ! Tu n'apprendras jamais à arriver à l'heure à tes rendez-vous ?

— Si tu n'as pas beaucoup de temps, dit-elle sans emphase, ce serait peut-être une bonne idée de ne pas en gaspiller à te plaindre.

Il sursauta, puis se hâta de masquer sa réaction. Elle voyait presque la progression de ses pensées sur son visage régulier. Jamais encore elle ne lui avait parlé de cette façon. Il avait envie d'exploser mais sentait que ce ne serait pas prudent — ce qui signifiait qu'il voulait quelque chose.

Visiblement, il ne pensait pas être en position de force pour l'exiger. Pour une fois, son égoïsme allait l'obliger à maîtriser sa colère.

— Désolé, lâcha-t-il dans un effort pour se montrer plus gracieux. Si on allait s'asseoir ?

Il lui indiqua la salle avec ses tables basses entourées de fauteuils. Elle accepta le siège qu'il lui avançait. Un instant, elle crut qu'il examinait son ventre. La robe qu'elle portait commençait à la serrer un peu, et elle devrait bientôt acheter des vêtements de grossesse. Puis elle suivit son regard et vit qu'il s'intéressait à autre chose : ses seins, beaucoup plus gonflés qu'autrefois !

Elle rougit de colère. Il était détestable de sentir son regard sur elle ; comment avait-elle jamais toléré le contact de ses mains ? Son estomac se noua, elle éprouva une nausée subite, comme un retour des malaises qu'elle croyait avoir laissés derrière elle. Il s'aperçut qu'elle avait surpris son regard et détourna les yeux.

— Tu as l'air en pleine forme, dit-il maladroitement. Tout va bien ?

— Oui, répliqua-t-elle en décidant de ne pas relever son attitude. Les nausées du matin n'ont duré que quelques semaines, et je vais tout à fait bien maintenant. J'ai vu un médecin ici, et le bébé va bien aussi.

Il se tassa sur son siège sans répondre, jetant des regards nerveux à la ronde, comme si la seule mention du bébé le mettait mal à l'aise. Elle se crispa, puis décida de ne pas gaspiller son énergie à le détester. Cette rencontre se déroulerait de la façon la plus courtoise possible. Il avait le droit de connaître les détails pratiques.

— J'avais sans doute mal calculé les dates, pour commencer. Le médecin d'ici dit que j'en suis à cinq mois tout juste ; le bébé naîtra probablement au mois de juin.

Il tripota sa serviette de papier avec impatience.

— Ah, bon, dit-il dans un effort évident pour trouver une attitude acceptable. Très bien... Enfin, je suppose.

Il leva vers elle un regard tendu et ajouta sans reprendre son souffle :

— Je regrette, mais je continue à penser que tu as tort d'aller jusqu'au bout. Tout serait beaucoup plus simple si tu avais simplement...

— Pas pour moi.

Elle dit cela avec assez de force pour l'obliger à détourner les yeux une fois de plus. Solidement carrée sur son siège, elle le contempla froidement, stupéfaite de voir à quel point cette suggestion avait encore le pouvoir de la mettre en colère. Il n'avait aucune idée de ce que cet enfant signifiait pour elle ! Pour lui, ce n'était toujours pas un petit être, mais une source de problèmes.

— Ted, venons-en au fait. Pourquoi es-tu venu ? Tu dois bien savoir qu'il est trop tard pour espérer que j'accepte une « intervention » ?

— Bien sûr que je le sais ! protesta-t-il d'un air d'innocence insultée. Je ne suis pas un monstre, tout de même !

Elle laissa son silence répondre à sa place. Les joues lisses du père de son enfant rougirent brutalement, et il lança :

— Tu es vraiment devenue insupportable ! J'avais vu le changement s'amorcer avant qu'on ne se sépare. Au début, tu étais tout à fait différente. Douce, facile à vivre...

Disons plutôt « stupide et malléable » ! songea Sarah. Trop reconnaissante qu'un homme comme lui voulût bien d'elle, et tellement soulagée de ne pas être comme sa mère. Oui, Ted appréciait beaucoup cette femme-là. Quel tyran ne l'aurait pas appréciée ?

Elle ne dit rien de tout cela. A quoi bon se blesser mutuellement ? Elle voulait juste en finir, à présent. En finir, et ressortir au grand air pour effacer son mal de tête naissant.

— Tu sais, j'espérais que lorsque nous nous reverrions, tu ne te montrerais pas rancunière, Sarah... J'espérais que tu aurais eu le temps de voir les choses de mon point de vue. De voir que j'ai souffert, moi aussi, de ce qui s'est passé.

Il tira sur ses manchettes, les yeux baissés pour bien montrer sa déception, et conclut :

— Je crois que je te surestimais...

— Non, je crois que tu *te* surestimais, *toi*. Et aussi tes prétendues souffrances.

Il se hérissa, outré, et ses lèvres bien dessinées se crispèrent. Pressant deux doigts contre sa tempe douloureuse, Sarah soupira, regrettant de s'être laissée aller à réagir.

— Ecoute, reprit-elle d'une voix neutre, tout cela ne nous mène à rien. Pourquoi ne me dis-tu pas ce que tu es venu me dire ?

D'un geste de résignation lasse, il jeta sa serviette sur la table.

— D'accord. Voilà. Je veux savoir ce que tu exigerais...

Il se tut un instant, puis acheva :

— ... pour garder cette histoire pour toi.

Elle s'attendait à beaucoup de choses, mais pas à ça ! Elle n'était même pas sûre de comprendre où il voulait en venir.

— Pour garder quoi pour moi ? demanda-t-elle avec méfiance. Je ne vois pas comment éviter qu'on sache que je vais avoir un bébé. Les bébés ont tendance à signaler leur présence, surtout une fois qu'ils sont nés.

— Non, dit-il d'un air hautain, comme si elle venait de faire une plaisanterie déplacée. Je te parle de mon rôle dans cette affaire.

— Je crois que tu ferais bien d'être plus clair.

— Très bien.

Croisant les mains sur la table, il arbora son expression d'homme patient face à une femelle irrationnelle et émotive.

— Ce que je veux savoir, Sarah, c'est quelle somme tu demanderas pour ton silence.

Elle sentit qu'elle allait exploser, et serra les dents pour ne pas parler trop vite. En le regardant, elle ressentit une curieuse sensation de pitié pour la femme qu'elle était, des années de lumière auparavant, quand elle croyait l'aimer. Comment avait-elle pu avoir la faiblesse de penser que cet homme était fort ?

Fouillant maladroitement dans sa poche, il en sortit une longue enveloppe.

— J'ai fait établir les papiers nécessaires. Il ne reste qu'à inscrire les chiffres aux emplacements laissés libres et à remplir le chèque.

Il finit enfin par remarquer son expression de dégoût. Alarmé, il dégaina son arme la plus fiable : ce charme dont elle l'avait si souvent vu user avec les parents d'élèves mécontents.

— Pour tout te dire, reprit-il d'un air de candeur désarmante, j'espère me marier bientôt. C'est une femme merveilleuse, mais elle est très jeune, très innocente. C'est la fille du recteur de l'académie, une chance fantastique pour moi. Si jamais il… enfin, si elle apprenait… pour nous deux…

Il ouvrit les mains dans un geste large, sûr qu'elle comprendrait son problème.

— C'est une famille très en vue. S'ils savaient que j'ai une ex-petite amie susceptible de refaire surface n'importe quand pour étaler mon nom en première page des journaux…

Elle faillit éclater de rire. En était-il arrivé là ? Se faisait-il de telles illusions ? Pensait-il vraiment que leur rupture minable et leur bébé illégitime pourraient mériter un « gros titre » dans quelque journal que ce soit ? Même à Firefly Glen, on ne voudrait pas du reportage !

— Comment s'appelle cette femme merveilleuse ?

— Mélissa, dit-il prudemment. Pourquoi ?

Elle nota qu'il évitait soigneusement de lui donner un nom de famille. Sans répondre, elle lui prit l'enveloppe des mains, l'ouvrit et parcourut le bref document légal qu'elle contenait. C'était d'une simplicité presque obscène. Pour un nombre de dollars à spécifier, Sarah Lennox s'engageait à dégager Ted McCutcheon de toute responsabilité quant à l'enfant qu'ils avaient conçu ensemble.

Sans doute devrait-elle soumettre ce document à un avocat. Elle tenait sa chance de lui vider les poches ! Il suffisait d'inscrire son chiffre préféré suivi de quelques zéros bien ronds… Mais elle ne voulait rien de lui. Rien, sinon sa liberté.

Pour simplifier les choses, l'enveloppe contenait même un stylo. Elle le saisit et inscrivit rapidement « Un dollar » sur la ligne laissée vide. Puis elle signa, détacha une copie pour elle et déposa les deux autres dans les mains sans forces de Ted. Il fixa le papier, puis la regarda sans comprendre. Son anxiété était palpable, et il cherchait manifestement le piège.

— Un dollar ?

— C'est cela, dit-elle en se levant. Ne reste pas là la bouche ouverte, Ted. Tu es libre. Mets le dollar sur la table, on le laissera en pourboire à la serveuse. Tu n'as plus qu'à rentrer en Californie.

Il contemplait encore le contrat, les sourcils froncés, passant d'un exemplaire à l'autre, comme si elle avait pu utiliser une encre invisible pour lui jouer un tour diabolique. Elle se dirigea alors vers la porte.

— Sarah, attends...

Il sauta sur ses pieds, la retint par le bras.

— Tu mijotes quelque chose ? Pourquoi voulais-tu savoir le nom de Mélissa ?

Elle baissa les yeux vers ses doigts qui se posaient sur sa manche.

— Parce que, répondit-elle d'une voix glaciale, j'ai envie de prier pour elle. Si elle a vraiment l'intention de t'épouser, Ted, elle aura besoin de tout le soutien possible.

16.

Le ciel bleu se tendit comme une voile et le pâle soleil d'hiver, dans le courant de l'après-midi, se mit à répandre une surprenante tiédeur. Les touristes retirèrent leurs pulls pour les nouer autour de leur taille, les organisateurs inquiets vinrent inspecter le palais de glace dont les parois commençaient à ruisseler d'eau vive, et les sculpteurs sur glace se rassemblèrent en groupes anxieux, redoutant que leurs créations ne tiennent pas jusqu'au soir.

Les seules personnes à accueillir cette chaleur avec joie furent les volontaires des Associations Caritatives Réunies, qui se tenaient en grelottant sur la berge, attendant de faire leur héroïque plongeon annuel dans les eaux glacées du lac Llewellyn.

Sarah marchait lentement au hasard dans la foule, sans même remarquer le ciel radieux. Une heure s'était écoulée depuis sa rencontre avec Ted, et elle errait entre les sculptures de glace, cherchant à y voir clair dans sa propre confusion. Cette année, le thème imposé du concours était « Nos amours ». Bien entendu, il y avait autant d'interprétations différentes que de candidats. Un artiste avait sculpté un personnage de dessin animé, un autre un buste de Shakespeare, un troisième, avec humour et franchise, avait dressé une statue de lui-même, grandeur nature. Sarah se tenait devant une sculpture voluptueuse de Marilyn quand elle vit passer un jeune couple enlacé… Elle mit quelques secondes à reconnaître Harry et Emma. Ils semblaient si concentrés l'un sur l'autre qu'elle les aurait laissés passer sans rien dire — mais ce fut eux qui la virent.

— Sarah !

Emma entraîna Harry vers elle ; il se laissa faire, mais elle vit clairement qu'il aurait préféré rester seul avec sa femme, sur leur petite planète personnelle.

— Comment vas-tu ?

Sarah réussit à afficher un sourire sincère pour répondre à la joie d'Emma.

— Très bien, dit-elle. Je n'ai pas à te demander comment tu vas, toi.

— Ça se voit ?

— Un peu, dit Sarah en croisant le regard de Harry. Tu brilles comme un projecteur, Emma.

— Je vais te dire mon secret : une bonne bagarre, c'est merveilleux pour la circulation. Et la réconciliation, ensuite, donne aussi de l'exercice.

Prenant en pitié Harry qui rougissait, Sarah changea de sujet.

— Vous avez des nouvelles de Mike Frome ? Mon oncle m'a dit qu'il faisait don d'une partie de ses heures de travaux d'intérêt général au bourg. Il a déjà commencé à se rendre utile ?

— Oui, dit Harry, il a repeint le bureau de Parker. Rien de trop dur, mais on ne le laissera pas chômer. On avait bien envisagé de l'enchaîner pour qu'il casse des cailloux au bord de la route, mais on a changé d'avis. Des fois que les cailloux lui donnent encore des idées…

Ses yeux bruns brillaient de gentillesse, et Sarah commença enfin à saisir pourquoi Emma était folle de son mari.

258

— Mais la pire punition, pour Mike, c'est de devoir supporter Suzie, expliqua-t-il encore. C'est la petite qui s'occupe de notre classement, et elle est impayable. Elle ne se tait pas un seul instant, et elle se paie la tête de Justine Miller vingt-quatre heures sur vingt-quatre. Mike finira peut-être par voir Justine telle qu'elle est vraiment.

Emma poussa une exclamation impatiente.

— Je ne comprends pas qu'on puisse atteindre l'âge de dix-huit ans sans voir Justine Miller telle qu'elle est vraiment ! Le gosse doit être un peu lent. A moins que ce ne soit juste…

Elle jeta un coup d'œil à la sculpture de glace représentant Marilyn. La chaleur n'avait pas eu raison de ses seins incroyables translucides.

— Vous voyez ce que je veux dire…

Sarah éclata de rire et Emma jeta un coup d'œil à la ronde, comme si elle venait seulement de remarquer que son amie était seule.

— Tiens, où est Parker ?

— Parker ? Je ne sais pas…, repartit Sarah, aussi légèrement qu'elle le put.

— Tu ne sais pas ? Alors que vous respirez le même centimètre cube d'air depuis quinze jours ?

— Non, je ne sais pas, répéta-t-elle. Je crois qu'il a dû aller travailler.

— Non, on a donné la permanence à un intérimaire, aujourd'hui, intervint Harry. Pour que tout le monde puisse…

Emma venait enfin de comprendre. Elle lança un bref regard à Harry, qui saisit la situation à son tour.

— Quoique… je ne sais pas…, corrigea-t-il maladroitement. Il a sûrement eu un problème à régler.

— Sans doute, répondit Sarah avec reconnaissance.

Emma posa la main sur son bras.

— Dis donc, nous allions de ce pas boire un chocolat chaud à l'école primaire. Tu viens avec nous ?

— Non, pas maintenant, dit-elle fermement. A tout à l'heure.

— Bon, très bien…

Emma la dévisagea un instant avec inquiétude, puis elle se remit à sourire.

— N'oublie pas ce que je t'ai dit, ma grande. Une bonne dispute, ça peut produire des choses très sexy entre un homme et une femme.

Sarah secoua la tête, et fit en riant le geste de la chasser. Ils s'éloignèrent gaiement, et son sourire s'effaça tout de suite. L'engourdissement la reprit, et elle se remit à déambuler lentement le long des sculptures de glace. Elle ressentait un besoin étrange de ne rien manquer, comme si elle devait tout voir aujourd'hui même, pour graver dans sa mémoire les spectacles et les bruits de Firefly Glen.

La neige amoncelée contre les bâtiments en monticules aux formes fantasques… Le rire des enfants, si clair dans cet air pur… La dentelle brune des arbres nus dressés devant un horizon d'un bleu éblouissant… Le palais de glace luisant, fièrement dressé, mais qui fondait pourtant sous les rayons du disque aveuglant dans le ciel…

Les heures lui étaient comptées, et elle voulait garder des souvenirs vivaces, puissants, capables de durer très longtemps une fois qu'elle serait de retour chez elle.

Elle fit un effort pour ne pas se laisser aller à la tristesse. Elle survivrait ! D'une façon ou d'une autre, elle créerait un foyer pour son bébé. Rien d'autre n'avait d'importance.

Au fond, il valait mieux que Parker eût été obligé de regarder la situation en face tout de suite. Ces deux semaines de rêve romantique resteraient une sorte de parenthèse, un moment à part dans sa vie. Un cadeau, envoyé pour lui montrer que tous les hommes n'étaient pas comme Ted. Elle chérirait ce souvenir sans en souffrir outre mesure. Ils avaient fait l'amour une seule fois, et tout le reste était parfaitement innocent : ils avaient été comme deux enfants naïfs qui jouent dans leur monde imaginaire.

Ils avaient eu leurs deux semaines, et pouvaient partir sans se retourner. Ce n'était pas comme si Parker s'était aperçu trop tard qu'il ne pouvait pas supporter la situation ! Dans deux, trois ou quatre ans, cela aurait été terrible, car alors, l'enfant l'aurait aimé, comme Sarah s'était stupidement autorisée à le faire.

Oui, c'était vraiment une grande chance de n'avoir pas sauté le pas, de n'avoir pas enchaîné les erreurs jusqu'à ne plus pouvoir revenir en arrière. Une chance de s'être arrêtés avant le désastre final...

Elle respira à fond. A présent, elle savait ce qu'elle devait faire. Dès qu'elle serait rentrée chez elle en Floride, elle prendrait un papier et un stylo, et dresserait un nouveau plan de vie. Elle poserait les jalons d'une nouvelle existence, sûre et fiable, pour elle-même et son bébé. Si c'était humainement possible, elle planifierait tout, n'accepterait rien de moins qu'un contrôle absolu, une sécurité totale. Sans compter sur personne d'autre qu'elle-même, elle ferait tout son possible pour éliminer les risques.

Soulagée malgré tout, elle émergea de ses pensées et regarda autour d'elle. Elle se trouvait vers la fin de la double rangée de sculptures. Sa voiture était très loin dans l'autre direction, mais elle décida d'aller tout de même voir la dernière statue. Ensuite, elle rentrerait à Winter House annoncer sa décision à son oncle. Et le lendemain, elle prendrait l'avion pour la Floride.

Ce n'était pas la plus grande sculpture qu'elle eût vue ce jour-là, ni la plus spectaculaire, mais c'était à ses yeux la plus belle. Haute seulement d'une soixantaine de centimètres, elle représentait un papillon délicat, saisi à l'instant où il s'envolait d'une rose. Le brillant soleil d'hiver faisait jaillir des arcs-en-ciel de ses ailes de glace. Il était sculpté avec une grande finesse, au point d'être presque transparent. La pointe de ses ailes fondait déjà dans cette température trop clémente.

L'artiste, assis sur une chaise pliante près de sa création, ne semblait pas le moins du monde souffrir de la voir se dissoudre sous ses yeux. Interdite, Sarah contempla son visage paisible levé vers le soleil, yeux clos, comme un homme en vacances qui n'a d'autre souci que de savourer la chaleur.

— Bonjour, dit-elle spontanément. J'aime votre papillon. Il est magnifique.

Sans se redresser, il ouvrit les yeux. Ses yeux aussi étaient magnifiques, bordés de cils très noirs. Des yeux très sensibles et très subtils.

— Merci ! dit-il avec un large sourire. Moi aussi, je l'aimais, celui-là.

Elle nota qu'il en parlait déjà au passé. Troublée, elle regarda une larme d'eau tomber de l'aile. C'était absurde, mais cela lui donnait envie de pleurer, ou d'attraper la goutte au vol, de la remettre à sa place, de la fixer pour toujours. Si seulement elle avait pu enrayer cette lente dissolution !

— Ça ne vous rend pas triste ?

Oubliée, son envie de rentrer au plus vite, de reprendre le cap de son existence... Elle ne pouvait plus passer son chemin sans comprendre d'où il tenait cette sérénité, cette incroyable acceptation face à l'inévitable.

— Vous n'avez pas l'impression...

Elle se tut un instant pour chercher le mot juste.

— ... d'être lésé ? Tout ce travail pour une œuvre aussi éphémère ?

Il jeta un regard à son papillon.

— Pas vraiment, non, dit-il avec un sourire. C'est la règle du jeu.

— Je ne comprends pas...

— Eh bien..., répondit-il en grattant confortablement sa barbe de deux jours, je ne sais pas comment vous dire. Les meilleures choses ne durent jamais très longtemps. Les orages, les arcs-en-ciel, le chant des oiseaux. Le hamburger parfait ou une phénoménale nuit d'amour. Ils passent comme des comètes, et si vous avez la chance de vous trouver au bon endroit, vous pouvez tendre la main et les toucher. Mais pas les retenir. Vous gâchez tout si vous essayez de vous accrocher.

Sarah ne trouva aucune réponse raisonnable.

— Enfin, bon, dit-il en haussant les sourcils, vous devez déjà savoir tout ça...

Comment pouvait-il le deviner ? Sa peine était-elle aussi évidente que la joie d'Emma tout à l'heure ?

— Comment cela ?

Il fit un petit geste vers son ventre.

— Excusez-moi si je suis indiscret mais... vous allez bien avoir un bébé ?

Elle hésita, choquée de découvrir que cet inconnu au regard perçant avait pu si facilement découvrir son « secret ». Puis elle s'aperçut qu'elle était heureuse, et que c'était une bonne chose de pouvoir parler ouvertement de son bébé. Désormais, décida-t-elle, elle ne se cacherait plus.

— Oui, c'est vrai, admit-elle.

— Alors, quoi de plus éphémère ? Ce bébé sera votre meilleure sculpture de glace, mais il ne sera pas à vous très longtemps. Vous allez le porter, vous en occuper, et ensuite, le moment venu, il faudra bien le laisser partir.

Sarah déglutit avec difficulté, puis poussa un petit hoquet de saisissement en posant la main sur son ventre. Pour la première fois, elle venait de sentir un minuscule frémissement en elle, comme le doux battement des ailes d'un papillon.

L'artiste lui sourit encore, puis se tassa paisiblement dans son siège, ferma les yeux, et se remit à absorber le soleil comme le font les chats.

— Alors voilà, murmura-t-il d'une voix absente. Les plus belles choses sont comme ça...

Sarah ne parvenait pas à trouver Parker. Elle courut d'un bout à l'autre de la place, passa au bureau du shérif, au café, retourna même au motel, au cas où il l'aurait cherchée là-bas. Elle chercha partout, demanda à tout le monde, mais personne ne l'avait vu. Enfin, épuisée, elle reprit le chemin de Winter House. Elle était décidée à se reposer un peu avant de reprendre ses recherches par téléphone.

En s'engageant dans l'allée de la grande maison sur la butte, la première chose qu'elle vit fut sa jeep. Son cœur se mit à battre furieusement. C'était tout simple, mais pourtant, cela lui fit un peu l'effet d'un miracle... Il était ici. Pendant tout ce temps, il l'avait attendue à Winter House.

De loin, elle le vit descendre les marches du perron, les mains enfoncées dans les poches de son blouson. Il avait encore l'air fatigué, pensa-t-elle en le regardant marcher tête baissée vers sa voiture, les cheveux ébouriffés par le vent.

264

Brutalement, elle tira le frein à main, lutta contre sa ceinture, se jeta presque hors de la voiture. Il l'entendit et leva la tête.

— Sarah ?

Elle se mit à courir. Son visage changea, et il se lança à sa rencontre. Ils se rejoignirent à mi-chemin, se heurtant maladroitement l'un à l'autre, en proie à une sorte de fièvre.

— Sarah !

Il l'attira dans ses bras, embrassant tout ce qui passait à portée de ses lèvres : ses cheveux, son menton, ses yeux, sa bouche.

— Oh, Sarah... Dis-moi que tu ne retournes pas auprès de lui !

— Je ne retourne pas auprès de lui, articula-t-elle, la bouche contre la sienne, les mots avalés par les baisers qu'elle pressait sur ses lèvres.

Il poussa une plainte rauque.

— Merci, mon Dieu.

Il lui saisit alors la tête à deux mains, la renversant en arrière pour mieux voir son visage.

— Sarah, je regrette. Tu me pardonnes ?

Elle n'arrivait pas à parler, car les battements de son cœur l'étouffaient.

— Non, haleta-t-elle, je veux dire... oui. Oh, Parker, tu sais bien qu'il n'y a rien à pardonner. J'ai été si stupide...

— Non, c'est moi.

Il ferma les yeux, prit une respiration tremblante.

— J'avais si peur, Sarah... Tellement peur de te perdre ! Tu as bien dû l'aimer au début, et j'avais tellement peur que tu... s'il...

Il ne pouvait pas achever. Très émue, elle leva la main et repoussa de son front une mèche de cheveux sombres et soyeux.

— Je t'ai dit que je ne l'ai jamais aimé. C'était vrai. Avant de te rencontrer, je ne savais même pas ce que c'était que l'amour.

Il la dévorait des yeux, partagé entre l'espoir et la crainte. Son regard était si bleu, pensa-t-elle, aussi bleu que ce ciel incroyable au-dessus de leurs têtes. Elle eut une envie irrésistible, presque maternelle, d'effacer toute angoisse de ces yeux merveilleux, en n'y laissant que l'espoir et l'amour.

— Tu peux me pardonner, Sarah ? Tu avais parfaitement le droit de le retrouver, aujourd'hui. Je comprends ça, maintenant. En fait, je le comprenais aussi tout à l'heure, mais j'avais trop peur.

— Je sais, murmura-t-elle. Je sais.

— Je veux que tu saches que je comprends qu'il fait partie de ta vie pour de bon. Je ne peux pas te garantir d'aimer ça, mais je peux te promettre de cesser d'être aussi jaloux.

— Ah ? dit-elle en souriant. Tu peux me le promettre ? Et si Ted et moi avions besoin de nous consulter quotidiennement au sujet du bébé ?

Il hésita un instant et demanda :

— Au téléphone ?

— Je pensais plutôt à des déjeuners…

Il serra les dents, mais réussit tout de même à hocher la tête.

— Même comme ça. Je n'ai pas envie de te partager, mais si je dois le faire, je le ferai. Je parle sérieusement, Sarah, je ne te ferai plus de crise de jalousie.

Elle plissa les yeux, l'air pensif.

— Et si Ted doit un jour passer la nuit à la maison, pour m'aider parce que le bébé a la colique ?

Cette fois, il comprit qu'elle le taquinait. Resserrant sa prise autour de sa taille, il gronda :

— Ce type peut s'installer dans la chambre du rez-de-chaussée et faire ses mots croisés sur la table de ma salle à manger, je m'en fiche.

Sa voix se brisa à demi quand il acheva :

— Du moment que toi, tu es dans la chambre à l'étage, avec moi.

— Menteur…

Elle posa la joue sur la chaleur souple de son blouson de cuir ; son souffle ternit l'étoile d'or à son revers.

— Ecoute, tu n'as pas de promesses à me faire. Voilà ce que je voulais te dire. Tu n'as plus besoin de me promettre quoi que ce soit.

Il lui caressait les cheveux. Elle eut le sentiment qu'après cette course folle, cette hâte fébrile à se toucher, à se parler, ils avaient traversé le miroir pour déboucher dans un lieu profondément paisible.

— Non ? demanda-t-il.

Elle secoua la tête, en un petit mouvement qu'il sentit sans doute à peine.

— Non, c'est vrai. Si tu m'aimes aujourd'hui, c'est suffisant. Je ne l'avais jamais compris, mais maintenant, je sais. J'ai appris beaucoup de choses depuis quelques semaines, Parker. Grâce à ce village incroyable, grâce au bébé, et grâce à toi.

Il ne fit aucun commentaire mais attendit la suite, comme s'il sentait que ce qu'elle cherchait à dire comptait beaucoup pour elle. Elle l'aima plus que jamais pour cette écoute qu'il lui offrait.

— J'ai passé ma vie à essayer de contrôler l'avenir, reprit-elle. Aussi loin que je puisse me souvenir, c'était presque une obsession. Je dressais des plans très détaillés pour me donner une illusion de sécurité. Je voulais croire qu'il suffisait de prendre un crayon et un papier pour éviter tout risque de souffrance ou d'échec.

Il resserra son étreinte et déposa un baiser sur sa tête.

— Et je viens enfin de comprendre que c'est absurde de chercher à contrôler l'avenir ! C'est arrogant. Si on décide de ce à quoi le futur ressemblera, ça veut dire qu'on pense savoir exactement ce qu'il doit être. Et ça, personne ne peut jamais le savoir. On ne fait que se couper de toutes sortes de possibilités merveilleuses.

Les larmes lui piquèrent les yeux, tout à coup, et sa voix se mit à trembler.

— Comme ce bébé… Je ne l'ai pas planifié, et pourtant, c'est une des choses les plus merveilleuses qui me soient jamais arrivées.

Elle leva le visage vers lui, sans souci de ses yeux mouillés et débordant d'amour.

— Et toi. Jamais je n'aurais pu te planifier…

— Je ne t'ai pas non plus vue venir, dit-il en la contemplant de ses yeux brillants. Je crois bien qu'au cours d'une nuit d'hiver bien solitaire, j'ai dû rêver à toi…

Sans savoir comment, elle réussit à ne pas l'embrasser. Elle avait une dernière chose à dire, et voulait garder l'esprit clair pour la formuler.

— Alors, voilà la promesse que je te fais, dit-elle en posant les mains sur sa poitrine. Je promets de cesser de planifier l'avenir. Je le laisserai se déployer à sa façon, dans tout son merveilleux et terrifiant mystère. Tout pourrait mal tourner. Un jour, tu pourrais décider que tu ne peux pas aimer vraiment une femme qui porte l'enfant d'un autre homme. Nous avons aujourd'hui, et le reste s'accomplira au fur et à mesure.

— Sarah…

— Je te le promets, Parker. Plus de plans, juste le jour qui passe. Je promets de chérir ce que tu ressens pour moi aujourd'hui, sans te demander si ça durera toujours.

Il lui sourit.

— Je parie que nous avons tous les deux l'impression de nous montrer très mûrs et très raisonnables. Voyons si j'ai bien compris. Je dois vivre avec ma peur que tu cesses un jour de m'aimer, et toi, tu dois vivre avec ta peur de me perdre.

Elle le regarda. Effectivement, c'était un peu ridicule, vu de cette façon.

— En somme, oui. Nous acceptons tous deux un degré d'insécurité que nous n'étions pas prêts à admettre auparavant.

Il glissa la main sous son menton.

— Ce ne serait pas plus simple de dire les choses de cette façon ? Retournons à la maison, déchirons ton billet d'avion et allons dire à ton oncle que nous nous marions la semaine prochaine. Ensuite, il n'y aura plus qu'à rentrer chez moi et faire l'amour sans arrêt, tant que l'un de nous est encore capable de respirer, de parler ou de penser. Jusqu'à ce qu'il n'y ait plus de place, dans nos cœurs, pour une chose aussi bête que la peur !

Elle sentit son pouls s'accélérer, et ses yeux se remplirent de larmes douces et brûlantes.

— Ça, c'est un plan, dit-elle.

Épilogue

Ils se marièrent deux semaines plus tard, le jour de l'élection du nouveau shérif. Parker avait décidé qu'il devait bien un événement au village ce jour-là, puisqu'il le privait du plaisir d'une élection teintée de conflit familial. A la surprise générale — à l'exception d'Emma, qui avait tout deviné, et de Sarah, qui se trouvait dans les bras de Parker au moment de la grande décision —, il avait renoncé à briguer un second mandat. Harry se retrouva donc candidat unique.

Peu après, Parker annonça à ses proches qu'il comptait ouvrir un cabinet d'avocat dans l'immeuble de brique rouge abritant les bureaux des quelques « professions libérales » du bourg. Il estimait avoir matière à gagner sa vie, rien qu'en défendant Ward Winters lors de ses futurs procès en diffamation.

Les dames du bourg faillirent faire une indigestion de délicieux ragots. Comme des enfants lâchés dans une confiserie, elles n'avaient que l'embarras du choix. On avait vu Emma Dunbar en train d'embrasser Griffin Cahill. Il s'en était fallu de peu que Harry n'assassinât Griffin de ses propres mains. Inexplicablement, Emma et Harry vivaient de nouveau sous le même toit. Parker Tremaine allait épouser Sarah, Sarah attendait un bébé et... Seigneur, vous savez quoi ? Parker n'est même pas le père !

Sarah devina que Parker faisait en sorte qu'elle n'entendît jamais les pire suppositions de ses concitoyens. La profusion de nouvelles diluait d'ailleurs un peu les commentaires ; elle se trouvait exposée à un feu moins nourri du fait qu'elle partageait la vedette avec d'autres. Le jour du mariage, on se lassait déjà de se demander qui pouvait être le père... et au fond, au Glen, on aimait bien Parker Tremaine. Finalement, tout se résumait à cela. Si Parker pouvait accepter le bébé mystère, le reste du bourg aussi. Et puis, ils aimaient tant les mariages !

Winter House se remplit de fleurs, de musique et de centaines d'invités joyeux ou émus. Jamais cette demeure excentrique n'avait semblé aussi belle. Son charme bizarre, comme l'expliqua Ward, constituait le décor parfait pour ces rites tribaux anachroniques.

Sarah ne garda aucun souvenir clair de la cérémonie, qui se déroula pour elle dans une succession d'images floues, remplies de joie et d'angoisse. Le bras ferme de Ward sous le sien, tandis qu'ils s'avançaient vers l'autel, puis la sensation familière et réconfortante de la main de Parker quand elle saisit la sienne... Eileen O'Malley, sa demoiselle d'honneur, se tenait près d'elle, ses boucles rousses formant un nuage de feu autour de ses épaules potelées — et Sarah avait entrevu un instant la stupéfiante beauté à venir... Des voix, des mots très familiers... Elle s'entendit à peine dire oui. En revanche, elle n'oublierait sans doute jamais la réception qui s'ensuivit.

Tout le monde était là. Madeline Alexander, qui venait de passer quinze jours à travailler d'arrache-pied pour lui coudre sa robe de mariée, fondait sur elle toutes les cinq minutes pour ajuster un bouton de perle ou une dentelle. Emma était très belle en bleu, et Harry portait son étoile toute neuve avec une fierté et une gratitude assez touchantes. Heather Delaney était là aussi, bien sûr, mais elle avait emmené son bip et dut partir au bout d'une heure pour un accouchement. Sarah et elle échangèrent un regard, et la jeune mariée sut qu'elles pensaient toutes deux à la même chose. Un jour prochain, ce petit vrombissement électronique appellerait le jeune médecin à son côté pour mettre son enfant au monde. En partant, Heather vint l'embrasser et la serrer dans ses bras — geste que cette jeune femme si généreuse et si réservée à la fois n'accomplissait quasiment jamais.

Théo s'était chargée du buffet, qui fut servi dans la grande salle à manger, aux chandelles, bien entendu. Jamais festin de noces ne fut si beau à contempler et aussi délicieux. Et pourtant, Théo le vécut dans les affres, certaine de n'avoir pas été à la hauteur de ses propres exigences.

Mike Frome circulait dans la foule, poursuivant ses travaux d'intérêt général en servant les hors-d'œuvre. Sarah lui lança un clin d'œil quand il passa devant elle, très séduisant dans sa tenue de soirée. Jusqu'ici, il n'avait sans doute remboursé qu'une trentaine de centimètres carrés du grand vitrail. Il allait sans doute user sa jeunesse entière à travailler pour la famille Winters.

Pour commencer, tout se passa à la perfection. Sarah et Parker ouvrirent le bal, posèrent pour les photos, partagèrent une coupe de champagne et découpèrent le gâteau. Puis les ennuis commencèrent.

Justine Miller fit son entrée, vêtue d'un mètre carré à peine d'étoffe rouge vif. Saisi, Mike Frome se prit les pieds dans un obstacle, et son plateau de hors-d'œuvre jaillit droit sur le vitrail de la bibliothèque, qui se brisa. Incapable d'en croire ses yeux, Ward cria une insulte qui vexa Granville, le grand-père du garçon. Les deux vieux messieurs se mirent à se disputer, et plusieurs autres s'approchèrent, attirés par « l'odeur d'une bonne bagarre », comme on disait au bourg.

Madeline Alexander se mit à pleurer, gémissant et répétant que son cher Ward n'y survivrait pas. Sur quoi Bridget O'Malley se dressa pour annoncer que si Madeline ne cessait de se comporter comme si elle avait le monopole de l'affection de Ward, on lui démontrerait que ce n'était pas le cas.

Jocelyn Waitely, sans doute sous l'effet de plusieurs coupes de champagne, descendit à son tour dans l'arène en annonçant à tue-tête que c'était elle que Ward préférait, sur quoi son mari Bourke jeta son verre de vieux whisky dans la cheminée, causant une explosion qui précipita la majorité des invités dans une ruée hurlante vers les sorties.

Médusée, Sarah vit sa merveilleuse réception se transformer en scène de vaudeville. A l'instant où le chaos atteignait de nouveaux sommets, Parker vint à sa rescousse. Saisissant sa main, il l'attira dans l'unique coin tranquille et, plongeant son regard dans le sien, demanda à mi-voix :

— Voilà, madame Tremaine, tu vois ce que tu as épousé. Tu demandes l'annulation du mariage ?

Elle se blottit dans ses bras.

— Non. Et toi ?

— Non, dit-il en lui embrassant le nez. Mais moi, j'étais déjà d'ici.

— Et maintenant, je le suis aussi.

Lui prenant le visage entre ses paumes, elle lui déclara, les yeux dans les yeux :

— J'aime Firefly Glen, Parker, et je t'aime.

— Autant que Madeline aime ton oncle ?

Elle réfléchit sérieusement à la question.

— Je ne sais pas, avoua-t-elle enfin. Sans doute pas, puisque je ne suis pas encore prête à me brûler vive pour tes beaux yeux.

— Alors viens avec moi, dit-il en l'entraînant vers la porte. Echappons-nous de cet asile de fous et rentrons à la maison. Ce feu, je veux voir si je peux l'allumer moi-même...

INTRIGUE

Vos nuits risquent

de devenir courtes...

Tournez-vite la page et découvrez
en **avant-première**
un extrait du roman

La prochaine victime

Prologue

Pourquoi le passé revient-il toujours nous hanter ?

Debout derrière la fenêtre de son bureau, le Dr Tanaka contemplait d'un œil morne l'averse qui s'abattait sur le parking. Par quel mauvais coup du sort, la mort d'une pauvre âme revenait-elle briser sa vie après toutes ces années ?

Dehors, une infirmière courait vers sa voiture, son uniforme trempé de pluie. Comme chaque matin à Honolulu, la journée avait commencé sous un soleil radieux. Mais vers 15 heures, les nuages s'étaient amoncelés au-dessus des monts Koolau, et, tandis que les membres du personnel de la clinique regagnaient leur foyer, une pluie diluvienne avait commencé à inonder la ville, transformant les rues en torrents d'eau sale.

Tanaka se retourna et baissa les yeux sur la lettre posée sur sa table de travail. Lorsque sa secrétaire l'avait portée à son attention ce matin, il s'était figé en apercevant au dos de l'enveloppe le nom de l'expéditeur : Joseph Kahanu, avocat, et l'avait ouverte sans plus attendre.

Se laissant tomber dans son fauteuil, il la relut une fois encore.

Cher Dr Tanaka,
Au titre de représentant de mon client, M. Charles Decker, je vous prie par la présente de bien vouloir nous fournir toutes

les pièces du dossier de suivi obstétrique relatif à Mme Jennifer Brook, qui était votre patiente au moment de son décès...

Jennifer Brook. Un nom qu'il avait espéré rayer pour toujours de sa mémoire...

Un sentiment d'abattement l'envahit : l'épuisement physique et moral d'un homme qui avait fini par comprendre que son passé ne le laisserait jamais en paix. Il tenta de rassembler son courage pour s'extraire de son fauteuil et rentrer enfin chez lui, en vain. Son regard ne pouvait se détacher des quatre murs de la pièce. Ce bureau était son sanctuaire. Il survola d'un œil las les diplômes encadrés, les certificats médicaux et les photographies qui y étaient accrochés. Ce n'étaient qu'instantanés de nouveau-nés au visage fripé, de mères et de pères rayonnant de joie. Combien d'enfants avait-il aidés à venir au monde ? Il en avait depuis longtemps perdu le compte...

Un bruit ténu provenant de la réception le tira finalement de sa torpeur. Le déclic d'une porte qui se referme. Il se leva et alla jeter un œil dans la pièce attenante.

— Peggy ? Vous êtes encore là ?

La salle d'attente était déserte. Son regard glissa sur les chaises et le sofa tendus de velours fleuri, les magazines empilés avec soin sur la table basse, pour s'arrêter sur la porte donnant sur le hall. Le verrou de la poignée était ouvert.

Tendant l'oreille dans le silence de la clinique, il perçut un faible cliquetis du côté des salles d'examen.

— Peggy ?

Tanaka sortit dans le hall, ouvrit la porte de la première salle et actionna l'interrupteur. La lumière blanche se refléta sur la surface froide de l'évier en inox, la table d'examen gynécologique et l'armoire contenant le petit matériel. Il éteignit et referma la porte. La deuxième salle ne présentait rien non plus d'inhabituel. Il traversa alors le hall en direction de la troisième et dernière salle.

278

A l'instant précis où sa main se tendait vers l'interrupteur, son instinct l'avertit d'une présence hostile, tapie dans l'obscurité, qui l'attendait. Il s'immobilisa, puis s'éloigna de la porte à reculons, saisi d'une terreur glacée. Ce ne fut qu'au moment où il pivotait sur lui-même pour s'enfuir qu'il se rendit compte que l'intrus se tenait juste derrière lui.

La lame lui entailla le cou de part en part.

Titubant en arrière dans la salle d'examen, Tanaka heurta un lourd support en acier, perdit l'équilibre et trébucha sur le sol. Le linoléum était déjà poisseux de son sang. Malgré la conscience aiguë de la vie qui s'échappait inexorablement de sa gorge, une zone rationnelle de son cerveau le força à analyser sa blessure et à évaluer ses chances. *Artère sectionnée. Exsanguination totale en quelques minutes. Stopper immédiatement l'hémorragie…*

Chaque seconde était précieuse. Déjà, il sentait l'engourdissement monter dans ses jambes. Il rampa en direction de l'armoire vitrée où était rangée la gaze. Luttant contre l'évanouissement, il s'orienta aux reflets sur le verre, tel un naufragé cherchant son salut dans la lointaine lueur d'un phare.

Soudain, une ombre obscurcit la pièce. Il comprit alors que son agresseur s'était avancé dans l'encadrement de la porte pour mieux l'observer. Tanaka poursuivit néanmoins sa progression.

Rassemblant ce qui lui restait de force et de conscience, il parvint à se remettre debout et à ouvrir l'armoire d'une main maladroite. Des paquets stériles chutèrent des étagères et s'éparpillèrent sur le sol. Il déchira un emballage à l'aveuglette et en sortit un tampon de gaze, qu'il pressa aussitôt sur sa gorge.

La lame de son assaillant traça un dernier arc de cercle, mais il ne la vit pas.

Lorsqu'elle s'enfonça dans son dos, Tanaka ouvrit la bouche pour hurler, mais seul un soupir s'échappa de ses poumons brûlants.

Le dernier, avant qu'il ne s'affaisse sur le sol...

COLLECTION

Coup de folie

Quand l'humour fait pétiller l'amour

1 roman par mois, le 15 de chaque mois

**Dès le 15 décembre, un nouveau
Coup de Folie vous attend**

Belle-mère cherche gendre idéal,
par Kathleen O'Reilly - n°6

Mike est amoureux … Mais s'il veut séduire l'intrépide Carol, il va falloir passer l'examen d'entrée…

Avec tante Eleanor, octogénaire farfelue à la langue bien pendue, c'est dans la poche…

Mais il y a ensuite Meredith, la future belle-mère, pour qui Mike n'est pas exactement « bien sous tous rapports »… et qui n'a pas l'intention de laisser sa fille chérie épouser un aventurier sans cervelle !

Enfin, reste à convaincre Carol, un sacré petit bout de femme, tellement imprévisible qu'elle est capable de faire tout capoter !

Chère lectrice,

Vous nous êtes fidèle depuis longtemps?
Vous venez de faire notre connaissance?

C'est pour votre plaisir que nous avons
imaginé un rendez-vous chaque mois
avec vos auteurs préférés, vos
AUTEURS VEDETTE dans les
collections Azur et Horizon.

Les AUTEURS VEDETTE vous
donneront rendez-vous pour de
nouveaux livres vedette.

Pour les reconnaître, cherchez
l'étoile... Elle vous guidera!

Éditions Harlequin

HARLEQUIN

LE FORUM DES LECTEURS ET LECTRICES

CHERS(ES) LECTEURS ET LECTRICES,

VOUS NOUS ETES FIDÈLES DEPUIS LONGTEMPS?

VOUS VENEZ DE FAIRE NOTRE CONNAISSANCE?

SI VOUS AVEZ DES COMMENTAIRES, DES CRITIQUES À
FORMULER, DES SUGGESTIONS À OFFRIR, N'HÉSITEZ
PAS… ÉCRIVEZ-NOUS À:
      LES ENTERPRISES HARLEQUIN LTÉE.
      498 RUE ODILE
      FABREVILLE, LAVAL, QUÉBEC.
      H7R 5X1

C'EST AVEC VOS PRÉCIEUX COMMENTAIRES QUE NOUS
ALLONS POUVOIR MIEUX VOUS SERVIR.

DE PLUS, SI VOUS DÉSIREZ RECEVOIR UNE OU
PLUSIEURS DE VOS SÉRIES HARLEQUIN PRÉFÉRÉE(S)
À VOTRE DOMICILE, NE TARDEZ PAS À CONTACTER LE
SERVICE D'ABONNEMENT; EN APPELANT AU
(514) 875-4444 (RÉGION DE MONTRÉAL) OU 1-800-667-4444
(EXTÉRIEUR DE MONTRÉAL) OU TÉLÉCOPIEUR
(514) 523-4444 OU COURRIER ELECTRONIQUE:
AQCOURRIER@ABONNEMENT.QC.CA OU EN ÉCRIVANT À:
      ABONNEMENT QUÉBEC
      525 RUE LOUIS-PASTEUR
      BOUCHERVILLE, QUÉBEC
      J4B 8E7

MERCI, À L'AVANCE, DE VOTRE COOPÉRATION.

BONNE LECTURE.

HARLEQUIN.

VOTRE PASSEPORT POUR LE MONDE DE L'AMOUR.

ROUGE PASSION

De fiévreuses histoires d'amour sensuelles!

De provocantes histoires d'amour passionnées et romantiques qu'on lit d'une seule traite. Aventureuses, parfois humoristiques, et sensuelles, elles mettent en vedette des hommes et des femmes d'aujourd'hui.

ROUGE PASSION... quatre nouveaux titres chaque mois.

GEN-RP

COLLECTION HORIZON

Des histoires d'amour romantiques qui vous mènent au bout du monde!

Découvrez la passion et les vives émotions qu'apportent à la Collection Horizon des auteurs de renommée internationale!

Captivantes, voire irrésistibles, ces histoires d'amour vous iront assurément droit au coeur.

Surveillez nos quatre nouveaux titres chaque mois!

La COLLECTION AZUR

Offre une lecture rapide et

- ☑ stimulante
- ☑ poignante
- ☑ exotique
- ☑ contemporaine
- ☑ romantique
- ☑ passionnée
- ☑ sensationnelle!

COLLECTION AZUR ... des histoires
d'amour traditionnelles qui vous
mènent au bout du monde!
Six nouveaux titres chaque mois.

GEN-AZ

69 **L'ASTROLOGIE EN DIRECT**
TOUT AU LONG
DE L'ANNÉE.

(France métropolitaine uniquement)

Par téléphone 08.36.68.41.01

0,34 € la minute (Serveur SCESI).

Composé et édité
PAR LES ÉDITIONS HARLEQUIN
Achevé d'imprimer en novembre 2002

BUSSIÈRE

GROUPE CPI

à Saint-Amand-Montrond (Cher)
Dépôt légal : décembre 2002
N° d'imprimeur : 25783 — N° d'éditeur : 9631

Imprimé en France